世相講談 中

山口瞳

論創社

世相講談　中

目次

装画　柳原良平

装丁　野村浩

世相講談　中

発車往来《はっしゃおうらい》

―

「エ、みなさま、おはようございます。本日は当社の観光バスを御利用くださいましてありがとうございます。本日みなさまを御案内申します運転手は大川千代之介、ガイドは柳真理子でございます。ともどもよろしくお願い申しあげます」

ガーゼを巻いたマイクを唇に当てたまま、真理子は軽く頭をさげた。

「エ、これより、御案内申しあげます日光は、栃木県の西北部に位《くらい》いたします国際観光都市でございます。

エ、昔から、日光を見ぬうちは結構というなかれ、といわれ、いまや、東に日光あり、西にヴァチカンありと謳《うた》われております東照宮をはじめとする壮麗無比な大建築美、加えまして山の男体山、水の中禅寺湖、名瀑《めいばく》の華厳と自然美の名曲トリオを同時に観賞できます景勝の地として、広く海外にまで知れわたっております。

あらたふと青葉若葉の日の光

俳聖芭蕉が詠《よ》みました美の殿堂、この日光への御遊覧は、百五十キロメートルに及びます長途《ちょうと》の旅で、道中は奥の細道と古人も呼んでおります通り、東海道とくらべまして名所古蹟がなく、御退屈かと存じますが、都会の喧騒《けんそう》に明け暮れておられるみなさまには、かえって自然と人情の素朴な味、いうなれば牧歌的とでも申しましょうか、みなさまの旅情を慰めてくれるものがあろうと存じます。

エ、なにとぞ、ごゆっくりとおくつろぎくださいませ。

お車は、下車坂、三ノ輪車庫を経《へ》まして、千住大橋を渡り、奥州街道を埼玉県へと進んでまいります」

ここで一息いれることになっている。どうも今日の客は反応がわるい。だから、招待ずれのした銀行員のガイドは厭《いや》なのよ。

「エ、車は、たいへん愛嬌《あいきよう》のよろしい靨《えくぼ》道にさしかかってまいりました。これは道がわるいのではなくて、みなさまがよくいらっしゃいましたと道路が笑窪《えくぼ》をみせているのでございます。

また一名、銀杏《いちよう》がえしの道とも申します。粋な髪の形ではございませんで、胃と腸がひっくりかえるからだそうでございます」

ちっとも笑ってくれないわねえ。このへんで、いつもなら拍手がはいるのに。

「エ、また、人によっては螢道路とも申します。揺れましてズボンのお尻が光ってくるからだそうでございます。最近では無重力道路とも申します。体が宙に浮き、吐き気をもよおして喰う気がなくなる。空気がなくなるからだそうでございます。あるいは恋の病いの道とも申します。道が悪く、ほれてほれてほれぬいているそうでございます。

エ、たいへん揺れております。自分の荷物が自分の頭の上に落ちましても、それほど痛くありませんが、人さまの荷物が頭の上に落ちてきますと、痛さは二倍にも三倍にもなるとか、どうぞ網棚の荷物にはくれぐれも御注意くださいませ。

先日も、こんなことがありました。うしろの席の人のトランクが、自分の頭の上でいまにも落ちそうになっていますので、

『あなた、このトランク、大丈夫でしょうか』

と申しますと、

『いや、ちゃんと鍵がかかっているから、心配いりません』

とお答えになったとか。

このような悪い道を私たちは南極道路とよんでおります。道をよくしてくださるように当局へお願いしましても『予算がない』という冷たい御返事ばかり、あんまり冷たいのでごらんのようにバスはガタガタ震えているのでございます。

バスと道路とはきってもきれない仲、従いましていろいろに呼ばれるわけでございますが、いずれにしましても早くよい道路をつくってほしいものでございます。
エ、お話を続けておりますうちに、道路はいよいよ細くなってまいりまして運転が困難になってまいりました。別に会社の自慢をするわけではございませんが、日本のバスの運転手の技術は世界一でございまして……」
あら、困ったわねえ。頭へきちゃうわ。これじゃ当分、動けやしないわ。

「申しわけございません。どうぞ、しばらくのあいだ御辛抱をおねがいいたします。前や後や右左、車の洪水《こうずい》でございます」

こういうときに気になるのは、他の車のガイドがどうしているかということである。二号車を見ると、あ、佐野陽子さん、やってる、やってる。こっちもやらなくちゃ。

「エ、桃栗三年柿八年、曾我の兄弟十八年、大石良雄は十カ月、駒形茂兵衛は十年で、蝶々夫人は三年で、牛若丸が十六年、吉田老人五十年、みんなそれぞれ辛抱したそうでございます。どうぞ、エ、皆様も御辛抱のほどおねがいいたします。

前にがんばっていますのはトラックです。ここで遇《あ》ったが百年目、まさか百年も御辛抱していただくわけにはまいりませんが……。

エ、みなさま。前から土建屋と運送屋のトラックがやってまいりました。どっちのトラックが道をゆずってくれると思いますか。（しばらく間をおいて）土建屋は、ドケン、ドケンとがんばりました。仕方がないのでバスのほうでバックをいたしました。運送屋さんのほうは、ウンソウか、バックしようと道をゆずってくれました。この運送屋さんのような車だといいんですが」

気のなさそうな笑い声がおこった。やっと車が動きだした。

「エ、都をば霞《かすみ》とともに立ちしかど、秋風ぞ吹く白河の関。歌に詠まれましたほのぼのとした哀愁を感じさせてくれる道中でございます。日本橋を起点といたしました昔の奥州街道は、浅草橋、浅草観音前を経て小塚原町に達し、千住大橋から千住の宿にはいり、荒川を渡って埼玉県の草加《そうか》の宿へと、青森まで九十三次《つぎ》、延《のべ》二百里もある五街道のひとつでございます。江戸と奥の細道を結ぶ道筋として、東海道のようなあでやかな物語は残されておりませんが、さきほどの能因法師の歌にありますような慈母の乳房を慕うが如きあたたかい感じをゆっくりと味わってくださいませ。

お車の進んでまいりますこの街道、俗に東京街道、あるいは日光街道と申しておりますが、正しくは国道一級四号線と呼ばれ、東京日本橋と青森市とを結んでおります。宇都宮市より先は、陸羽街道、あるいは奥州街道と俗に呼ばれております。

間もなく左手奥に、夜間の照明灯が見えてまいりますところが、東京オリオンズのホームグラウンド、東京スタジアムでございます。広さは後楽園とほぼ同じ、三万四千人を収容いたします。左手鳥居のありますところが、素戔嗚《すさのお》神社でございます。境内には俳聖芭蕉の奥の細道旅立の記念碑がございまして、『千住という所より船をあがれば前途三千里のおもい胸にふさがりて、幻のちまたに離別の涙を注ぐ』という一節が彫られてあります。旅行の好きだった芭蕉も、この南千住を離れて荒川を渡り、この千住にあがりましたときには、さすがに哀愁を感じましたほど、当時の旅行は苦労の多いものであったことがうかがわれて、今昔《こんじやく》の感を深くするのでございます」

すでにお気づきかと思うが、俳聖芭蕉とか奥の細道がやたらに出てくる。哀愁なども多い。形容がくどくなっている。それも「今昔の感を深くする」といった月並な用語が多いのである。しかしこれは活字にしてしまうからいけないのであって、話し言葉としてガイドがマイクを通じて喋れば、それほど不自然ではない。子守歌のようになって邪魔にならないという得がある。

実際に、観光バスが動きだすとすぐに眠ってしまう客がいる。しかし、これはガイド嬢にとってはとっても辛いことなのだ。彼女等の誇りは「きかせる」ことにある。「笑わせる」ことであり「泣かせる」ことである。靖国神社や佐倉宗五郎の説明では、たっぷりと泣かせないといけない。そのためには、自らも涙を流してみせるガイドがいる。これが演技力であり商売である。

眠ってしまった客を起す言葉にも月並がもちいられる。

「みなさまのなかには、上の瞼《まぶた》と下の瞼が講和条約を結んでいらっしゃる方もおられますね」

けっして、

「あら、もう寝ちゃったのね」

とは言わない。

「バスに乗っていて舟を漕ぐとはずいぶん御器用でいらっしゃいますね」

「このバスのなかには小原庄助さんの御親類の方がいらっしゃいますね。いいえ、朝酒、朝湯ではなくて、ほら、あの……」

といった具合である。

筆者はサラリーマン生活が長いので観光バスを利用した社内旅行がすくなくなかったが、中仙道にはいってから、「信州信濃のソバよりも、私や貴男《あなた》のソバがよい。歌にうたわれました……」というのを五回きかされたことがある。それでよいのである。

この観光バスは鬼怒川《きぬがわ》温泉で一泊する予定になっていた。これが柳真理子と佐野陽子の運命をわけたのである。

「エ、さて、これよりまいります鬼怒川温泉は、今より二百七十年前の元禄元年に、沼尾重平という人が、鬼怒川を渡りますときに、両岸の滝に発見されましたもので、もとは、滝の湯とか下滝温泉と申されたそうでございます。

戦前の鬼怒川は、いわゆる山深い湯治場といった感じでございましたが、東武電鉄の資本がはいるようになりますと、天下の観光地、東に日光あり、西にヴァチカンありと謳われました、その日光に近いという絶好の立地条件、さらに加えまして、関東の耶馬渓《やばけい》といわれます鬼怒川の渓谷美とともに、鬼怒川の名は関東はもとより全国にひろめられたのでございます。
エ、温泉は、鬼怒川渓谷にそって、東に高原山を眺め、西に日光連山を一望のもとにおさめる山紫水明の地で、初夏の新緑は生気をよみがえらせ、秋は錦の絵巻を繰りひろげ、冬は出湯《いでゆ》につかり、窓の外に見えます雪景色にうっとりとして、四季とりどりの変化は天下の絶景でございます。エ、その霊泉は滾々《こんこん》として尽きず、四季を通じまして、観光遊覧、静養、はたまたスポーツの好適地として御利用されております。

エ、みなさま、前方をごらんくださいませ。渓谷に沿いましたあちらに見えます大きな旅館、エ、あれがみなさまの今夜の御宿でございます。

エ、長い長いバスの旅、たいへんお待たせいたしました。エ、また、ふつつかな私の御説明、充分に御満足をいただけましたかどうか。たいへん、お疲れさまでございました。

エ、まもなく、鬼怒川温泉に到着でございますが、長いバスの旅から、こんどは温泉のバスにつかっていただきまして、旅の疲れや肩の凝《こ》り、借金の残りまで、きれいに洗い流してくださいませ。いよいよ、アメリカのニューヨークでございまして、バス旅行で入浴《ニューヨーク》まで来られるとは、エ、ずいぶん文明も進歩したものでございます。お湯のほうもロンドン湧きでております。体のチリを洗い落し、宿の窓リッドより遥かカナダを眺めれば、アラビヤの月もデリー輝くことでございましょう。お酒をメキシコしたあとは、パリとした丹前に着かえて夜の温泉街をイタリ来たり、お金もだんだんヘルシンキ、しまいにゃ財布もカルカッタ、そんなことになりませぬよう、ハワイこと宿にカイロという気になってくださいませ。左、オーライ。ピッピッ（笛の音）……」

柳真理子は軽々《かるがる》と車を降りて誘導に移った。

やりにくい銀行員相手としては、わりにうまくいったほうではないか、と思う。

II

乗合自動車によります団体観光旅行の最盛期は昭和二十九年、三十年から、三十六年ぐらいまでであると申します。

確かにその頃は旅行ブームでありました。世の中が落ちついてくる。生活が安定してくる。すると旅に出たくなる。

当時はってえと、これが稀代《きたい》なもんでありまして、旅に出る、乗物に乗る。この乗物で坐れるってのが矢鱈《やたら》っと嬉しかったもんで。恥ずかしながら小生《わたくし》なんかもそうだった。戦後十年というものは、乗物に乗るということは、立っている、押されている、ぶらさがっているということだった。いまのお若い方にはわからないかも知れないが、そうだったんです。

兎に角、坐れるってことが嬉しい。それだけで天国だった。自分の座席がある、駈けださなくて宜敷《よろし》い、こいつがよかった。

これが乗合自動車の流行の意味なんです。把《わ》っとばかり飛びついた。人気が出た。何故かというと坐れるからです。戦前・戦後を通じまして、随分と我が同胞《どうほう》は痛めつけられたってことがこの一事でも判る。指定席ってのがいい。これが殿様気分だ。そいから、社員旅行、町内の旅行、宗教団体の旅行、修学旅行なんぞでありますと、廻りにいる人が知っている人ばかし。これがまたいい。買い切りって訳なんです。みんな浮き浮きしちゃった。内部《なか》でもって煙草は喫《す》えるわ、酒は飲めるわ、そこへもってきて美しい案内嬢のサービスがつく。歌を歌ってもよろしいとくる。自分の声がマイクを通るなんてのも嬉しい。しかもですよ、たいていは会社持《オヤカタヒノマル》ちだった。いいことずくめです。

然《しか》し、なんといっても必ず坐れるという心持が嬉しかった。嘘じゃない。その証拠《しょうこ》を申しゃげますと、そのころ国鉄はスワローズという職業野球団をもっていた。

「坐れもしないくせにスワローズとはこれはいかに」

乗合のほうは案内嬢の得意の美声でもって盛んにからかった。畢竟《つまり》は、高級だった。威勢がよかったんです。

従いまして案内嬢は憧れの標《まと》だった。凄い美人がいた。女優見た様なのがいた。真個《ほんと》に女優になっちゃったのもいた。

なに見て憧れるかというと、あの恰好《スタイル》なんです。パリッとしていて胴のところが括《くび》れているんですね。矮小肉体美《トランジスタ・グラマー》なんて言葉がはやりはじめた頃なんです。それからあの帽子がいい。コッペパンみたような舟みたような形ですが、これを横っちょに一寸《ちょい》と深めにかぶる。舟の先端がツンと高くて固いのが粋《いき》だった。あの舟の形が客に何物かを連想させて一層旅情を唆々《そそ》るという仕掛けになっております。そんならいいかというとそうじゃない。すいっと逃げるのが宛然《まるで》若鮎のよう。それがいい。幹事になって頼まれて宴会に誘ったって来やしない。部屋へ行ってみると運転手と差しむかいで、慎《つつま》しく弁当をつかっている。

実を言いますと、小生は大浴場で案内嬢に出喰《でっく》わしたことがあるんで。

翌朝になってバスに乗りこんだときに、

「ゆうべはどうも失礼」

と挨拶するん。キョトンとしていたが、ああさては彼女でありしかとその時に気がついて赤面をいたしました。全体何処《どこ》を見ていたのか。高潔をもって鳴る小生も、親方日の丸の一行と旅をすると卑《いや》しい根性が露《あら》われるのか知れませんが、つまりは夫程《それほど》制服が颯爽《さっそう》としている証左と成りませんでしょうか。

もっとも文豪夏目金之助先生も、かかる運命を次のように描出しておられる。

「頸筋を軽《かろ》く内輪に、双方から責めて、苦もなく肩の方へなだれ落ちた線が、豊かに、丸く折れて、流るゝ末は五本の指と分れるであらう。ふつくらと浮く二つの乳の下には、しばし引く波が、又滑《なめ》らかに盛り返して下腹の張りを安らかに見せる。張る勢《いきほひ》を後ろへ抜いて、勢の尽《つ》くるあたりから、分れた肉が平衡を保つ為めに少しく前に傾く。逆に受くる膝頭のこのたびは、立て直して、長きうねりの踵《かかと》につく頃、平たき足が、凡《すべ》ての葛藤《かつとう》を、二枚の蹠《あしのうら》に安々と始末する。世の中に是程《これほど》錯雑《さくざつ》した配合はない、是程統一のある配合もない。是程自然で、是程柔らかで、是程抵抗の少い、是程苦にならぬ輪廓《りんくわく》は決して見出せぬ。

しかも此姿は普通の裸体の如《ごと》く露骨に、余が眼の前に突きつけられては居らぬ。凡《すべ》てのものを幽玄に化する一種の霊氛《れいふん》のなかに髣髴《はうふつ》として、十分の美を奥床しくもほのめかして居るに過ぎぬ。

（中略）

輪廓は次第に白く浮きあがる。今一歩を踏み出せば、折角の嫦娥《じやうが》が、あはれ、俗界に堕落するよと思ふ刹那《せつな》に、緑の髪は、波を切る霊亀《れいき》の尾の如くに風を起して、莽《ばう》と靡《なび》いた。渦捲く烟りを劈《つんざ》いて、白い姿は階段を飛び上がる。ホヽヽヽと鋭どく笑ふ女の声が、廊下に響いて、静かなる風呂場を次第に向《むかふ》へ遠退《とほの》く。余はがぶりと湯を呑んだ儘槽《ふね》のなかに突立《つつた》つ。」

ほれ御免。顔なんかちっとも見ていない。誰だって然《そ》うなんです。誰だって霊氛のなかに髣髴として、がぶりと湯を呑んでしまう。

エエト、なんだっけな。あ、スタイルの次は歌です。歌を歌えるのが羨ましくて案内嬢になる。それと、旅行です。前述の柳真理子なんかは、高校のときの修学旅行でガイドにポウとなっちゃった。始終中《しょっちゅう》、旅ができることに憧れる。

およそ、案内嬢に四種ありという。

その一は、丸暗記なり。ガイド・ブックというかシナリオというか、これを棒に暗《そら》んじてしまう。

その二は、歌屋です。なんでも歌でもってつないでしまう。してみると歌屋って言葉は昔からあったんですね。

その三は、社会科用です。これに二種ありまして、大人向と小人向《こども》とがあります。小人用に、花街《はな》の吉原土手八丁、この通りに夜鷹の「土手のお金《きん》」があらわれて袖を引いたなんて喋っちゃいけない。

その四が、ステージ・ガイドです。コンクール華やかなりし最盛期には、五分間だけは実に巧く喋れるひとを養成したもんです。

これでもってお判りのように、だんだんに廃《すた》れていっちまった。時世時節《ときよじせつ》というもんです。自動車が珍奇でなくなった。自分で運転をやる。新幹線てものが出来る。飛行機が発達する。従って案内嬢の質が落ちてしまった。スタイルに憧れてというのがスチュワーデスのほうへ去《い》っちまった。旅行好きも然り。結婚前に見聞をひろめておこうなんぞというのもスチュワーデスになる。

最近では、お金ほしさになんていうのが多い。それも青森とか秋田とかからやってくる。社会党の委員長《ええんちょう》はズーズーでも構わないが案内嬢はそれでは大きに困る。これを訓練するには大きな飴玉を頬張らしといて喋らせる。二カ月で甘い東京弁になるという。

それと国語を読めない娘がふえちまった。

「まもなく御宿《おやど》に着きます」

なんか言っちまう。着いてみれば千葉県の御宿《おんじゆく》であったという。

歴史にも暗い。日本武尊は、まずニホンブソンと訓《よ》むという。天照大神はテンテルダイジンだ。

お金の話がちょっと出たが、どんな塩梅式《あんばいしき》かというと、四日はたらいて一日やすみです。月給は、中卒でシーズン中が二万五千円、オフ・シーズンが一万五千円から二万円。

これは本給に技能給（うまければ御指名多し）、早朝・残業・待機手当を加えたもんでありましょうが、サイドが莫迦《ばか》んならない。サイドとはチップのことです。会社によってさまざまでしょうが、月給分ぐらいは戴《いただ》ける。だから、女の子の職場としては悪くない。お金ほしさに陸奥《むつ》や出羽《でわ》の国から出てくる訳だ。

チップの出ない客を拳骨《げんこつ》と謂《い》う。この頃では葬式にも乗合をつかう。運転手も案内嬢もこれを喜ぶんです。必ずサイドが出るからなんですね。

案内嬢のもっとも厭がる客はなんでありましょうか。先ず一番に高校生《ジヤリ》。これはわかる。まったく悪いのが多いからね。二番目は、聞いて驚く勿《なか》れ、学校の先生です。酒は鱈腹《たらふく》飲むわ、鄙猥《ひわい》なる野次は飛ばすわ、旅館で女中の尻を追っかけるわで、大変な騒ぎだそうです。卑しいもんです。これは由々しき問題ではありませぬか。

「キミ人ノ子ノ師トナリテ」

は何処へ行っちまったのか。ともかく悪く酔うそうです。

三番目が警察・消防といった団体。次が最前に申し述べましたように銀行員などの招待擦れのした奴。生徒《ジャリ》は別にしましても、こう眺めましたところ、他人の銭で酒を飲む機会の多い人達ってことがわかりますね。大河内一男先生はいいことを仰言《おつしや》った。「タダ酒を飲むな！」いいことです。最後の五番目が新聞記者だという。これは仕様がない。初《はな》っから悪いんですから。

もっとも、これはガイドさんの眼から見た世相です。

「みなさま、右を御覧くださいませ」

と言ったときに、みんな一斉に右をむいてくれなきゃ気持がわるいんだそうです。

もうひとつ。ガイドさんにとって肝腎なことは運転手との呼吸のあわせ方です。長い説明を要するときにはユックリ走ってもらわなきゃ困る。呼吸があっているかどうかが敏感に客に通ずるから余計に困る。意地の悪い運転手だと、なんにも景色らしいものがないところをわざと徐行したりする。

ところが、昭和四十一年度にはいって観光バス業界に一大異変が生じました。俄然《がぜん》、よくなってきたんです。黄金時代が再現しそうなんです。勘のいい読者は、ハハンとここで叩頭《うなず》かれたことでしょう。

然り。二月四日の全日空ジェット旅客機ボーイング727型機の墜落です。三月四日のカナダ航空ダグラスDC8型機の着陸失敗です。続いてBOACジェット旅客機ボーイング707型の不時の遭難です。

一方が悪くなれば、一方が良くなるという。これは仕方がない。招待客のけとばし（キャンセル）

がバスに集まっちまった。

それだけじゃない。不景気もある。バスのキャラバン（十台位の貸切り）ぐらいが招待としては適当になってきた。一社で台数が足りなくて、よそから借りてくるのをチンドン屋という。

それに道路が良くなってきた。中央自動車道（高井戸・富士吉田間）の完成近きにあり。東名道路ももうすぐだ。こうなるとバスで名古屋あたりなら日帰りができる。見通しが明るくなって、張りあいがでてくる。

さあ、そうなると、ベテランの案内嬢の手が足りなくなる。今回の講談はここからはじまるんです。

III

「朝《あさ》は朝星《あさぼし》、夜《よ》は夜星《よぼし》」

「………」

「昼は梅干いただいて。やっぱり、そう？」

柳真理子が、佐野陽子のアパートを訪ねたのは、こんな訳からだったのです。

どうも余計なことばかし書いたもんで紙数が足りなくなっちゃった。こんな訳ったって訳がわからないでしょう。すこし急ぐよ。読者諸賢、これを諒《りょう》とせられよ。

鬼怒川経由日光行が運命の夜であったという一行を記憶しておられるでありましょう。

陽子は、客の一人から附《つ》け文《ぶみ》を貰った。東京へ帰ってから、その客から電話があった。以後媾曳《あいびき》を続けた。

媾曳とは男女の密会のことなり。固いで通った陽子がそんな気になったのは、矢張《やっぱ》り年齢のせいだったかもしれない。ふらふらっとそんな気になった。そのあとで結婚してしまった。実際は客との結婚は珍しいことなんです。だから相手は銀行員で、アパートは社宅です。

柳真理子は、その夜、鬼怒川温泉の旅館で運転手の大川千代之介に挑まれたが、彼女は頑《かたく》なに拒《こば》み通した。こういうところをもっと精《くわ》しく書きたいのだが紙数がない。そのことが彼女の心の痼《しこり》となって、まだ独身である。であるばかりでなく、未だに処女《ヴァージン》である。そのことを陽子にだけは告白した。告白したのは大川にひっかかりをもっている証拠であり、めったになかったことであったのにちがいない。

二十歳の処女が、あたしまだヴァージンよというときには、九割方は誇をもっているだろう。三十歳を過ぎた処女があたしまだヴァージンよというときには当人は気がつかないかもしれないが、無念の形相《ぎょうそう》が凄じくこっちの胸を打つよ。そうかといって、それじゃあという気になると、邪慳《じゃけん》に肘鉄砲を喰わせられるが。

「そんなことはないわよ。それは過ぎし日の遠い昔の話よ」

「そうかしら」

「今はね、貸しガイドさんの日給が二千七百円よ。あんたならもっと出すわ。それに、サイドもあるし」

「いいわね」

「二千七百円ていうと、あんた、あの壁塗りを業とする左官屋《しゃかんや》さんと同じよ」

世の中は変っちまったもんで、大工、左官屋、植木職の日当が最高なんです。

「そうね。ちょっといいわね」

陽子は暗算をする顔付きになりました。

「ねえ、二人でまた、あの輝かしい黄金時代を再現しましょうよ」

「………」

「お話をしておりますうちに、はや、夜の帳《とばり》にすっぽりと包まれてきましたわねえ」

「………」

「楽しい夕餉《ゆうげ》の時間がやってきたんじゃない？　お邪魔かしら？」

「ねえ、柳さん。あんたまだガイド口調が抜けないのねえ」

「………」

「過ぎし日の遠い昔って何よ。昔だけでいいじゃないの。夜になったって言えないの。どうしても、夜の帳に包まれなきゃいけないの。形容が多過ぎるのよ」

「そんなこと言ったって仕方がないじゃないのよ、商売だもの」

真理子と陽子は、最盛期にガイドになった。会社ではもっとも御指名の多かった二人であります。それでも、労働はいまに較べるとずっと辛かった。上野着午前五時の客を皇居前に案内したりします。これを「迎え」という。夜おそく帰ってきて、車内を掃除し、車体を洗ったりする。しかも、給料はやすかった。

従って、朝は朝星、夜は夜星、昼は梅干いただいて、となるのである。これが当時のガイドの日常でありました。

「考えとくわ。主人にも相談しないと」

「最愛の夫の思慮ぶかい考えもきいておいてちょうだい。けっして私は悪いようにはいたしませんから」

「ねえ、ちょっと。あなたまだガイドやってるの？」

「まさか。もうこんな髪にちらほら白髪をいただいたおばあちゃんが」

「じゃあ、なに？」

「尾行《びこう》よ」

「え⁉」

Ⅳ

浅岡澄子があやしいという噂《うわさ》をきいたのが昨日の朝だった。

案内嬢のことで、もっとも事件の多いのは運転手との関係です。読者諸賢の最も知りたいと思われるのもこの点にありと思われるが、残念ながら詳述する紙数がない。

運転手は妻帯者に限られております。そうでないと統制がとれないことになる。案内嬢は全部未通女《むすめ》です。そうでないとヤヤコシイことになる。

どこかで共に一夜を明かすことが多いのですから。

ところが、妻帯者と娘だから、一層ヤヤコシイことも起り得るんです。おわかりか。つまり、ナニすればすぐに不義ということになる。不義はお家の御法度《ごはっと》で、重ねておいて四つにするという。

否《いえ》、ほんとの話で、この社会にだけはこれが残っているんです。

発見されれば、二人とも懲戒罷免《ちょうかいひめん》です。しかも、何月何日、何某は何嬢と何をしたと発表されるんです。それには確たる証拠が必要なんです。従って尾行係がちゃんといるんです。諜報部員ですな。

私らから見れば、どっちが悪いということはない。娘はどうしたって腕のいい運転手を信頼する。これが技術者の得です。また、酸《す》いも甘いも嚙みわけたその年齢の男に弱い。自然といえば自然でしょう。「巌角《いはかど》を鋭どく廻つて、按摩《あんま》なら真逆様《まつさかさま》に落つる所を、際《きは》どく右へ切れて」といったようなこともある。命を托するんですから、そこから愛が芽ばえても不思議はない。いいわ、いいわということになる。

また、実際に、中学を出たばかりで田舎から出てきて淋しい温泉宿に泊ったりすると、怖いんだそうです。会社で別の部屋をとっても怖いから一緒の部屋に寝たりする。どうにもならなければいいが、どうかなってしまうこともある。あれは、いったんナニするとあとまで癖になると申しますな。それが会社としては困窮《こま》る。

浅岡が怪しいときいたときに、柳真理子は、また騙《だま》されたような気がしました。可愛がっていたんですから。

まさかと思ったが、そこは商売だから、あとを尾《つ》けたんです。

浅岡は仕事が終ると喫茶店に這入《はい》って時間を潰《つぶ》しているように見えました。柳真理子は表でチャーターした車に乗って待っていたんです。

とどのつまり、千駄ケ谷の旅館にはいるまでを突きとめ、後姿を写真に撮り、手帳に旅館名と時刻を記入しました。これでもう駄目なんです。

出来る娘《こ》だから後釜を早くなんとかしようと思ったときに佐野陽子の顔が浮かんだというわけです。

そのとき、柳真理子は見てはならぬものを見てしまったのです。同じ旅館にすっとはいっていったのは、他ならぬ大川千代之介であったというわけです。真理子の顔に、やや残忍とも言うべき笑いが浮かびました。それは果して解雇さるべき両名のためのものであったか、将又《はたまた》、己に対するものであったか、筆者素《もと》より知る由もないが、真理子の胸は奇怪《あや》しく打ち慄えたという。ここの所がいい所でもっと書きたいのだが紙数が尽きた。（と泣く）

待《ま》てば海路《かいろ》

一

五月二十八日の深夜のことでございます。小生《あたくし》は朝からずっと読書を続けております。恥ずかしながら、こんなに激しく活字を追ったのは生まれて初めてのことです。遍《あまね》く資料を渉猟して倦《う》まずといった態でありまして、眼《まなこ》は既にして血走っております。

あらゆる想念が脳裏を駈け廻ります。彼様《ああ》でもなければ、怎《こ》うでもない。数字が火花となって飛び散るかと思えば、妖しくも不可解なる出来事が起らぬとも限らぬと思っちゃう。思いは千々《ちぢ》に乱れるのであります。

小生の隣には女房がこれ亦、尻を突き出して一心に新聞を読み耽《ふけ》っております。どうも欲に乾《かわ》いた女の形相というのが凄《すさま》じい。

「将軍《ショウグン》は消え去るのみ、か」

「でも、六戦して三勝、二着三回という実績は連《れん》には絡《から》むということよ」

「そこが素人の浅間《あさま》しさだ。脚部にツキあげがある。水をとったなんていう話もきいた。これがひびかぬ筈はない。お前《まい》さんなんかすぐに二重丸に目がくらむから不可《いけ》ない」

「脚の悪いのは今にはじまったことじゃない。三歳《さんざい》のときから悪い悪いと言われてきた。中野渡はそう言ってるじゃない。それでも勝ってきた」

「だから重馬場《おも》になったら面白い」

「どうして？」

「下がやわらかければ脚にひびかぬだろう」

「優駿牝馬《オークス》の古山みたい。待てば海路ね」

「………」

「海路みたいに下がビチャビチャになれば当りがやわらかいし、脚がすべらないで、すぽすぽ抜ける」

「莫迦《ばか》だね。お前は。待てば海路の日和《ひより》ありてんだよ。好天気のことを待てば海路というんじゃねえか」

「そんなことはどうだっていいわよ。じゃ、あんたの予想はどうなる」

「乃公《おれ》の考えはこうだ。二十八頭のなかで一等に強いのは日本軸受第一《ニホンピローエース》だ。この考えは去年から変っていない。あんな強い馬はない。見方によっちゃ去年の喜須頓《キーストン》以上だろう。なんしろ、逃げ馬でもって抜かれてまた差しかえしてくるなんざ見あげた根性だ」

「そんならその馬を買ったらいい」

「まあ、よく聞け。東京優駿前哨戦《ダービートライヤル》といってもだな、皐月賞《さつき》というのは全く意味が違う。こいつは独立したもんなんだ。三冠馬の資格のひとつになる。これを重視すべきなんだ。この競走《レース》がどうだったかというと六番の日本軸受第一《ニホンピローエース》がぽんと出た。いや凄い勢いだった。何が喜須頓《キーストン》かと言いたいね。あの出足のよさ。狂ったように憑《つ》かれたように飛びだした。しかもだよ外枠から快足の芝早《シバハヤ》が猛烈に競《せ》りこんできたんだ。芝早《シバハヤ》ってくらいだから、芝の上を走ったら早い。馬主は内芝伝一さんだ。内へ喰いこもうとする。この二頭でもって凄い先行争いだったんだが、二角で軸受《ピロー》が初《はな》に立った。それっきりよ。余裕があったね。楽に三角、四角を廻って直線でスパート」

「将軍《ショウグン》も出てきたじゃない」

「たしかに出てきたが、力が違ってた」

「半馬身よ」

「そうではあるが、軸受《ピロー》に楽ありと見た。悧口《りこう》な馬なんだな。おいでおいでというやつだ」

「距離があったら抜けたと思ったな」

「距離がのびても二着は二着ということを知らんからいかん。二千が二千四百になれば追込馬が強いと思う。これが素人のおちいりやすい通弊なんだ。……ま、それもいい。そういう考え方もある。だから将軍《シヨウグン》を本命にしている専門家もいるわけだ。そこで、まずこの二頭に絞《しぼ》っていいわけだな」

「高時《タカトキ》は？」

「三着なんだ。しかも加賀武見が騎乗する。穴人気になる。しかし、よく考えてもらいたい。将軍《シヨウグン》と高時《タカトキ》の着差は六馬身。これは無理なんだ。若し高時《タカトキ》が問題になるとせば、四着の多摩秀峰《タマシユウホウ》、すこし遅れて前進丘《オンワードヒル》、山惣《ヤマソウ》、これに鼻、鼻、鼻の第二成長《ダイニセイチヨウ》、西部王《セイブオー》、天然走者《ネイチブランナー》だって当然問題になる筈だ。この辺は消していいだろう」

「軸受《ピロー》、将軍《シヨウグン》の順ね」

「然り。ただここに忘れてはならない馬が一頭いる。即ちNHK杯でこの二頭を破った那須之寿《ナスノコトブキ》だ。この三頭が断然強いと考えるのが普通だ。軸受《ピロー》が本命、将軍《シヨウグン》が対抗、那須之《ナスノ》が穴、こう見ていい。いかに戦国ダービーと雖もこれできまったようなものだ」

「それを買えばいいじゃない」

「そうはいかぬ」

「どうして」

「だってそうじゃないか。この三頭を買ったんじゃ面白くない。これを破る馬を探すところに競馬の醍醐味《だいごみ》がある」

「でも、絶対なんでしょう」

「競馬に絶対なんてありはしない。しかもだよ、将軍《ショウグン》二十番、軸受《ピロー》二十三番、那須之《ナスノ》の二十八番という枠順の不利がある。こいつが実にうまく出来ている。また、将軍《ショウグン》の中野渡、軸受《ピロー》の田所という屋根に一抹《いちまつ》の不安ありときている。那須之《ナスノ》は名手森安弘明、で馬の出来は絶好調だが……」

「じゃ、それにしたら」

「いやだ。三番人気の馬が買えるか。この馬が多分勝つだろう。枠順の不利を別とすれば条件が揃《そろ》っているが、しかし……」

「ずいぶん曲った人なのね」

「そうじゃない。皐月賞、NHK杯に不参加の馬だっているんだ」

「信号《シンゴウ》は?」

「逃げの一番は穴を出す。矢車賞で林屋嬢《ミスハヤシヤ》以下を八馬身ぶっちぎったが、そのときは森安兄だし、ここでは相手揃う」

「愛麵人《マナメント》?」

「元気だが決め手に欠ける」

「芝早《シバハヤ》は人気になってる」

「保田の好騎乗《かいちょう》だが、NHK杯の逃げ四着はあれで一杯とあたしは見た」

「目白秋刀魚《メジロサンマン》は尾形廏舎《きゅうしゃ》じゃない」

「本年度のダービー馬と同じシャロッテスヴィルの仔で、屋根も森安重《おとうと》だが、馬体なく秋まで待ちたい」

「多摩秀峰《タマシユウホウ》は△▲《しるし》が多いわよ」

「堅実味を買われているが、所詮《しょせん》着狙いではないか。それに落馬後の伊藤竹がどうも冴えない」

「帝都王《テイトオー》」

「新緑賞千六百の時計がいいが、相手弱く、ソロナウエーの血統は短距離むき。ダービー初出場の清水久では、どうか」

「郷原《ごうはら》の正助《シエスキイ》は？」

「千八で一番時計を出しているが、あの疲れが残っているのではないか。調教でも時計はいいが強過ぎたのではないか。郷原は調教師に叱られたそうだ。但し、これを上り馬とみるかどうかで見解のわかれる所だ。四百九十キロというデカイ馬だからこたえぬという人もいるだろう。穴党の狙いはここに集中すると見た。しかし、あたしの見方はこうだ。正助《シエスキイ》が問題になるなら、ソコソコに勝負している鉄之勇《テツノイサム》が何故問題にならぬか。強烈な逃げがある。また差し足もある。更に翻《ひるがえ》っても う一歩突っ込むならば、産婆人《サンバースト》がいる。正助《シエスキイ》が記録を出したレースで頭《あたま》の鉄之《テツノ》に対して一馬身半の三着している。このときの直線の脚色《あしいろ》に捨てがたいものあり、あたしは長距離向きと睨《にら》んだ。屋根は昨年の覇者山本正だし、攻馬《せめうま》もよく仕上ってきた」

「じゃ、それを買うのね」

「そうはいかない。それじゃ素直過ぎる」

「え？　まだひねるの」

「……………」

「憮然希望《ブゼンホープ》、迫撃《ハクゲキ》」

「ノー、ノー」

「わかった、体臭《タイシユウ》ね」

「ちがう」

「山煮竜《ヤマニリユウ》でしょう」

「これも穴党に魅力のある馬だ。末脚がしっかりしている。皐月賞で取り消しているのが臭いが、どうもあたしはこの馬がここで那須之寿《ナスノコトブキ》に勝てるとは思えない」

「豊桜《トヨザクラ》？」

「おもしろい。元気だが実力的にどうか」

「桂王冠《カツラクラウン》」

「単でくれれば六万円だ。しかし実績なし」

「速度象徴《スピードシンボリ》は？」

「いいところへ来た。かなり煩《うるさ》いがまだ勝負に弱いところがある」

「菱躍進《ヒシヤクシン》」

「良化しているが強敵多い」

「あ、わかった、曾呂門《ソロモン》でしょう」

「皐月賞の大敗が気にいらぬな。多摩秀峰《タマシユウホウ》、高時《タカトキ》同様に着はあっても頭へはとどかぬような気がする。弥生《やよい》賞での強烈な追込みは注目に価するが、雨でも降らぬ限り無理だろう。このところ古山《ふるやま》はついているが、やっぱり雨の古山《ふるやま》程度だろう」

「じゃ、全体、なんなのよ。もう夜が明けちまう」

「強いのは日本軸受《ニホンピロー》、勝つのはおそらく那須之寿《ナスノコトブキ》だろう。しかし、もしこれを破るとすれば、あたしは、断然、孤立既製服《アポオンワード》を押すね」

「へえ根拠《こんきょ》は？」

「根拠といわれても困るが、三歳時、軸受《ピロー》と同格といわれ、いつもアラアラの勝負をしていたんだ。武田、栗田の新参《シンザン》コンビだしね。距離がのびればますますうるさい。ま、ここで孤立《アポ》を押すのは、それだけ軸受《ピロー》に惚《ほ》れている証拠だろう。強い軸受《ピロー》を負かすのはこの馬だ。本音を吐くと那須《ナス》之寿《ノコトブキ》絶対と考えているが、負かすとすれば孤立《アポ》以外にない」

「皐月賞、NHK杯に不参加じゃない」

「そこが面白い」

「調教で豊桜《トヨザクラ》の先着が一杯だった」

「それも栗田の三味線だろう」

「常識にかからぬところあり、出遅れの危険があるっていうわよ」

「そうなんだ。癖のある馬でね。イレこんで汗をかく。飼葉《かいば》の喰いがわるい」

「阿呆《あほう》オンワードなんて」

「そこなんだ、狙い目は。ねえ、今年の干支《えと》は何だか知ってるだろう」

「丙午《ひのえうま》じゃない」

「その通り。丙午を代表するのはこの馬だ。どこからどう見ても条件がぴったりだ。一説によれば武田と栗田の仲がわるいという。そこなんぞ面白い」

「オープンで目白秋刀魚《メジロサンマン》に負けている」

「それも栗田の三味線と見る」

「父アポッスルの悪い面をとって気性があらく、調教も満足に行えず、癖馬に乗せたらうまい中村先生に面倒を見てもらったが、環境が違ったため悪い所ばかり出て、と書いてあるわ」

「だから丙午だ」

「どうしてこの馬に限って悪い材料をいいほうにばかり解釈するの」

「俺にもわからぬ。朝から調べ抜いて頭が朦朧《もうろう》となった結果に得たものがこれだ。これ、これ。これ以外にない」

＝

明くれば五月二十九日。東京競馬場、十一万九千六百五十四人のうちの一人になったんです。ダービーの売上げ十八億一千五百三十八万二千百円というから豪《えら》いもんです。いま確実に言えることは、このなかに小生のお宝も這入《はい》っているということなんです。

午後四時五分。がちゃんという音とともに二十八頭がスタート。流石に保田《かいちょう》の乗る芝早《シバハヤ》がぽんと飛び出し、信号《シンゴウ》、正助《シエスキイ》、憮然希望《ブゼンホープ》、帝都王《テイトオー》の先行馬が続く。外から第二成長《ダイニセイチヨウ》、孤立既製服《アポオンワード》、那須《ナス》之寿《ノコトブキ》が斜行するように激しく競《せ》りかける。哀れ、日本軸受《ニホンビロー》は躓《つまず》き、多摩秀峰《タマシユウホウ》は鐙《あぶみ》をはずして大きく離される。

二角で依然として芝早《シバハヤ》がトップ。得意の矯《た》め逃げに移らんとするが、早くも後続馬が搦んでくる。なかでもひときわ目立つのが那須之寿《ナスノコトブキ》だ。最外枠を廻って二角で大きくふくれたが向う正面で十三位、三角で九位、四角で五位とあがってくる。

この四角で、芝早《シバハヤ》、信号《シンゴウ》、正助《シエスキイ》、山煮竜《ヤマニリユウ》、那須之寿《ナスノコトブキ》、帝都王《テイトオー》、第二成長《ダイニセイチヨウ》、体臭《タイシユウ》、憮然希望《ブゼンホープ》、将軍《シヨウグン》、孤立既製服《アポオンワード》、鉄之勇《テツノイサム》、曾呂門《ソロモン》、高時《タカトキ》、追撃《ハクゲキ》の順。ここでわかることは普段と違って追込馬の仕掛けがかなり早いことです。そういうレース展開になっちゃった。

直線にはいってまだ芝早《シバハヤ》のリードが続く。

撻《どっ》というスタンドの歓声。那須之《ナスノ》に鞭《むち》がはいる。芝早《シバハヤ》は一杯となる。この両馬を割るようにして帝都王《テイトオー》が抜け出す。外から曾呂門《ソロモン》、山煮竜《ヤマニリユウ》が追いこんでくる。

スタンド前、帝都王《テイトオー》の脚が冴え、九番のゼッケンだけが十二万人の目に焼きつく。

「其の儘《まま》、其の儘《まま》」

なんて叫んだのは小生の廻りにはいなかった。正直なもんで、拍手がすくないのは買っている人がすくないからなんです。

四馬身遅れて曾呂門《ソロモン》、頸《くび》、頸で、那須之寿《ナスノコトブキ》、第二成長《ダイニセイチヨウ》、芝早《シバハヤ》七位。将軍《シヨウグン》九位。日本軸受《ニホンビロー》二十位。

単式二千九百八十円。複式一千十円、二千二十円、三百十円。連勝式五千百六十円。このようにして、今年の東京優駿《ダービー》は終ったんです。

顔面蒼白という人が多かったな。とられた人ばっかりなんですから、そりゃ当りまえですよ、二割五分なんてひどい寺銭をとられたんでは勝てっこない。

小生は歩いて家へ帰ってきた。敗戦のあとをかみしめながら。府中からは割に近いんです。それでも一時間半かかった。足はやっぱり重かった。

「ただいま」

「おかいんなさい」

女房は莞爾《にっこり》笑いました。戦に敗れた夫を慰めんとする健気《けなげ》な妻の姿です。

「お麦酒《ビール》ですか。それとも、酒《ひや》、ソラマメのいいのがあったから茹《ゆ》でといた」

夕食の仕度が出来ております。見るともなしに膳のうえをのぞいて驚いたな。目の下一尺という鯛の尾頭《おかしら》つきがのっています。こんなのは召集令状を貰ったとき以外見たことがない。

「いったい、どうしたんだ」

「ちょっと、こっちへ来てェ」

今度は台所へ連れていきます。なんやしらん、立派な電気冷蔵庫が置いてある。

「何事かね、これは」

「とったのよ」

「何を」

「なにをって、ダービーにきまってるじゃないの」

「どの馬券だ」

「あんたが出てからね、ミドリちゃんに電話して場外で買ってもらったの、帝都王《テイトオー》の単と曾呂門《ソロモン》の複を二千円ずつ。二千九百八十円と二千二十円でしょう。だから、丁度《ちょうど》ぴったり十万円の配当ね」

「……」

「驚いた？」

「おどろいたね」

「だって那須之寿《ナスノコトブキ》を負かすのは皐月賞に出なかった馬だっておっしゃったでしょう。千六の一番時計だし、枠順はいいし、新聞を見たら攻馬気配《せめうまけはい》よく惑星視って書いてあるしさ。芝早《シバハヤ》の逃げもそんなに強靱《きょうじん》じゃないから、テンにおかれることもないし、雨も降りそうもないし、脚質からいってソコソコにいけば勝負できると思ったの。むずかしい馬券だとは思わなかったわ。展開に恵まれたのは確かだけれど」

「曾呂門《ソロモン》は？」

「前から狙ってはいたんだけれど、意外に人気薄だったでしょう。それにあんたに頭へは来ないって教えられたから複式にしたのよ。良ちゃんならアラアラに勝負してくれると思ったのよ。でも、これはまぐれね。ほんというと重勝《しげかつ》の乗る目白秋刀魚《メジロサンマ》に気があったのよ。騎手もいい男だし、馬もきれいだから。軸受《ビロー》よりずっときれいね。でも、馬体なく揉まれてどうかっておっしゃったでしょう。それでやめたの。その次に、好きなのは祐ちゃんの港期待《ハーバーホープ》ね。でもここは見送ることにして、番号を見たら、目白《メジロ》が四番、港期待《ハーバーホープ》が十四番でしょう。下一桁の四というと、あとは曾呂門《ソロモン》の二十四番しかないじゃないの」

「でたらめだよ。そんなのは根拠にならない」

「だけど、ソロナウエーの仔は長距離むきじゃないって言ったけど、去年の喜須頓《キーストン》だってソロナウエーでしょう。帝都王《テイトオー》もソロナウエーだし、これを単で買えるくらいなら、曾呂門《ソロモン》も複で買えるはずだって信念をもったのよ。それに古山とか藤本は、ダービーでは不思議によく走るじゃない。げんに藤本の第二成長《ダイニセイチョウ》は頸の四着してるしさ」

「そんならどうして連複で買わないのか」

「いやぁよ、そんなの。だって③⑦の馬券をとったら、誰だって加賀の高時《タカトキ》と軸受《ピロー》を組みあわせたと思うでしょう。絶対信用してくれないと思うわ」

「………」

「雨の古山を良馬場で買う。血統短距離むきのソロナウエーの仔を二千四百で買うなんてオツなもんじゃない」

小生は結婚以来、こんなに不愉快な思いをしたことはありませんでした。

「ねえ、それより、森安弟が落馬したの知ってる？」

「えッ」

「テレビで言ってたわ。大変だって」

III

越えて六月五日。

またしても府中へ行ったんだが、例によって、すってんてん。特にこの日はひどかったんです。フクミカド、ポカハンタス、マルハヤ、タイセツザン、スターコキトールと狙った馬が全部二着。これを全部単式で買ったんだからひどい。最終レース、乾坤一擲《けんこんいってき》、ヒシビザンの単勝に有銭《ありがね》そっくり注ぎこんだら、また二着。

これには泣いたね。だってそうじゃないですか、ヒシビザンは楽に逃げていたんです。目の前を通ったときには勝ったと思ったんだが、ゴール直前でマンゲツに差し切られてしまった。

「そのまま、そのまま」

と絶叫《ぜつきよう》したが空しかった。

小生は安田記念で勝った小野君が表彰式から駈足で帰った差だけ負けたと見たね。

うちへ帰るのが厭《いや》ンなっちゃった。これには訳《わけ》があるんです。なぜかというと、女房に頼まれて買った安田記念のヒシマサヒデがまたきちゃったんです。これが逃げっきりの楽勝ときたね。これじゃあ帰りたくないって気持もわかるでしょう。もう一枚、同じレースのトップハイスピードも頼まれた。そのときのいいぐさが癪《しやく》だったね。

「ここでは格下だから負けるのはわかっているんだけれど、ソロモンの古山良ちゃんへの御祝儀《ごしゆうぎ》よ」

女房のとった馬券も全部突っこんで一文無し。今日も歩いてかえるつもりだったんです。

「よう、どうしたい?」

悄然《しょうぜん》と首うなだれて正門前を歩いておりますと、F新聞のJ記者に声をかけられました。戦前からの博奕《ばくち》仲間です。彼はとうとう本職の競馬記者になっちまってます。不思議なもんでギャンブルで知りあった同士は何年会わなくてもすぐに昔のような親しい口がきけます。心理と用語が共通のせいでしょう。

「ごらんの通りだ」

「御愁傷さまでした」

斯《か》く斯《か》く然《し》か然《じ》かの物語り。

「そりゃ腹が立つね」

「しかもだよ、女房のやつ、アルゼンチン・ジョッキー・クラブ杯のコレヒデからずっと制覇してるんだ。オークスは森安重のルーブルで落したがね」

「コレヒデとヒロヨシは俺もいただいた」

「畜生!」

「まあ、ビールでも飲もうか」

府中駅のそばの小料理屋へはいりました。J記者は、奥にいる二人の男に手をあげて合図しました。一人はスポーツ・シャツを着た顔の長いサラリーマン・タイプ。もう一人は紺の和服で鯔背《いなせ》な感じのする目の鋭い男。左足の繃帯《ほうたい》が目にしみるように白い。

「森安の兄さんと弟だよ。紹介しようか」

「もう退院したのか、弟は」

Ⅳ

森安弘明《ひろあき》。競馬ファンなら知らぬ人なしという名騎手です。ただの名騎手じゃない。穴党に絶大な人気があります。逃げてよし、差してよしという。嘘だと思ったら競馬新聞で勝率を調べてごらんなさい。一着になる率は四割にちかいはずである。こういうこと教《おせ》えたくないんだが、本書の読者へのサービスです。生涯の勝率でも保田隆芳《かいちょう》と一、二を争うという。

それだけじゃない。誠実な人柄でもって知られています。なんとかしてダービーを取らせたい。そう考えているのは私だけじゃないはずです。ナスノコトブキ、今年は絶対のチャンスだったんです。森安に男の花道をつくってもらいたい、そう思ってました。

やんぬるかな、先刻御承知の通り、二十八番という大外枠をひきあててしまったんです。府中では馬番号で十八番より外だったら勝てない。これが常識です。なぜならば本馬場は中央が自然に高くヤマになっている。従って、真中より内側の馬はだまっていても内へ内へと良いコースをとれることになる。反対に外の馬は普通に走れば外へ外へとよれてしまう。ここで右っ側の脚を余計につかう。そうでなくたって、外ばかり廻るんですから時計で二秒《ふたつ》は違うという。はなはだしいときは二百メートル余計に走らされる勘定になるという。果してナスノコトブキの森安がこの大きなハンデを克服《こくふく》できるか。ここに今年のダービーの命運がかかっていたわけなんです。

森安兄弟の父は戦時中に軍属にとられて帰ってこなかった。十二歳の時に母が死んで孤児となる。それまでの間、母と兄弟は親類を渡り歩いていた。この親類に競馬関係の人が多かったんです。

兄は馬ぎらいだった。怖《こわ》かった。彼は上の学校へ行きたいと思っていた。しかし、母と兄弟の三人で厄介《やっかい》になっていて上級学校とは何事ぞといきまく人がいた。母に死なれてはじめて兄は学校をあきらめて騎手になろうと思った。下乗りです。

馬がきらいというのは嘘じゃない。兄は騎手検定試験に四回落第した。しかも上の学校へ行こうとしたくらいだから学科は非常によく出来たんです。馬のなかで育ったような環境だったんです。いかに乗り方が下手だったか、これでわかるでしょう。

そのうえ、彼は体重が五十三キロあった。現在では四十八キロ以下でないと騎手になれないんです。

兄は頑張ったんです。弟のために。弟を上級学校へ入れて自分の念願を果すために。下乗りばかり六年も七年もやった騎手は他にいなかったでしょう。頑張ったんです。ガンバッテ当代一流の名騎手になったんです。弟を上級学校へやれることができたんです。

ところが困ったことが起きた。弟は学校へ行ってないんですね。行くといって出たまま、どっかへ行っちまう。先生にきいてみると二カ月も無断欠席であるという。兄は怒った。泣いて怒った。

弟は兄と反対に馬が好きだった。天才だった。幸か不幸かわからぬが、三十一年の七月、重勝は十八歳で騎手となり、ここに兄弟ジョッキーが誕生したんです。

たちまちにして弟は若手ナンバーワンの花形騎手にのしあがった。

話はとびます。

昭和三十八年五月十八日、森安弟が名馬メイズイ号でダービー騎手になったことは御承知でしょう。この馬は圧倒的に強かった。二分二十八秒七というレコード、まるで他馬をよせつけなかった。

今年のテイトオーが二分三十一秒一ですから、あれよりもう二秒四前にゴールにはいった馬がいると考えてください。

それだけじゃない。メイズイは皐月賞をも楽勝で制覇していた。これで菊花賞を勝てば、昭和十六年のセントライト以後二度目の三冠馬となるわけです。

菊花賞制覇はまず絶対確実視されていた。弟はここで三冠馬騎手になれたはずである。ところが負けっちまった。しかも、メイズイは暴走気味にぶっとばして潰《つぶ》れてしまったんです。

その後も全くの不振を続けた。つまり、騎手としての最高の名誉をとれる筈だったのが一挙にして転落してしまった。信用できない騎手にされちまった。

翌年の夏、決定的な不幸が森安兄弟を襲うことになる。弟の重勝が福島競馬で、飯坂温泉から福島へ帰る途中、暗がりで飛びこんできた小学生をはねてしまったのである。しかも、運転していたのはダービーで貰った栄光の車である。即死だった。

騎手免状はとりあげられ、むろん無期謹慎となる。重勝に同情する者は一人もいなかった。悪罵《あくば》が集中する。頭を坊主にし、車を手放し、ゴルフと酒をやめ、府中の自宅に蟄居《ちつきよ》する。収入は零《ゼロ》にちかい。

兄弘明の苦労と活躍がまたはじまった。歎願書を持って駆けずり廻る。

その間、シンザン、キーストン、ダイコーターと関西馬が席捲《せつけん》する。今年もニホンピローエースという関西馬の呼び声が高かった。

昨年夏、ようやく謹慎を解かれた重勝は、その第一戦を札幌で勝った。ちょうど、事故を起してから丸一年。死んだ小学生の命日だった。

弟が良血のメジロサンマンに、兄が枠順不利だが実力第一のナスノコトブキに騎乗して今年のダービーに駒を進めたのである。「待てば海路」だった。

V

「非常にききにくいことをきくようだけれど、菊花賞のメイズイは暴走じゃなかったの」

弘明はジュースを飲んでいた。騎手会きっての酒飲みだった兄も酒をやめていることを知った。重勝のほうは、それこそ舐《な》めるようにしてビールを飲んでいる。そういうところがいかにも重勝であり、兄弟の取りあわせの妙である。

兄にむけた質問を退院したばかりの弟がひきとった。

「メイズイはひどく調子を落していたんです。それで、発馬のときにパイプにひっかかって出遅れたんです。パッと放した私がわるかったんですが、遅れをとりもどそうと思って叩いたら、ああいう馬でしょう。どんどんいっちまう。しかし、記録を見てください。半マイル四十七で、向う正面では十三半に落したんです。他の馬がスローペースだから暴走に見えたんでしょうが、あの馬はあれでいいんです。私もこれで勝てると思っていたんだけれど、やっぱり不調だったんだな」

「そうね。私は、あんたがまた凄い記録をつくろうとしているのかと思った」

「そうじゃないですね。新聞の人を前にして言っちゃわるいけど、負けるといろいろに書かれます。オーバー・ペースだなんて」

「重勝はあれで仕方がなかったと思いますよ。メイズイは、とにかく右廻りが下手だったですね。

皐月賞もそうだったんですよ。あのときは中山が工事で府中でやったから勝てたんじゃないですか。逆に、菊花賞が左廻りだったら間違いなく三冠馬だったですね」

「ねえ、弘明さん。私はいまでも馬としてはニホンピローが一番強いという考えですね。レースで勝つのはあんたのナスノコトブキだと思ったけれど。そして、買ったのはアポオンワードなんだ」

「あの馬で二十八番枠だったら、乗り方がふたつあるんです。ひとつは、イチかバチかの玉砕戦法。これは馬をさげて、後から行って内々と廻るわけです。最後に直線だけで勝負するんです。こういう乗り方だと、うまくいけば頭へ来るわけですが、失敗したら惨敗になりますね」

「向う正面で仕掛けて、三角から四角にかけてぐんぐん飛ばして四角ではシバハヤのすぐうしろについていたね。私は仕掛けが早すぎたように思ったけれど」

「そう言われるんですよ、負けるとね。で、私は、実際にはもうひとつの戦法をとったわけです。あんなふうに一応は行ってみる。そうして射程距離《しゃてい》におく。ファンの方にやる気があったんだと納得《なっとく》していただく。これなら必ず三着にはきますよ。そうすると非難がすくないわけです。といって、もちろん負ける気で乗ったわけじゃないですよ。三着までは固いという乗り方です。そういう展開で勝負を賭《か》けたんです」

「そうすると枠順がよければ勝てましたか」

「九十パーセントといっていいと思います」

「にいちゃんは絶対だったな。九十九パーセントと思っていた」

「稲葉《せんせい》に相談したんですがね、お前にまかせるということで、私が後の乗り方をえらんだんです」

「兄《にい》ちゃんは後から行ったら勝てたね。だってソロモンがそうだったろう。馬の出来からいってあそこでは勝てた。結果論だけどね」

「だけどさあ、重勝。あとから行ってお前のうしろだったら、いまごろ命がなかったかもしれない。これは運だよ」

「俺も勝てると思って乗っていたんだよ。うまく内側がぽかっとあいてね」

「敗因といえば、追い切りが強かったんです。追い切りのときが四百五十キロあったんです。それが、ダービーのときは十キロ減って四百四十でしょう。馬丁《ばてい》さんにきいてみたら飼葉はちゃんと喰っているというし、ダートで四秒半の三十九というのが強過ぎた。ＮＨＫが四百四十二で、ダービーでは四百四十六ぐらいでいけるつもりでいたんだ。だから追い過ぎたのがいけなかったのね。しかし、四歳の春じゃ、そういうことがわからないもんですよ。なあ、重勝、秋にはやろうよ」

「ようし、にいちゃん、俺もやるぜ」

私は、騎手がこんなに純情で、真剣で、命をかけているとは思ってもみなかった。

「もう一度、素人考えを言うけど、私はニホンピローが一番強いと思っているんだが」

「その通りです。出遅れましたからね」

どうだい、女房、わかったか。

「まあこれは騎手《のりやく》さんの考え方ですが、私はもっと叩いてハナに立っても来れる馬だと思いますね。おもしろい話があるんですよ。皐月賞で私がセイブオーに乗ってましてね、この馬、ちょっとにぶいところがあるんで、スタートで思いっきり叩いたんですよ」

「五番枠で、隣のピローが六番」

「そう。右手でもって、思いっきり叩いたらニホンピローの尻《けつ》に当っちまった。そうしたら、ぴゅうっといって逃げっきり」

きいてみなきゃわかんないもんだね。この話をきいていれば、まるっきり研究方針が変ってくる。

もう一度、五月二十九日午後四時八分頃に思いをもどしていただきたい。

そのとき私はアポオンワードの馬券を握《にぎ》りしめていた。女房はテレビの前で躍りあがっていた。

メジロサンマンの前を走っていたサンバーストは埒《らち》に激突して、二十メートルに渡って、十センチメートル角のコンクリートの柱を三本折ってしまった。台風が立木を折るような音がしたという。

次の瞬間に、森安重勝の体は宙に浮き、厚い壁に体ごとぶち当ったようなショックを受けた。

重勝は腹が立った。勝てると思っていたからだ。勝って兄《にい》ちゃんに喜んでもらいたかった。これでリーディング・ジョッキーも駄目になったと思った。脚は折れている。

「なんで落っこったんだよう」

倒れてうなっているサンバーストの山本正に叫んだ。山本は頭をうって意識がほとんどない。かすかな声で言う。

「すまない。誰だい」

目も見えないようだ。

「森安です」

サンバーストは肩から水道の水のように血をふきだしている。それを見て、メジロサンマンは立ちすくんだ。

ゴールインした森安兄は、馬がいっぱいであったことを知っている。

やっぱり今年も男の花道を飾れなかった。ダービーをとったら引退しようと思っていたのに。シバハヤが向う正面で急に速力を落したので、スローペースになり、自然に前へ出てしまった。強引《ごういん》な仕掛けと見られ、そう書かれるかもしれない。しかし敗因は追い切りの強さにあったことを悟《さと》った。

ふりかえって弟を探したが見あたらない。落馬事故にまだ気づいていない。

「俺たちはいつも崖《がけ》っぷちに立っている」

いつものようにそう思った。癖のわるいサンバーストに乗っていたら、いつかは殺されると口癖のように言っていた清水騎手の言葉を思いだした。今日は山本のはずなのに。そういえば山本も重勝も姿が見えない。

救急車がサイレンを鳴らさずに、三角をめざして動きだした。

当《とう》世《せい》菊《きく》人《にん》形《ぎょう》

―

脊椎動物門哺乳綱霊長目《せきついどうぶつもんほにゅうこうれいちょうもく》ヒト科に属する動物、下世話で言えばこれをにんげんなどと称するが、これをさらに大きくふたつに分類することができます。その片一方は子を産む能力をあらわしうるもの、即ちをみなであります。既にして成熟して性的特徴を露呈《ろてい》したるをみなは果して美しいか。美しいとすれば、それは奈辺《なへん》にあるか、何故であるか。ひらったく申せば「婦女子にとって美とはなにか」。これが小生《わたくし》に課せられた命題であります。

ヒトにもっともちかいのはサルであります。ヒトとサルとの差異はなんでありましょうや。頭脳の発達と直立歩行の二点でありますが、まあ、こんなことを知ったところで美はわからないが、この二点をよく記憶しておいていただきたい。

「たとえば、女性が男性を魅《ひ》きつけるポイントとは何だろう? 私は、それは顔であると思う。女性の美醜《びしゅう》を決定づけるものは何といったって顔が第一条件だ。なかでも、ことに重要なのは眼だ。これはいつ、いかなる時代でもそうなのだ。たとえば現代では八頭身とか、脚線美とか、美人を評価《ひょうか》するのにいろいろの条件をつけており、そのために、女性は顔だけで勝負しなくてもいいような印象をあたえているが、それは主としてファッション・モデルを選ぶ場合の基準なのであって、普通一般の女性の基準になるものではない。

勿論《もちろん》、肥りすぎた体や極端に貧弱な体軀《からだ》を美しいとは申しかねる。しかしゾウのように太い脚を持った美しい眼の女性と、八頭身の体にゾウそっくりの顔つきの女性と、どちらをえらぶかとなったら、十人の男中、八、九人までは、ゾウの脚のでも眼の美しい女性を、えらぶにきまっている。要するに、体つきというのは、顔だけでは甲乙を決しかねるときに浮び上がってくる第二次試験みたいなものだ。

では、なぜそれほど、顔が重要なのかといえば、平凡のようだが顔には人間の内容があらわれるからだ。たとえば独創的な乳だとか、知的な尻だとか、考えぶかそうな脚だとかいうものは存在しない。手の指だとか、頸の線だとかには、いくらかそういう要素はある。しかしそれだって顔の重要さとはくらべものにならない。」（安岡章太郎氏著『思想音痴の発想』より）

結論はここに出ちゃったようなもんだ。結局は顔なんです。顔のなかでも眼です。眼は人間のマナコなりともいうし、心の窓ともいいます。

結論は出たが、これを実例でもって証明せんけりゃならん。ここが小生の辛《つら》いところだ。

美人の基準はミロのヴィーナスということになっている。これは女体美を超えた理想像ということでありますが、その寸法は身長二米《メートル》十五糎《センチ》、バスト一米二十一糎、ウエスト九十七糎、ヒップ一米二十九糎で、こりゃどうみたって化物です。

本邦美人のうちの巨人嬢といえば児島明子さんでしょう。児島さんは、身長一米六十八糎、体重五十五瓩、バスト九十三糎、ウエスト五十八糎、ヒップ九十七糎。

吉永小百合嬢は如何《いか》にと見てあれば、身長一米五十七糎、体重四十三瓩、バスト八十一糎、ウエスト五十六糎、ヒップ八十五糎ということになっております。

このうちどれかに合致《がっち》したからといって喜んでしまってはいけない。問題は割 合《プロポーション》ということではないかしら。暇あるひとは、ご自分の身長からして比率を割出して御覧。

小生の乏《とぼ》しい経験でもっていうなれば、一般にすらりっとした女性は乳房《おっぱい》がない。夏場になって海水着を着ると俄《にわ》かに心細いことになる。稀《まれ》に乳房があるとすれば、こんどは臀部《でんぶ》がない。乳房あり、臀部ありとすれば、これが垂れさがっていたりする。従って「無理なく五糎アップします」なんて広告が幅をきかすことになる。それじゃあ小太《こぶと》りの女はどうかなんてきかれてもそれ以上のことは小生にはわからない。

却説《さて》、この寸法の揃《そろ》ったのを選《え》ったのが、ファッション・モデルということになっております。内容《なかみ》は知らないが額面上はそういうことになっている。即ち、婦女子における美の代表であります。美でもって商売《あきない》をいたします。豪儀《ごうぎ》なもんであります。

それならば、ファッション・モデルは美しいか。そう問われるならば一応は美しいと答えざるを得ない。プロポーションはいいんですから。

真個《ほんと》に美しいかと念を押されると困ってしまう。美とは爾《しか》く難しい問題なんです。実を言うと、小生にはファッション・モデルは美しくないという一方の考えがはたらいているんであります。

何故でしょうか。まず第一にファッション・モデルは細くなきゃ不可《いかん》という鉄則がある。細いほうが恰好《かっこう》がいい。それからして、ファッション・ショウに出演したときに、五着も六着も取っ換《か》え引っ換《か》え着たとします。もし、体が細くってダブつくようだったら洋服のほうを摘《つま》んじまったらい い。これは容易《たやす》いことです。然しながら、肥満体でもって、そもそもが着られぬ、穿《は》けぬ、被《かぶ》れぬというのではどうにもならない。真逆《まさか》、破って着るわけにはいかない。だから、細いほうがいい。

この傾向が昂《こう》じてくる。競いあう。

小生は予々《かねがね》疑問に思っていることがあります。乳房と臀部を強調するためにはどうしたってウエストを細くしなけりゃならない。そこへ仔犬の首輪のようなベルトを締めている。小生の両掌の親指と中指とでもって輪をつくるととどいちゃうのがいる。あのなかに、ほんとに大腸、空腸、回腸、十二指腸がはいっているのだろうか。胃だの、腎臓だの膵臓《すいぞう》だの、肝臓だのがはいっているのだろうか。腹大動脈も、総腸骨動脈もある。S状結腸もある。細《こま》かいことを言うようだが、輪尿管だって無ければなりますまい。それだけじゃあ倒れちまうから腰椎《ようつい》というものだって必要だ。

全く信じ難いことだが、生きているからには内臓完備というわけだろう。そうすると、大腸、十二指腸は極めて細いパイプでなければならない。ストローみたいなものが充満しているわけだ。そう思うと気持がわるくて仕方がない。

それからして、こんなこともある。ファッション・ショウでモデルが坐ったところを見たことがあるかね。衣服であるからには、それを着て坐れなければならない。立ちっぱなしでいるわけにはいかない。ところがショウでは坐らない。くるくるっと廻ってみせるだけだ。坐ったら、ぴりっと破れてしまう。多分そうだと思う。細い軀にぴたっと布をはりつけている。だから坐れないのではないか。いったい、これが衣服においても人体においても美でありましょうや。

ファッション・モデルの第一期黄金時代は、相島政子、岩間敬子、ヘレン・ヒギンズ、伊東絹子の諸嬢でありました。どこがよいかと問われても困るが、ちょっといいんだ。五尺五寸はたっぷりある。女である。女であって、全体に大きいのである。そうだな、貫禄《かんろく》があるといったらいいかもしれない。女としての栄光を背負っている感がある。特別誂《あつら》えである。彼女等がそれで幸福であったか不幸であったかは知らぬ。人間としていいか悪いかも知らぬ。とにかくファッション・モデルの名に価《あたい》したのである。

綱を締めるという。これは相撲の社会の言葉だが——。彼女等はつまりは横綱であったのです。女房として恋人としてどうかというのではない。その意味では、あんなに大きくちゃどうも、と言って顔をそむける人がおられるやもしれぬ。職業人として立派だったといっていいかもしれない。体だけで見世物《シヨウ》として立派に通用したんだ。

ここからあとは、言っちゃあ悪いが、栃ノ海が綱を締めるような具合になる。なにもこれはファッション・モデルに限った話ではない。スチュワーデスなんかもそうだった。全体に小粒になってくる。そのへんのねえちゃんと大差がなくなる。これはどういう現象なのか。不思議だな。

ストリッパーだってそうでしょう。ジプシー・ローズ、広瀬元美、伊吹まり、メリー松原なんかがずらっとならぶと眩《まぶ》しいくらいだった。せいぜいが、奈良あけみ、春川ますみ、小浜奈々子の売り出しのところで終っちまった。

映画俳優もまた然り。相撲だって大鵬、柏戸で終りでしょう。野球もそうだ。王、長島で終っちまった。そのまえに、中西、豊田、金田、稲尾の面々がいる。各界を通じてそうなっている。薄気味の悪い世相だとは思いませんかね。

食糧事情はよくなる。化粧は進歩する。衣服も豊かになる。収入が増大する。それでいてこうなんです。

さしさわりがあったらお許しねがいたい。第二期の、渥美のぶ、中島明子、今井美恵、河原日出子となると、綱ぁ締めるわけにいかない。大関北葉山、栃光という感が濃厚《のうこう》なのである。繰りかえすが、女っぷりがどうとか、教養がどうとか、女房としてどうとかという話じゃあない。第一期と較《くら》べると、脚光を俗びるためのサムシングが不足してるんです。

現状はどうでしょうか。そのまえに、松田和子《ビーター》という存在があります。これがどうしてうけたかっていうと、前記諸嬢の間にはいっていたからよかった。新鮮であり、光ったんです。ファニー・フェイスとかボーイッシュのはしりだったんです。相撲でいえば名小結といったところでしょうか。それも巴潟《ともえがた》的存在だった。

さて、現状は、ようやくにして混血児時代が到来《とうらい》したといっていいのではないでしょうか。こいつにはかなわない。生まれながらにして備《そな》わっているものがあります。

もうひとつが、いわゆるボーイッシュで、中性化であります。これがどうにもやりきれない。乳房もなければ臀部もない。

そりゃあ、他人のことだから、どうでもいいよ。しかしだね、これでいいんだと思いこんでしまった女というものは、どうにも凄《すさま》じいの一語につきる。

オッパイもいらぬ、骨盤もいらぬ、しかしてタレント意識だけが発達した女というものを考えてみてくれたまえ。それでいて、ひょいと見たところは美しいんだし、当人がそう思いこんじまっている。着せかえ人形なんだ。人形ならいいが人間だからたまらない。この感じが実に淫猥《いんわい》なんだな。女から、女らしい豊かさ、しなやかさ、しおらしさをとっちまったもの。これが淫猥でなくしてなんでありましょうや。ポキポキです。形骸《けいがい》だけです。寸法だけです。

男でもなければ女でもない。畸型《きけい》児です。そうであることによって彼女等はタレントなんです。

有名なんです。収入があるんです。

いい洋服を着る。アクセサリーをつける。最高の化粧をする。一流のホテルなんかに出入りする。六本木で夜食を摂《と》る。

そうなると、相手の男も万事につけてカッコよくないといけない。

嘘じゃない。何よりの証拠は、ファッション・モデルがやたらに外人と結婚することでもわかるでしょう。そりゃ五尺五寸以上なんという寸法の都合《つごう》でそうなった女はやむをえない。大きくて相手が毛唐《けとう》でないと釣合わないのであれば仕方がない。

そもそも彼女等は日本人を馬鹿にしておる。エリートなんです。外人との結婚によって、さらに選ばれたものになろうとする。日本人が外国人にいだくイメージはなんでしょうか。スマートである。自動車を持っている。女をちやほやする。舶来《はくらい》である。これです。

馬鹿でまにあう商売といったら酷《こく》に過ぎるでしょうか。彼女等はそのことに気づいていないのです。これが困る。

彼女等が舞台やテレビで喋《しゃべ》ったのをきいたことがありますかね。話すという多少でも知的な作業は、いっさい不要なんです。これは気持わるいよ。

それでいてプライドがあるんだな。含羞《がんしゅう》のひとかけらもなし。

女は誰でも美しくありたいと思う。美しく見せたいと思う。これは当りまえです。従ってファッション・モデルは勝利者なんです。女と女との間で「美」という競争に勝って世に出てきたんです。これがたまらない。

小生は広告業界に籍《せき》をおいているから、モデル嬢との接触の多いほうでしょう。そいつを羨《うらや》ましがる友人がいる。

「ほら、洋服を着かえるときなんかに、自然に見えちゃうことがあるでしょう」

「そりゃありますよ」

「ちぇっ。うまくやってやがら」

串戯《じょうだん》じゃない。見るのも厭なんだ。思わず目をそむけるね。感動がない。どんなに貧しい女でも、裸体になるときは男にある種の感動を喚起《かんき》させるもんなんです。ファッション・モデルにはそれがない。一口に申せば陰惨なんです。不潔です。

痩《や》せ細った老婆がいるとする。直立不動の姿勢をとっても股と股の間から青空が見えるくらい痩せていたとする。

オッパイはしなびている。この老婆の背筋をのばし、皮膚を若がえらせ、つけ睫《まつげ》をつけ、アイラインをひいたらファッション・モデルになりはしないか。これは陰惨と申すよりほかはないでしょう。

どうして、こんなことになったたか。松田和子《ピーター》というのはティーン・エイジャーのためのモデルだった。これがうけた。若い女の憧れとなった。伊東絹子にはなれないがピーターになら妾《わたし》だってなれる。そう思ったのではないか。

いまの若いモデルの大部分はピーターの亜流《ありゅう》なんです。そうして極端に少年風に痩せこけてしまった。

これが現状です。美の代表であるところのファッション・モデルとしかるべき男性がどうこうしたという噂をきいたことがない。例を文壇人にとるならば、ホステスとどうこうしたという噂は初中終《しょっちゅう》きくが、ファッション・モデルと何とかしたという噂は絶えてきかない。

むろん、いまだって例外はある。大きいのもいれば太ったのもいる。やさしい女もいないことはない。

一流モデルに共通するところのものは何であろうか。形骸だけじゃないんです。

第一に、愛想がいい。礼儀正しい。次に時間厳守ということがある。それから、余計なことを言わない。心すべきことにこそあれ。

我慢する。堪《こら》え性がある。ライトで暑かろうが、無理な姿勢で長時間立たされて痛かろうが我慢してしまう。

特定のデザイナーにつくのは危険である。そのひとからお払い箱になったとき、よそのデザイナーのところへ行っても、あ、あなたは××さんの専属でしたわねとやられてしまう。そこが女の世界の辛いところだ。

=

谷村佐智子が家へ帰ったとき十一時をすこし過ぎていた。家といったって六畳間とDKのアパートです。

鞄から荷物を全部だす。スリップ一枚になって洋服にアイロンをかける。夏になると冬物の撮影がはじまるというのがこの稼業《かぎょう》の辛いところです。

翌日の荷物を整理する。まるで時間割をそろえる小学生みたい。

風呂にはいる。化粧をおとす。

黒竜を塗る。それを拭《ふ》いて資生堂（栄養クリーム）を塗る。顔面のマッサージを行う。鼻の下の産毛《うぶげ》を一本ずつ刺抜《とげぬき》で抜く。はじめははれあがってしまったことがあるが、いまはそんなことはない。剃《す》ると濃くなるから駄目だ。

髪をカールする。鬘《かつら》のほうも捲いておく。

リップ・クリームを塗る。

食べてはいけないのだが、ついつい桃を二箇いただいてしまう。

ベッドのうえで自転車をこぐような体操をする。すぐにねむくなる。


朝、八時起床。

歯をみがく。

タオルを熱い湯に浸け、ひきだして一分間ばかり顔にのせる。

今日は九時半に家を出なければならない。

化粧に正味一時間かかるから、出発の一時間半前に目覚時計をあわせるのだ。

髪をなおす。そこで洋服を着てしまう。セーターのように上からかぶるものは駄目なのだ。髪がこわれるからだ。さきに洋服を着るのは、もし万一、時間がおそくなっても十分間あれば化粧はなんとかなるからだ。出られる恰好をさきにつくってしまう。

乳液をつける。

ファンデーションを塗る。

頬紅をつける。

粉白粉《おしろい》ではたく。

目を描く。（上を描き、次に下を描く）

アイラインにあわせて眉をかく。化粧は常に目がポイントである。

口紅を塗る。

固型クリームパフで叩《たた》く。

付け睫をつける。

これでよし。

マニキュアは暇を見つけては塗っているので心配ない。

レモンを一箇、絞《しぼ》って飲む。

生卵を二箇、飲む。これで喰いっぱぐれても夕方まではもつ。ふらふらになったときの用意にバッグのなかにチョコレートと飴がいれてある。

出発。

Ⅲ

谷村佐智子は私の女友達《ギャール・フレンド》だ。

二カ月に一度の割合で一緒に昼食を食べ、三月に一度は夜遅く青梅街道のアパートへ送る。それだけのことだ。

身長一米六十一糎、体重四十五瓩、バスト八十三糎、ウエスト五十八糎、ヒップ八十七糎。臀部《でんぶ》は正確だろうが、どうもバストは怪しい。もっともそっちのほうはツメモノでごまかせる。

年齢は残念ながら三十歳。自称全国老嬢《オールドミス》愛好連盟（略称全老連）会長としてはこれも止むをえない。

佐智子と私とが、他に客のいないイタリヤ風レストラントでむかいあっていた。

佐智子は、私が前に勤めていた出版社で社長秘書だった。その会社が倒産した。二人とも追いだされた。いや、その会社が再建されたとき、佐智子のほうは復帰することができたのである。

しかし、彼女は失業を続けた。

「なんだか、先代社長秘書ってのは厭《いや》なのよ」

会長も社長も変っていた。そういう古風で意地っぱりなところが好きだった。忠義だけでなくて、社長と秘書にはそういう関係があるのかもしれない。それはそれでいいと思った。

「だって仕方がないじゃない」

私がファッション・モデルが嫌《きら》いなことを知っている。お前さんはせいぜい小城《おぎ》ノ花で関脇どまりだといってからかうからである。

「鶴ヶ嶺かな」

「バカ！」

「立派なもんじゃないか」

彼女はモデルとしては低迷《ていめい》を続けていた。

無理もない。こと志と違ったからである。どう見たって世を忍《しの》ぶ仮の姿である。月収は事務所に払う一割の手数料、税金などをひいて十万円を前後するらしい。

「昔の三倍じゃないか」

「だって、CFなんかの洋服は全部自前《じまえ》ですもの」

「有難いと思わなくちゃいけない。痩せているおかげで喰えるんだ」

「加うるに天成の美貌があるから」

「天成の？」

「そうよ。ファッション・モデルは天成のものよ」

「そうだね。寸法がよくなければ駄目だから」

「天成と努力よ」

「きいたことのある言葉だな。待てよ。あ、それは川上哲治だ」

天成というのはよくわかる。やっぱり下地がなければモデルは勤まらない。これは動かせない。それに佐智子はたしかにこの稼業にはいってから美しくなった。

私は髪を長くして旧式のパーマネントをかけていた昔のほうが好きであるが。パーマをかけるというのはいいものだった。先きがちぢれていて、その日は恥ずかしそうにしているところがよかった。ねえ、そう思わないですか。

「それ、なによ」

「川上はそう言うよ。巨人軍の選手はみんな天成があるんだって。あとは努力だって」

「そうかしら」

「努力ってなんだい」

それでも彼女がなんとかやっていけるようになったのは、TVCFのおかげである。生コマで動いて喋れるのは佐智子ぐらいのものだ。

それに近年の和服ブームということがある。これはあまりオッパイを必要とせぬ。それに、不況のせいで銀行や証券会社の仕事が目立つせいもある。主婦役が必要になった。おそらく佐智子を見た人は子供が二人はいると思っているだろう。

「歩くことよ。これが意外とむずかしい。お素人《しろうと》さんにはわからないでしょうけれど。舞台の端から端までだまって歩くって大変なことなのよ。だから普段が大事でね。うっかりすると、なんのきなしにダラダラッと歩いてしまう。そのほうが楽ですものね。そのうえに個性のあるきれいな歩き方となると、これは芸だと思うわ」

「俺《おれ》なんか猫背《ねこぜ》だし、この頃、下腹が出てきたから」

「この頃じゃないわ。三、四年まえからそうだった」

「そうかね」

「そうよ」

「苦しくってしようがない」

「ほらごらんなさい。もっと下腹をぐっとひっこめて胸をはって」

「それが出来ない」

「出来ないでしょう。あんたはファッション・モデルに偏見《へんけん》をもっているんだから。よそから見るような楽な商売じゃないのよ。ねえ、ステージに立って、カッとお腹《なか》に力をいれて、顔はニコッと笑う。これをやれると思ってるの」

「カッ。ニコッ。到底《とうてい》無理だ。お前さんはどうやってそれを会得《えとく》したんだ」

「いつでもね、人に見られてることを意識するの。道を歩いていても、電車に乗っていても、妾《わたし》は見られているんだわと思わなきゃ。自分を絶えず意識するんだわ」

「思いあがったような商売だな」

「そうでなきゃ、この商売はつとまらない。美しくなる、美しく見せる。すべてはこれなのよ。頭のてっぺんから足の爪先きまで神経をゆきとどかせる。そうでなければ美しくならない」

「ひゃあ、大変だ」

「まだあるわ。鏡を見ること。二時間でも三時間でも鏡を見る」

「自分の顔をか」

「当りまえじゃない」

「飽きてしまやしないか」

「ぷっ。あきたってなんだって、それをやらなきゃ。あっちの角度、こっちの角度。笑って泣いて怒って」

「百面相だな」

「それでもって、舞台の真中へ歩いていって一番いいところでパッときまらなきゃ。これが商売よ。カメラマンが構えたらピタッときまる。……まあ、そういってもなかなかいい写真がとれないんだから」

「ずいぶんしょってるんだな」

「それよ。自信を喪《うしな》ったモデルぐらいみっともないものないわ」

「なるほど」

「ガタガタにくずれちまう。それと、度胸。なにしろ七十のものを百に売らなきゃいけないんですもの。ね、これが努力でしょう。わかったか」

「わかった。それで、お前さん、自信を喪ったことがあったのかい。それとも、自分は美人であると思いっぱなしなのかい」

「あったわよ。妾でなくたって誰だってあったと思うわ。どんなに綺麗《きれい》なひとだって。壁があるのよ。誰だって一度はその壁にぶつかると思うわ。まず、はじめに三カ月の訓練をやって、クラブに登録されるでしょう。そうするとスポンサー廻りにつれていってくれるのよ」

「ああ、あたしんところへも来るよ。あれはいやなもんだな。照れ臭くって見ちゃいられない」

「照れ臭いのはこっちのほうよ。で、はじめの半年くらいは、なんだかんだで仕事があるのよ。事務所のほうでもつけてくれるわ。問題はその後だわ」

「………」

「パタッと来なくなっちゃう。途切《とぎ》れてしまう。そん時よ、アタシハダメナノカシラ、こう思っちまうわね。こうなったら全部駄目になってしまう。そりゃナニ商売だってそうでしょうけれど、とくに妾たちは天成の形が基《もと》になるでしょう。それに疑問を持ったら、もう、どうにもならない」

「そこで、やめるひとがいる？」

「多いわよ。BGとモデルとの差はそれね。ナニクソ、妾は美しいんだと思わなきゃいけない」

「何糞？」

「そうよ、矜持《きょうじ》の有りや無しやで勝負がきまる。だってそうでしょう、妾たちにお仕事がなかったら、それこそ、なんにもないのよ。毎日、することがない。考えることはヒトツことだけ。果して妾は美しいのか、美しくないのか。人に見られる価値のある体をもっているかどうか。ただそれだけよ」

「そりゃ辛いね。疑《うたぐ》りだしたら」

「辛いわよ。朝九時に事務所へ行ってね、夕方五時まで、ただそこにいるだけなんですもの。それも形だけの問題ですからね。お仕事が来ないのは、お前は不恰好《ぶかっこう》なんだって、たえず責められてるみたいなもんじゃない。女として落第なんだって」

「お腹にカッと力をいれて顔はにこやかにほほ笑んで、ただ坐っているだけか」

「我慢しなくちゃ。とにかく事務所の人に顔を見せていなきゃ仕事にならない。シツコイくらいねばるのよ」

「おそろしいね」

「じゃなきゃ生活が出来ない。事務所っていったってね、どこでも五坪ぐらいのもんよ。後輩にどんどん追い抜かれる。新しい人にジャンジャン電話がかかってくる。妾は隅《すみ》のほうでじっと坐っているだけ。涙が出てきそうになる」

「しかし、ニコッと笑いながら」

「そう。若いのがたちまち生意気になりますからね。おはようございますって入ってきて、お疲れさまって出ていってしまう。出ていくときに妾の顔をちらっとみる。憎らしいったらないわ」

「まだいるのかって顔してか」

「そうよ。だけど、絶対勝つと思っていなきゃね」

「勝つと思うな、思えば負ける、じゃないのか」

「柔道とは違うわ。この社会じゃ頼りになるのは自信だけ」

「だから、みんな思いあがったような顔をしている」

「それでいいのよ。自信がくずれたら、妾と横丁のおばさんとの差別が無くなる」

「しかし、よかったね。ミセスが売れるようになって。オバサマ・タレントでいけるようになった」

「失礼ねえ。天成と努力よ。しかも誇りをうしなわず。……だけど、ほんとの売れくちないかしら」

「駄目かね」

「ファッション・モデルときいただけで逃げていくわ」

「女として一番わるいところだけもっているからね。あるのは形骸《けいがい》だけだ。それとプライドだ。誰がそんなの嫁にもらうもんか。みんな口減らしに外国へ行ってもらうんだね。輸出専門だ、きみたちは」

「そんなことないわ」

「それじゃ、どうしてこの商売をやめないんだ」

「よくぞきいてくださった。だけど、言ったたって信用しないでしょう」

「信用するよ」

「ウソ。あたしね、この商売、好きなのよ。どう？　信用する？　しない？」

「する、する」

「あやしいなあ」

佐智子は顔をちかづけてきた。残念ながら平均よりはだいぶ美しい。眼に輝きがある。

「信用するったら」

まぶしい。

天成と努力が迫ってくる。

いちばんいい顔でピタリときまる。

睨《にら》む。

「じゃ、言うわ。あたし、自信を喪っていたのよ。だけどね、だんだんに洋服を造る人たちの苦心がわかってきたのよ。デザイナーじゃないのよ。それより縫う人や、仮縫《かりぬ》いを手伝う人たちの気持が通じてきたのよ。あたしなんか既製服が多いんだけど、造る人の気持がじかにわかるようになったの。売らなきゃいけないわけよ。メーカーには何千人っていう人がいるわ。宣伝の人だってそうでしょう。その前に糸を織る人だっているわけよ。あたしがそれをきれいに見せなきゃいけない。迂闊《うかつ》に着ちゃいられない。売るのはあたしたちの責任なんだって、そう思うようになったのよ。だから……」

「わかった」

「だから平気になった。一所懸命になった。そうしたら自信が湧いてきたの。そうしたら、この商売が好きになったのよ。どう？　信用する？」

「信用する」

「駄目よ、あんたは。偏見もってるから。どうせあたしは二流のモデルよ。前頭十枚目よ。でも、それでもいいと思うんだな、あたしは」

Ⅳ

婦女子にとって美とは何か。

天成と努力と矜持。これです。

しかして、小生は、天成を健康におきかえたい。

細いパイプは美しくない。象の脚でも結構だ、健康であるならば。

努力は、優しさへの努力と解されたい。婦女子には天然の優しさがあるはずだ。そいつを磨くために努力されたい。矜持は自分の職業に対する誇りだ。

健康と努力と矜持をお忘れなく。そうなったときに女は美しい。

谷村佐智子は二流のモデルだが、小生は彼女を美しい女友達として交際しているのです。

優《やさ》しい酒場《さかば》

ハイボールのうまい店《うち》があるってえとすぐにハイボールにうまいもまずいもあるもんかなんて雑《ま》ぜっ返す奴があるんだから厭《いや》ンなっちまうな今日《きょうび》の客は。

串戯《じょうだん》言っちゃいけねえやな、真個《ほんと》にうめえんだってえとそいじゃあ飲ませろなんていう。そうじゃあねえんであたくしにうまいハイボールが拵《こしら》えられるわけが無えんでそういうお店があるんだてえとすぐにそいじゃあ連れてけなんかいう。やだよお前さんと一緒じゃやだよってえとこんどはじゃあ教《おせ》えろなんていう。やだよ。

教えたっていいんだけど、丁度《ちょうど》いまいいアトモスフィアなんだなその店が。噴霧器《ふんむき》じゃないよ雰《ふん》囲気《いき》がだ。そう、多からず少なからずなんだ客の数が。

酒場てのは矢鱈《やたら》に客の数が多いからいいてもんじゃないよ。第一に店のためによくない。お前さんの行く中空に紫烟棚引《しえんたなび》く紳士の一大社交場とは違うんだよ。中空に浮いてるのは鯉幟《こいのぼり》だけで沢山だ。

行けば必ず坐れるてんじゃなくちゃいけない。全くの話が混雑時間《ラッシュアワー》をはずしたいと思うからこそ冷房のある処へ寄ろうてんじゃないか。そこでハイボールを一杯だ。

それをなんだい、ちっとばかし容貌《きりょう》が美《い》いからって、

「相済《す》いません。ちょっとひと廻りしていらして」

犬じゃねえんだよこっちは。狆々《ちんちん》やお廻りが出来るかてんだよ。お手だなんてから手を出せば請求書《かきつけ》でやがら。こっちは〝伏せ〟でゆくより仕方がない。

曾毛曾毛《そもそも》何奴《だれ》だい、容貌《きりよう》も美《い》いだなんて言いだしたのは。福笑いみたような顔しやがって。『天上の鼻』てんだよ。お客はとうに秋《あき》がきてお前の鼻は天上にって歌が流行《はや》ってるのを知らねえかよ。ええとなんだっけ。あ、ハイボールか。もう、やなんだ此の頃の客は。どうかするとハイボールてのも忘れられちまうんじゃないかしらん。

水割りだってやがら。腐《くさ》らせるなあ。病人じゃねえんだよ。薄めて飲むという料簡《りようけん》が卑しいじゃないか。

こないだだってそうじゃねえか。

「ハイボール！」

て言ったら、タンブラーにウイスキーをいれてダイヤアイスを三箇落して、あとは顎《あご》を突き出しやがった。目の前にあるタンサンを勝手に注《つ》げってわけだ。そりゃいいさ。煩《うるさ》い客だからまかせようて訳だろう。そりゃいいけど、ありゃ一昨日のソーダじゃねえか。いやあ駄目だよ弁解《べんかい》したってあたくしは現場を見ちゃったんだから。

「うちはね、ソーダは一本売りなんですからね」

いくら一見《いちげん》の女客だからってあんなに邪慳《じやけん》な顔をしなくたってよかりそうなもんじゃねえか。おまけに浮雲《あぶな》く仁不意図《ジンフィズ》をシェークしそうになった。砂糖ばっかり沢山《たんと》いれやがって、仁《ジン》の鮮《すくね》えこと。

「あら、檸檬《レモン》きらしちゃった。柚子《ゆず》じゃ駄目？」

ときたね。客はみんな我慢《がまん》してるんだぜ。このソーダはあの節の仁不意図《ジンフィズ》の残りじゃねえか。胡麻化したって駄目だよ、乃公《おれ》は昨日《きんの》の夜も来たんだぜ。またあわてやがら。帳面見りゃ了然《わか》るじゃねえか。そうよ。ストレートが四杯《しはい》よ。え？　昨日の晩もこのソーダの瓶はここにあったじゃねえか。量目もここんところ迄だ。見て御覧よ。可哀想にうっすらと埃《ほこり》をかぶってら。え、蓋《ふた》もしねえでよ。

「いいじゃないの。まだ出るわよ」

「……」

「だいじょうぶよ」

「なにが？」

「出ると思うわ」

「だから、なにが？」

「きまってるじゃない。泡よ」

「泡？」

泣いたなあ。泡があればハイボールだと思ってやがら。第一に仮にも飲食物を扱う商売じゃねえか。お前ンところじゃ生命が険呑《あぶな》い。

「五月蠅《うるさ》いわねえ」

ほらそうやってすぐ不貞腐《ふて》って床に撒《ま》く。

あたくしは世の中ってものが分明《わか》らなくなってきた。だってそうじゃありませんか。こんな店に、ココ！　ココ！　ココガ好キ！　なんて歌いながら這入って来る客がいるんだから。ほうら、また三人来やがった。

なんの話だっけ。あ、ハイボールの旨《うま》い店か。あるんだなあ。信じられないでしょう。信じられないということが既にいけなくなっている証拠《しょうこ》なんだ。

先刻《さっき》も言った通り教《おせ》えないよ。教えると駄目ンなるから。西銀座の南寄りで新橋駅にちかいところだってことだけ言っとこう。これじゃあ教えたことにならない。蝟集《あつま》っちゃってってからね、なにしろ、酒場が。

店の名を仮に『毒消しゃあいらんかねえ』ということにしよう。いや待てよ。これじゃあ長すぎて不便でしょうがないから間をとって『いらん』ということにしよう。

ハイボールが旨くなるためには外的な条件が必要になる。くどいようだが超満員じゃあ駄目なんだ。いちばん混んだときで七分から八分のいり。それも午後の七時から九時までが最盛で、九時半になるとガラガラ、十時には客が二人か三人。十時半になるとマスターでありチーフであるところの一人のバーテンダーが、グラスを拭きだす。都条例を俟《ま》つまでもなく客がいなければそこで店を締める。ママさんであり女中頭であるところの一人の女性が椅子や卓を片づける。塵《ごみ》は塵箱へ捨てる。この二人は夫婦で、二人だけで経営されている。ママさんは帳簿をつけ終るとマスターの明日の準備が整《ととの》う。そこでニッコと笑って二人は軽く唇をあわせる。まあ、あわせなくてもよいが。

場所は大きな駅に近くないといけない。そうでないと安心していて、ゆったりしていて素早く飲むというハイボールの妙味がない。

面積は十坪以下である。室内の空気はわずかにしめっていて沈んだ感じがあたりを領している。

つまり、しっとりしている。雪隠《トイレ》は広すぎるくらいに広くないといけない。

ここで誰もがちょっといい気持になる。誰もが百五十円のハイボールが決して高くないと認識するわけだ。酒場と雪隠とをきりはなして考えてはいけない。非常に大事なところなんです。トイレは共通で扉がふたつあって、うっかりすると隣のゲイバーへ出てしまうなんてのは困る。いったん通りへ出て左折して右折した行きどまりの木造平屋で石段を二段あがって木戸みたいなのをあけて見おろすと瓶《かめ》が埋《い》けてあるなんぞも大きに困窮《こま》る。

駅に近く、繁華街のなかにあって、沈んだ感じで、静寂《しずか》でなくちゃいけないんです。現今では地下室一階ということになるかな。

はいっていって、

「?《おや》　ここに、こんなところが」

という感じが欲しいんだな。店内の飾りは極めて控えめにしていただきたい。音楽会や新劇公演のポスターなんか絶対に拒絶していただきたい。や?　やつらはこんなところまで切符を売りつけにきているんだな。するってえとママの機嫌《きげん》がさぞ悪かろうと思ったら途端にハイボールは不味《まず》くなってしまうんです。

マスターは極端に無口でないといけない。訊《たず》ねられても黙っているくらいでないと駄目だ。政治経済、衣食住、ギャンブル、スポーツ、なんでも乗りだしてくるバーテンダーは最低だね。

却《さて》、うまいハイボールとはどんな味か。この説明がむずかしい。ひとくちで言えやしない。現物を飲んでいただくより仕方がない。私見によれば、要するに「キリッとした味」なのだ。ひきしまった味だ。そうしてキックしないといけない。舌のうえで、喉のところで何か小気味のよいものが絶えず自分を蹴《け》っているという感じ。ああ、これ以上には言えやしない。

酒場『いらん』のハイボールの味が——どうもよくないな、酒場『いらんか』に改める——それなんです。

『いらんか』のハイボールが旨いというと、多くの酒飲みが怪慳《けげん》な顔をする。特に他店のバーテンダーに於《おい》て然り。『いらんか』のハイボールはよその店と違った味がするというと誰もが絶対に信用してくれない。そんなことはあり得ないという。

しかるに、だ。『いらんか』の常連にきいてごらんなさい。誰だってニッコリ頬笑《ほほえ》んで頂突《うなず》くのだ。ほれ、ごらんなさいと言いたいところだが、まだ納得されないでしょう。ああ、これ以上に説明することは不可能なのだ。

あたくしは、マスターの富岡さんがハイボールを拵《こさ》えるときにカウンターから乗り出すようにして凝視《ぎょうし》するんです。なんの細工もありはしないんです。決して味の素なんかいれてやしない。ウイスキーは我社《サントリー》の角瓶です。それでいて絶対に違うんだなあ。

II

私は久しぶりで『いらんか』の階段をおりていった。

カウンターの奥の富岡さんの正面に腰をおろした。

富岡さんが、あらためて、オッと驚いた顔をつくった。五十歳になっているはずである。それでも童顔に変りがなかった。三十歳のママさんは、富岡さんのことを「坊や」と呼んでいる。

「驚くのは、こっちのほうだよ」

そういうつもりで、私は富岡さんの目を追った。首を振ってみた。富岡さんは、さらにびっくりしたように大きな目瞬《まばた》きをしてみせた。

店が変っていた。そのことを私が訊《き》いているのがわかっているくせに、富岡さんはいつものように容易に反応を示そうとしなかった。

もう、そこへ、ハイボールが置かれた。私はマドラーを静かにひき抜いて、彼にもどした。そこまでは、いつもと同じである。富岡さんのハイボールをなるべくさわらないようにしていることを彼は知っている。若いバーテンダーの見習いが入口のちかくにいた。反対に、ママさんの淑子はカウンターの外に出ていた。そうして、若い女が四人、ボックスの脇に丸い小さな椅子を置いて坐っていた。

「どうしたの」

「………？」

快傑《かいけつ》ゾロの啞《おし》の役の男と会話をしているようなものだ。

「どうしたのさ」

「……え？……」

ハイボールの味には変りがなかったが、黙ってオイル・サーディンと生野菜を盛った小皿が出た。こんなことも以前にはなかったことだ。ナッツ類にしても、でっぷりと豊かなイカの燻製にしても、頼まなければ出てこなかった。つめたくしたオールド・ファッションド・グラスにさしてあって、それだけは自由に食べられたニンジンも姿を消していた。

私はすこし不愉快になった。しかし、小皿のうえのものは、ハイボールと同様に独特であって美味《うま》かった。そうして何よりも私のその日の嗜好《しこう》をぴたりと把《とら》えているのである。憎いくらいのものだ。

こんなことをするより、いっそ値あげをしてくれたほうがいいのに。

富岡さんは、背伸びをするようにして隅のボックスを見て、声をたてずにわらい、大きく何度もうなずいた。向うから何か話しかけたらしい。あらためて、若い女を置いた酒場の喧騒《けんそう》に気づいた。もちろん富岡さんは私の疑問も不機嫌も承知しているのである。だからわざと目の前の私を無視するようにして珍しいくらいの大きな動作をしたのである。

私の不愉快はすこしずつおさまった。ハイボールが三杯目になったとき、ずっと前から『いらんか』はこういう店だったような錯覚《さっかく》が生じてきた。

富岡さんと私との〝会話〟は、いつでもこんなふうに行われる。

物価がこんなにあがっていったんでは、こうするより仕方がない。客の好みがこうなってきたんだ。客が店をつくっているのだ。私はそんなふうに自分を納得させた。

そう思ったときに、富岡さんは、私の顔を見て笑った。こちらを同じような笑いにつりこまずにはおかないような笑顔である。

私も笑った。

『いらんか』は、やっぱり、いい酒場である。すくなくとも、この構えで、こんなに酒の種類の多い店は滅多にない。それに、富岡さんが素晴しい。

III

日曜日の中央線で富岡さんに遇《あ》った。うっかりすれば見過すところである。むこうは、ずっと気づいているはずなのに遠くから笑っているだけである。

私は仕事を持って旅館にはいるところだった。

富岡さんの前に立った。

「立川?」

「………」

ポケットから競輪の予想紙をちらっと見せて、すぐにもどした。そういう趣味のあることもはじめて知った。

「どうでした」

右掌《みぎて》のオヤ指とヒトサシ指でOKの輪をつくった。

「たくさん」

こんどはかすかに首を横に振った。

荻窪駅を過ぎて、次の駅にはいるために、電車がスピードを落したなと思われたときに、富岡さんは挙手の礼をつくって私を見あげた。次にヒトサシ指で自分の座席を示し、腰を浮かせる真似をした。

この次の駅でおりるから席が空くという意味だろう。私はなんとなくこのまま四谷までは一緒と考えていたから不意を突かれた恰好になった。

「降りるの?」

うなずく。

「ここなの? 家は」

笑ってうなずく。

なにげなく不用意にそうきいたが、私の胸がドンとひとつ鳴ったようだ。

「ちょ、ちょっと待ってくれ」

あわてて飛びだしてしまった。

「本当なの?」

「へえ……」

案外に真剣な目つきで言った。

一時間の後に、私たちは暗い小さい酒場のボックスで対《むか》いあっていた。

「家なんてもんじゃねえんです。六畳一間のアパートです。木造で風呂はなし、便所は共同……」

「じゃあ、一人なの」

「そうですよ」

そのあたりの酒場は日曜日でも開いていた。

はじめ富岡さんは、飲めないのだと言った。利き酒はするが、好きじゃない。体質的に飲めないというのではない。

私がストレートを飲むのを三十分ぐらい眺めていたが、ぽつりと、ブランデーなら飲める、と言った。

旅館にはいるまえのひとやすみというつもりだった。富岡さんが相手なら疲れない。しかし、彼は、飲みだして五分もすると、急に能弁になった。これにも驚かされた。

「驚いたなあ。そうかね」

「いやですよ、まったく」

私は、富岡さんと淑子とが夫婦で、芝園橋《しばぞのばし》あたりに世帯を持っていて、都電に乗って店へ通ってくるのだと思っていた。私だけではなく、銀座ではたらくホステスやバーテンダーにとって『いらんか』はひとつの理想の形だという囁《ささや》きを何度もきいていた。常連のうち、真実を知っているのが何人いるか。

「すごい演技力だな。だまっていてだますんだから腹芸だ」

「うそですよ。だってママさんは、私のことを坊や坊やって呼ぶでしょう。マダムはバーテンのことをそう言うんですよ。年齢でいえば反対にむこうが娘みたいなもんですが」

「それで、一人なの」

「へえ、ずっと私は一人ですよ。十五年ばかし前に一度結婚したんですが、逃げられちまってね」

「………」

「バーテンダーってのはね、駄目になるんですよ、あのほうが。いまの店ならいいんですが、普通は夜と昼のとっちがえでしょう。頭をつかうでしょう。肉体労働がない」

「労働は労働だろう」

「ええ、そりゃ大変な労働ですよ。……ですが、変なんですね、体のつかいかたが。蝶ネク締めてカウンターのなかにはいったら立ったままです。煙草もすえない。神経だけがクタクタになる。だから、駄目になるんですよ。ながくやってるとイケなくなる。多いですよ、バーテンには、その、不能者っていうんですか。その最中に眠ってしまってたのが二度ばかりあったんです。それで逃げちまった。こっちが悪いんだから仕方がない。……それっきりです。それで済《す》んじまうんです」

「さっぱりしたもんだね」

「……へえ。もともと弱いんでしょうか」

「だけど――。変ったね、お店」

「女の子でしょう。怒ってらしたね、このあいだは」

「どうしたの」

「ママさんの経営方針ですよ。また、実際に、そうしなきゃやっていかれなくなったんです。酒場ってものが変っちまったんですよ。酒場ってものが酒を飲むところじゃなくなった」

「本当にそうだな。そう思うな」

「クールの古川のところでジンフィズを飲もう、馬車屋の長谷川のところへ行ってカクテルを飲もう、アムステルダムの木村のこしらえたフラッペを飲みたい、これが、まるっきり、無くなっちまった。いま、それくらいのことを知ってるお客さんが何人いますかね。それでいっぱしの銀座の酒飲みのつもりでいるんだ。バーで飲むってときにはね、そうじゃなかった。ルパンで飲もう、ボルドーで飲もう。これだったんですけれどね。酒場とお客さんの間にはね、なんかこう、そういうものがあったんですよ」

「………」

「いまはこうですよ。どこそこの店のナニ子ちゃんに会いに行こう。……平気でそう言いますからね。恥ずかしいって気持がないんですかね。要するに、知りゃしないんです。善意に解釈《かいしゃく》すれば忘れちまったんですね、酒の飲み方を……。四十歳以上の、なんでもよくわきまえた銀座の紳士がそうなっちまった。根性が卑しくなっているんですよ」

「私はまだどっかに『いらんか』の富岡さんのところへ行ってハイボールを飲もうっていう気持があるよ」

「さあ、それもどうですか。そのうちに忘れっちまいますよ。げんに、このごろすっかり足が遠くなったじゃないですか」

「どうしてこんなことになったんだろう」

「関西ですよ。関西がいけない」

「関西?」

「そうですよ」

「だって、むこうには、元禄とかザンボアとかアカデミーとか、いい酒場があるじゃないか」

「それは例外でね、一般的に言って、ものの考え方がおかしくなった」

富岡さんが、バーテンダーになったのは、貧しかったからである。ほんとは工場に勤めたかった。しかし工員になるには保証人が必要である。保証人になってくれる人がないほどに貧しかったという。その点、キャバレーは親の保証だけでよかった。それに、住みこみで三度三度メシが喰えるというのが最大の魅力である。昭和十年代の初期で満年齢でいうと十三歳である。

はじめはボーイだった。これをテーブル乞食という。次がグラス洗いである。朝から晩までグラスを洗っている。ビールの栓抜き専門、オツマミ専門ということもやった。

何度も殴《なぐ》られた。この社会では年齢にかかわりなく一日でもはやくはいったのが先輩である。女給と笑いながら話をしただけでも顔がはれあがるほどぶん殴られた。

「女と話をするのは、まだ十年早い！」

殺してやろうと思っていた先輩が何人もいた。バーテンダーとコックの対立ということもある。それでも、若かったから、知らぬまに昇格していった。キャバレーでは、あとはハイボール専門にカクテル専門だけである。

経営者はバーテンのチーフに五百円渡して給料をまかせる。そのうち半分はチーフがピンはねしてしまうから、見習いに渡る金はわずかなものになる。仕事が出来るようになり、うるさくなってくると他の店に廻してしまう。チェーンのキャバレーや酒場が何軒もあった。

仕事は教えてくれない。見よう見まねである。というよりは、竊《ぬす》むといったほうが正確である。だから、はじめてハイボールをつくったときは感動で慄《ふる》えた。雑用、掃除、後片づけに追われているときも、考えていることはそれだけだった。早く自分の手でハイボールがつくってみたい！

仲間はつぎつぎに脱落した。酒・女・金という誘惑のなかに囲まれている商売である。バーテンダーに憧《あこが》れてはいってきたのは、みんな失敗した。富岡さんのように、三度三度のメシのためというのが一番強いようだ。若い者にとって年齢のわりには収入が多いということもある。しかし、バーテンは齢をとると収入が増すということがない。テーブル乞食のようにチップが貰《もら》えなくなる。そこにも罠《わな》がある。

V

「関西ふうが？」

「そうですよ。千五百円つかえばモトをとろうとするでしょう。あの気風《きつぷ》はバー遊びとは反対のものだ」

「キャバレーふうだね」

「女がいなくちゃいけない。女がいればさわらなければ損だ。口説《くど》くのにも、とりあえず全員にくちをかけてみる、といったふうでしょう」

「だから高くなる」

「関西系の酒場が東京に進出するようになってからですよ、荒れてきたのは。だいたい、女で勝負しようとするでしょう。酒はどこでも同じだという考え方ですよ。材料は同じだと考える。設備にも限度がある。結局は女だっていうんですよ」

「そうか」

「感心しちゃいけない。それに輪をかけたのが、最近の田舎ふうですよ」

「…………」

「もっと百姓が酒場に進出してきた。これはね、関西系が開拓した女と客を金でもって引っこ抜くんだから凄《すさま》じい。まあねえ、道義なんてものはこれっぽっちもない。あれが商人なんですかね。ま、わかりやすくいえば巨人軍から王と長島をとっちまおうというようなもんだ。堀内っていう若い子がいるから、これも取っちまおうてわけだ。これが現実に行われているんですね。自分のところで教育しようとしない」

「だからお勘定が高くなる。女が生意気になる」

「女は悪いねえ。昔は銀座の女ってのは一目みればわかったもんです。いまはどこへ行ったって同じだ。銀座でも新宿でも浦和でも。いちばんいけないのは、酒場につとめていて酒のことを知らなすぎるということなんだ。これじゃあ女郎《じょろう》ですよ」

「おたくのママはいいじゃないか」

「あのひとはいいけれど、みんなもう、いいのはママさんになっている。水商売が根っから好きではいってきたってひとがいなくなった。要するに手っとり早い金儲《もう》けでホステスになる。……あのね、うちのママさんだって、十二、三年前に、柳行李《ごうり》を背負って静岡から出てきた女なんですよ。私が前の酒場にいたときに来たんです。はじめはコチコチで客がいろっぽい話をすると泣きだしたくらいだったんです。二年で、すっかり変っちまった。それはいいけれど、いまだにこっちは坊やって呼ばれてるんだから」

「十年くらい前には、いいバーテンダーがいたね、若くって、大学なんか出ていて」

「それを言おうと思っていたんですよ。つぎに悪いのはバーテンダーなんだな。若い奴が来るから、何が出来るってきいてみると、水割りにジンフィズだって言いますよ。簡単なものほど難しいってことがわからない」

「十年前にはいたろう？」

「いや、あのトリスバー・ブームというのがいけない」

「言いにくいことを言うじゃあないか。私はそうは思わないよ。サルトルの話をしながら、右手でシェーカーを振って左手で客にライターをつけるような」

「それがいけませんよ。シェーカーは両手でしっかり摑《つか》んで振るもんなんですよ。まあ、いまはあんたの言うようなのもいなくなったけれどね。カクテル・ブックの氾濫《はんらん》もいけないね。まぜればいいと思っている。私らの頃は書物で教わったりしやしない。カウンターのなかで先輩に足を蹴っとばされながらハイボールをつくったもんですよ。素人ならいいけれど、商売人のつくる酒はそこが違う」

「………」

「協会の偉方《えらがた》にきいたんですけど、飲みにいったら隣でトム・コリンズをオーダーする客がいる。だまって見ていると、カウンターの下にカクテル・ブックが置いてあってね、ジンをいれて、レモンをいれて、蜜をいれて、スプーンでかきまわす。そうやっちゃあ、客の見てる所で味を試《ため》してる。こんな無作法がありますかね。またかきまわしちゃあ、首をひねって、また味をみる。客のほうもいかれているから、バーテンさんて骨の折れる商売なんだね、なんか言ってる。バーテンのほうも、したり顔でね、いやあ商売ってものはこれでなかなか辛《つら》いもんです、だってさ」

「………」

「それでもブームのときは三行広告で募集すると二百人ぐらい志望者が来ましたからね。いまは一人も来やしない。遊んでいるのはロクな奴がいない。世渡りがうまいだけ。……しかしね、いちばんいけないのは客ですよ」

「つまり、全部いけないわけだな」

「さっき言いましたけれど、客のほうで、ナニ屋のナニ子のところへ行こうって言いだしたんですよ。駄目にしたのはお客さんなんです。変えたのはお客さんのほうですよ。いいですか、酒場を花柳界にしちまったのは客なんですよ。だから、見てごらんなさいよ。このごろは立場が変ってしまって客のほうで店の女の子を遊ばせているじゃないですか。ゴルフ・ブームからいけなくなっちまった。バーのマダムがゴルフの練習に行くようになってから、がたっと駄目になっちゃった」

「なぜ?」

「なぜってね、要するに、接待じゃありませんか。酒場ってのはね、わかんねえかな、自分の銭で飲む所なんですよ。一人か、せいぜい友達と二人で、静かに飲むところなんですよ」

「………」

「いま、繁昌《はんじょう》してるのは、ワンセットいくらというキャバレー式なんですよ。あれはビールが出てバンド演奏のある大遊廓《ゆうかく》場なんだ。断じて酒場じゃない。女は酒の相手じゃない。指名料かせぎなんだ。ね? こうしたのは客がわるいんだ。三十歳以上の、あんたの世代の罪ですよ。赤線を知っている客なんだ。酒と女を切りはなすことができないんだ。酒ってのは、飲んで白痴《ばか》騒ぎをするものだと思っている。戦中派は銭のつかいかたが下手《へた》なんだ」

「その通り。じゃあ、率直《そっちょく》にきくが、どうしたら酒場はよくなる?」

「駄目ですよ。女のいるバーは高いってことは、みんなが言ってるんです。それでいて通い続けている」

「おたくも置いたじゃないか」

「へい。おかげさまで、ハイボールは二百五十円になりました」

「おいおい。いきなり心臓を刺すようなことを言うなよ」

「堕《お》ちるところまで堕ちなきゃ駄目です」

「安吾だね」

「年月ですよ」

「………?」

「あと十年経たなきゃ駄目ですね。次の世代に期待してるんです。あんたの世代はもうあきらめた。戦前派も呆《ぼ》けてしまったし」

「つぎの?」

「いまの十代の終りから、二十二、三歳まで。これは遊び方がうまい。酒と女をきりはなすことのできる世代だ。マンモス・バーってのがあるでしょう。あそこの客は、一人当り三百五十円しか遣《つか》わない。給料日で四百五十円という統計がある」

「なるほど」

「イアン・フレミングなんか読んでるから、酒に関してもうるさい」

「007の世代か」

「赤線と全く無関係の世代と呼んでますがね、この成長が楽しみだ。このひとたちが銭をつかえるようになったら……」

「よくなるかね」

「よくなりますね」

「それまでどうする？」

「あと十年。それで頭が痛い。どうやって、あんたたちの年齢の客をつないでおくか」

「ひどいことになったね」

「うちなんか、開店以来の客がちゃんと来てくれますよ。ところが」

「………」

「うんと飲んでくれた客は、いまみんな体がいかれちまっている。現在入院中の客が二人いますからね。飲まない客は元気だけれど、これじゃあ儲からない。そこがむずかしい」

「殺しちゃっちゃあ、モトもコもない」

「そうなんです。だから、十年先きを楽しみに、常連をだまして、そうっとひっぱっていって」

「………」

「生かさず、殺さず」

そこで富岡さんは自分で笑いだした。

「寄らしむべし！」

鬼《おに》の目《め》に涕《なみだ》 ――

どうも、此の頃、わたくし、傾向がよくないんです。どんなふうによくないかと申しますと、すっかり、書けなくなっちまった。まあ、中身のことは止《よ》しにしていただくとしてこのほうが駄目ンなっちまった。

一行書き、二行書くと、あとが続かない。何時間でも、原稿用紙と睨めっこです。頭がくしゃくしゃする。ぼうっとしてくる。涙が出る。煙草ばっかし、ぽかありぽかありとふかす。……ああ、また駄目になってきた。（ト、二時間ばかし寝る）

あ、やっぱり駄目だな。いけないことだということはわかっているんですが。

昨年までは「出前迅速・枚数厳守・原稿美麗」の三多摩の小父《おじ》さんということで自他ともに許していたんですか。

トリゴーリン　強迫観念というものがありますね。人がたとえば月なら月のことを、夜も昼ものべつ考えていると、それになるのだが、わたしにもそんな月があるんです。夜も昼も、一つの考えが、しつこく私にとっついて離れない。それは、書かなくちゃならん、書かなくちゃならん、書かなくちゃ……というやつです。やっと小説を一つ書きあげたかと思うと、なぜか知らんがすぐもう次のに掛からなければならん、それから三つ目、三つ目のお次は四つ目……といった工合。まるで駅逓《てい》馬車みたいに、のべつ書きどおしで、ほかに打つ手がない。そのどこがすばらしいか、明るいか、ひとつ伺いたいものだ。いやはや、野蛮きわまる生活ですよ！　今こうしてあなたとお喋《しゃべ》りをして、興奮している。ところがその一方、書きかけの小説が向こうで待っていることを、一瞬たりとも忘れずにいるんです。ほらあすこに、グランド・ピアノみたいな恰好の雲が見える。すると、こいつは一つ小説のどこかで使ってやらなくちゃ、と考える。グランド・ピアノのような雲がうかんでいた、とね。ヘリオトロープの匂いがする。まった大急ぎで頭《ここ》へ書きこむ。甘ったるい匂い、後家さんの色、こいつは夏の夕方の描写に使おう、とね。こうして話をしていても、自分やあなたの一言一句を片っぱしから捕《つか》まえて、いそいで自分の手文庫のなかへほうりこむ。こりゃ使えるかも知れんぞというわけ。一仕事すますと、芝居なり釣りなりに逃げだす。そこでほっと一息ついて、忘我の境にひたれるかと思うと、どっこい、そうは行かない。頭のなかには、すでに新しい題材という重たい鉄のタマがころげ廻って、早く机へもどれと呼んでいる。そこでまたぞろ大急ぎで書きまくることになる。いつも、しょっちゅうこんなふうで、われとわが身に責め立てられて、心のやすまるひまもない。自分の命を、ぼりぼり食っているような気持です。何者か漠然とした相手に蜜を与えようとして、僕は自分の選り抜きの花から花粉をかき集めたり、かんじんの花を引きむしったり、その根を踏み荒らしたりしているみたいなものです。それで正気と言えるだろうか？　身近な連中や知り合いが、果してわたしをまともに扱ってくれてるだろうか？「いま何を書いておいでです？こんどはどんなものです？」聞くことと言ったら同じことばかり。それでわたしは、知り合いのそんな注目や、讃辞や、随喜の涙が、みんな嘘っぱちで、寄ってたかってわたしを病人あつかいにして、いい加減な気休めを言っているみたいな気がする。うかうかしてると、誰かうしろから忍び寄って来て、わたしをとっつかまえ、あのポプリーシチンみたいに、気違い病院へぶちこむんじゃないかと、こわくなることもある。（中略）わたしはついぞ、自分でいいと思ったことはありませんよ。わたしは作家としての自分が好きじゃない。何よりも悪いことに、わたしは頭がもやもやしていて、自分で何を書いているのかわからないんです。……わたしはほら、この水が好きだ。木立や空が好きだ。わたしは自然をしみじみ感じる。それはわたしの情熱を、書かずにいられない欲望をよび起こす。ところがわたしは、単なる風景画家だけじゃなくて、その上に社会人でもあるわけだ。わたしは祖国を、民衆を愛する。わたしは、もし自分が作家であるならば、民衆や、その苦悩や、その将来について語り、科学や、人間の権利や、その他いろんなことについても語る義務がある、と感じるわけです。そこでわたしは四方八方から駆り立てられ、叱りとばされ、まるで猟犬に追いつめられた狐さながら、あっちへすっ飛び、こっちへすっ飛びしているうちに、みるみる人生や科学は前へ前へと進んで行ってしまい、わたしは汽車に乗りおくれた百姓みたいに、ずんずんあとにとり残される。で、とどのつまりは、自分にできるのは自然描写だけだ、ほかのことにかけては一切じぶんはニセ物だ、骨の髄までニセ物だ、と思っちまうんですよ。（アントン・パーヴロヴィチ・チェーホフ作・神西清氏訳『かもめ』より）

ほうら、ごらんなさい。書けないってことを書こうとしたって、もう駄目なんだ。明治二十九年、いまから、六十五年前にチェーホフ先生がちゃんと書いちまってる。

書かなくちゃならん、書かなくちゃ、書かなくちゃ……

いやはや、野蛮きわまる生活ですよ！

こりゃ使えるかも知れんぞ！

そこでまたぞろ、大急ぎで書きまくることになる。何よりも悪いことに、わたしは頭がもやもやしていて、自分で何を書いているのかわからないんです。

わたしは四方八方から駆り立てられ、叱りとばされ、まるで猟犬に追いつめられた狐さながら……

一切じぶんはニセ物だ、骨の髄までニセ物だ、と思っちまうんですよ。

その通りなんだ。駄目なんだ。フウゥ……。だからせめて字ぐらい叮嚀に書こう。いや、疲れてきたな。（二時間ばかり寝よう）
ほら、もう夕方になっちまった。いつだってこうなんだ。物憂くなってきたな。
わたくしだって一所懸命にやろうと思っているんです。
朝起きる。なんとなく気怠《けだる》い。こういう頭でものを書いちゃ不可《いか》んと思う。そこで寝なおす。起きると、こんどは寝すぎてぼうっとしている。世の中全体が怠《だる》くなっている。また寝ると不思議にもこれが寝られるんだな。目がさめると午後の三時になっている。庭へ出る。庭を掃く。集めたものに火をつける。つまり焚火だな。焚火というものは全く無意味なものなんだ。焼却炉につっこめば一発で終るものが、どうかすると二時間もかかる。だから夕方になる。食事をする。机にむかう。

一字も書けない。

「おい。サンケイは誰が投げてる」

「産気って？」

「石戸か渋谷か」

「自分で見たらいいじゃないの」

それもそうだな。休憩しよう。

野球が終る。机にむかう。一行書いて、あとが出てこない。ふうっ……。

女房がお茶を持ってあがってくる。

「調子わるい」

「あんた、このごろ腕があがってきたんじゃない」

ありがたいもんですよ。こんなことを言ってくれるのは、女房だけだ。

「そうかね」

「そうよ。作風が変るところなのよ」

作風ときたな。

「サンケイが強いからいけないんだ」

「え？」

「変に強いからいけない」

「そんなら、早く寝て、朝早く起きて書いたら……」

これの繰りかえしなんです。そうこうするうちに締切がくる。待ッタナシ。

「待ッタ！」

「あんたどうも北葉山に似てきたわね」

そうじゃない。泣いてるんです。

関東地方におすまいの方は、九月になってから激しい落雷が二度あったことをご存じでしょう。あれがいけない。嘘じゃないですよ。それは、こんなふうだった。

朝はやく、机の前に坐る。調子が出ない。もの書くというときは、すこし酔ったような気分にならないといけないもんなんです。エイヤッといく。ほんとに酔っちゃっちゃいけない。それが出なけりゃ寝る一手だ。

「おい。寝るぜ」

なかなか寝つかれない。そりゃそうだ。前の晩ははやく寝たんだから。……ウトウトッとする。しめたと思う。今度目がさめたらいい調子になるにちがいない。そこへ雷なんです。ゴロゴロ、シャーッとくる。このシャーッがこわい。ピカッとくる。稲妻が走る。とても寝ちゃあいられない。

雷オコシというのは、ここから思いついたんだな。

そのうちに停電だ。夜になる。まだ点《つ》かぬ。蝋燭ではじめる。午前一時ちかくなって、蝋燭が尽きそうになる。眼がいたい。もう駄目だ。よし、今日はこれまで。明日の朝、早く起きてやろう。興奮しているから寝酒を飲もう。いい具合に酔ったところへ電気がパッと点く。腹が立ったらありゃしない。そういうことが二度続けてあった。

「今度は、ずいぶん雷に祟られたわねえ」

まったくだ。……ああ、もし、雷公《らいこう》出《い》でずんば……。

いよいよ、待ッタナシ。

しかし、不運というものは、必ず連続的にやってくるものだ。

ペンキ屋です。ペンキ屋がやってきたのです。ペンキ屋がどうして邪魔になるか。

夏うちに、ペンキ屋を頼んだ。家の周囲を、屋根から樋から壁からそっくり塗りなおそうという魂胆だったのです。見るかげもなくいたんでおる。板は乾き、そっくりかえっている。危険という段階なんです。それが、秋になって締切のギリギリという日に大挙してやってきた。

「どうしよう？　断ろうか」

「否《いや》。仕方がない。労働者優先だ」

最初に来たのはベレー帽をかぶった、痩せていて考え深そうな中年男だった。ハハン、ペンキ屋というものは、やっぱり芸術家ふうなんだな、と思ったのは誤りだった。この人は見習いだった。やや遅れて、でっぷり太った白髪の老人があらわれた。一見して林武かと思われる立派な人物。これも新米の傭われだった。続いて小型トラックに若者がわんさと乗っかってきた。総勢が八人であります。もっとも若いアンチャンふうなのが主人だった。目つきからして計算《そろばん》は達者なようです。

どうしてペンキ屋が仕事の邪魔になるか。現在、それを細密《こまか》に記述する余裕がない。しかしだね、八人のペンキ屋が全部、家にとっついているという有様を想像していただきたい。そのなかにわたくしがいるんです。言いたかないが燐寸箱のような家なんです。そこへ八人の大人が蝟集《たか》ってるんです。自然描写というものはむずかしいな。わたくしの置かれた困難な状況、焦躁《いらいら》がうまく伝わっているかしら。

もっと具体的にいこう。屋根の上に何人かいるんです。この人たちがトタン屋根をゴシゴシ、ギイギイ削《けず》ってるんです。そりゃそうでしょう。大変な銹《さび》なんですから。こいつをまず削り落さないといけない。従って凄い埃なんです。それも目にはいったら痛いような種類の埃だ。ゴシゴシ、ギイギイに、埃です。そこへもってきて、彼等は会話をするんだ。釣の話なんかする。おかげで、奥多摩のどこに鯉がいるかわかっちまった。ついつい聞いちまうから、はかどらない。

まだあるんです。わたくしの勉強部屋は二階です。机の正面に窓がある。この窓の外だって塗るんです。ひょいと見ると顔が会っちまう。いいかね、考えても御覧なさいよ。小さな机なんだ。だから、ひょいと顔をあげると、すぐ正面に額《ひたい》を接せんばかりにペンキ屋の顔があるてのはどうだい！　ね、これで書けというのは無理だ。ムリだが、やらなくちゃしようがない。（あ、いけね、見てる。え？　いま、見てるんですよ、ペンキ屋が。そこにペンキ屋の顔があるんですよ。いけないよ。読んでるよ。あの顔は読んでる顔だよ。愛想《あいそ》よく笑うべきかな。しかし、ここで、こんにちはってのも変だな）いけない。いやあ、こりゃとても駄目だ。退散。

そこで倅の勉強部屋へ逃げたんだが、そこも駄目なんだ。ちゃんと、やっぱり若い衆がいるんだな、窓の外に。（やっぱり見ている）それじゃあ二階へもどればいいというのは局外者の意見だな。塗り終ったばかりのところは匂うんですよ。（この人も読みだしたな）ペンキ塗りたては、強烈ではないが嘔吐《もど》しそうな厭な匂いなんだ。（マダ見てる）

だから寝ちまおうと思ったんだが、そうはいかない。寝室だって見られてる。埃だからガラス戸は締めてあるんです。だから暑くってむんむんする。どうしたって、わたくしは寝乱れちゃう。そこを見られたくない。

女房は着換えをしようと思って二階の寝室でズロース一枚になったところを見られちまった。裸になったところで顔と顔とが遇っちまった。あっと思ったが、叫び声をたてるわけにいかない。何故《なぜ》かっていうと、むこうは、ヘナヘナの梯子ふたつを電気のコードで結びつけた奴に乗っかって、左手にペンキのはいった罐をぶらさげて、右手で刷子《ブラッシュ》を持って作業をしているんです。極めて不安定なんです。あっと叫んだら、その瞬間に、むこうも、あっと叫んで二階の高さから落っこっちまうにきまっている。厳粛に静粛に狼狽《あわて》るというのは非常に難しかったそうだ。二十代の処女に出来る芸当ではない。一瞬、寒気立つ思いをしたという。

要するに、ペンキ屋は何処にでもいるんです。されぱと思って、便所の扉をあけたら、そこに林武が跼《かが》んでいた。便所の内部を塗り直すというのも見積書にあったんだから仕方がない。ちょうどそういう高さの所を塗っているところだったからそういう姿勢をしていたんだ。していたわけじゃない。はいっていたのだが、仕事をしていたわけではないから、はいってますとも、エヘンとも言わなかったのは当然だ。そこへ、わたくしは『オール讀物』十月号を持ってはいっちまった。あたしンところは汲取式なんです。

……ああ、もう駄目だ。これじゃあ、無理ですよねえ。編集部へ電話しよう。ペンキ屋は、あと二日かかるというんだ。

夜になる。グッタリと疲れっちまっている。もう書けやしない。見られてるというのは疲れるもんだ。按摩を呼ぼう。

「ねえ、旦那。巨人が強いのは、いい選手がいるのも事実だが、それだけじゃない。要するにですね、考えた野球をやってるってことなんです」

うちの按摩は野球通なんです。

「そうかね」

「とにかくボールを振らないね。たいしたもんだ。昨日はこういう場面があった。8対4と巨人のリードした七回裏、巨人の攻撃で、一死走者一、二塁、打者は柴田でカウントがワン・スリー。ここでヒット・エンド・ランのサインが出た。柴田は稲川の投ずる内角低目のきわどい球を振らずに選んじまった。だから四球で、それでいいんだが、たいしたもんじゃありませんか。ほかの球団の選手なら振っちまうね。あるいはそれがヒットになるかもしれません。しれないが実にどうも、たいしたもんだ。我慢ができるってことなんだ。それだけよく球を見てるってことなんだ」

「サインの見落しじゃないか」

「そうじゃない。あんなことを言ってら。巨人の選手に絶対そんなことはない」

「……痛いよ。興奮するなよ」

申し遅れましたが、うちの按摩は雲つくような大男で、フット・ボールみたいな大きな坊主頭で、それで全盲なんです。どうやって彼自身がその臭い球をボールと判断したのかわからないが、それを訊《き》くわけにいかぬ。

「それが巨人なんです。点差から考えたって振りたくなるところですよ。サインが出てるんだから、少々のボールを振ったって叱られやしない、ここなんだ」

「痛い」

「我慢ができるかできないか。これですね。一人一人の選手に自覚があるんですね。大巨人を背負って起つという……。正しい野球をやろうという」

「それが厭だって言う人もいるよ。可愛げがないなんて」

「わからん人だな。好きとか嫌いとか、結構《いい》とか厭だとかいう話をしてるんじゃないよ、あたいは……。どうして巨人が強いかって話をしてるんだよ」

「ああ、そうか。……でも、痛いな」

「我慢ですよ。いい例が春夏連続優勝の中京商業だ。ねえ、決勝で松山商業とあたった。どっちが強いってもんじゃない。名投手あるところに覇権ありという鉄則でいえば、西本を擁する松商のほうに分《ぶ》があった試合だ。近頃あんなにいいシュートをもっている投手はいなかった。内角の低目にずばりときめる。ねえ、外角の低目が打ちにくいなんてのは嘘っぱちだ。ほんとに打ちにくいのは内角球ですよ。これはまあ、余談だが……。あたいだって、いや、あたいは野球をやったことはないが……。ねえ、なぜ中京のほうが勝ったか。わかりますかね、あんたらに」

「わから……ないよ。痛っ《つ》！」

「本来ならば松山のほうが強いかもしれない。あるいは三重、平安のほうが強いかもしれない。広島だって強かった。秋田もいいチームだ。しかしですね、勝つのは中京だ」

「ふう」

「つまりです。巨人と同じなんだ。伝統ですよ。勝たねばならぬチームという伝統の強さなんだ。有形無形にこれがはたらきかける。伝統がある、先輩がいる。全校一丸となっているんだ。野球の中京なんです。それが証拠にだね。あの若い監督さんも、傲岸不遜と見えたプレート捌きのあの加藤投手もだね、優勝決定の瞬間におおいおいと泣きだしたじゃないですか。傲岸と見えて、そうじゃない。あれは伝統の重みなんですね。そうやって加藤少年は有形無形の圧力に耐えていたんですよ」

「お前さんが、そこで……涕含《なみだぐ》む、ことは、あるまい」

「栄冠泪ありですよ。夏の大会ではトップの平林はひどいスランプだった。伊熊も当らない。三番の捕手矢沢は怪我してる。……ところが勝つんだな。二番の西脇、九番の柴田なんかがはたらく。平林の塁に出たときの動きを見てごらんなさいよ。まあ、精一杯、動き廻るわね。こうなると打率なんて問題じゃない。この精一杯がどれだけ敵を苦しめているかわからない。野球ってのは、結局、これなんですね」

話題をかえよう。そうでないと痛くてしようがない。

「景気は……どうかね」

「へっ?」

「団地ができて、いそがしくなったろう」

「関係ないね」

「どうして? 三千世帯だっていうじゃないか。一戸あたりの平均が三・四人だっていうから、ざっと一万人ふえたわけだ」

「あたいは用なしだ」

「へえ……」

「まだいっぺんもお呼びじゃない」

「老人もかなりいらっしゃるようだが」

「あいつら、駄目なんだ」

「あいつらって言草《いいぐさ》はないだろう」

「呼んでくれなきゃ、あいつらですよ。あと二年間は駄目だ」

「どうして？」

「銭《ぜに》がありゃあしねえよう。月賦《げっぷ》だなんだって無理してるから。虚栄心ばっかりはびこりやがってるからね。とっても按摩のほうへ廻ってこやしない」

「しかし、車はふえたぜ」

「ろくな車を持ってやしない。みんな中古ばっかりだ」

「………」

「何台も置いてあるが、いい車は一台もありゃしない」

「砂山さん。ちょっと待ってくれよ」

「………」

「なんだか変だな」

「いいですよ。わかってますよ。目がめえないのにどうしてわかるのかって言いたいんでしょう」

「……。ふむ。……痛い！」

「あたいはね、ここへ来るときに、公団の間を抜けてくるんだ。ちゃんとわかってるんですよ。なんでわかるかっていうと、音でわかる」

「………？」

「いい車はね、なんとも上品な音でもって、スウーッと行くね。団地の車は、ブルブルッて音を出す」

「それが悪い車ですか」

「いい自動車とはいえないね」

「車なんか、どうでもいいじゃないか」

「よかないよ。万事《ばんじ》それだから、按摩に至るのはあと二年かかると睨んだ」

「砂山さんにはわるいけど、按摩なんてのは、なければないで済む商売だ」

「そうじゃないよ。……とっても、そんなもんじゃない。精神がいけない」

「精神？」

「そうですよ。そもそも、こんなところへ来るってのが間違いなんですよ」

「おいおい……」

「旦那はいいよ。坐業なんだから。あたいらと同類項だ。しかしですね、あそこは都心に通ってるサラリーマンが大半でしょう。結論をさきに言うとだね、主人の睡眠時間がすくなめに見積って一時間は違うということなんです。一時間半かな」

「ムチャ言うなよ」

「だってそうでしょう。往復三時間ちかくかかるわけだ。会社員ってのはね、会社のそばに住むのが常識なんですよ。戦前の会社員はそうだった。すくなくとも、電車かバスで乗りかえなしで二十分でいける所を探して家を借りたもんですよ。あたいは、やったことがないけど、そういう話だった。いまで言やあ、円タクで二百円ぐらいの所に住むのがエチケットだった。だって、そうじゃありませんか、かりにですよ、会社に火事があったとしてごらんなさい。ここからじゃあ、駈けつけたときにはもう消えていますよ。そんな法ってありますかね」

「……ちょっと、もうすこし、柔《やわら》かく」

「ね、そうでしょう。火事ばかしじゃない。会社には火急の用事ってものがあるはずだ。そいつに間にあうと思ってるんですか。そのうえに、だ、疲れるのは主人ばっかし。カアちゃんは、のうのうとしている。2DKだか3LKだか知らないが、そりゃ、カアちゃんはいいにきまってますよ。お可哀想なのは亭主だ。疲労困憊《こんぱい》、その極に達す。女性化時代ってのかねえ。それにひきかえ、張り切ってるからねえ、カアちゃんは」

「しかしだね、都心では、いまのサラリーでは一軒の家は借りられないよ。六畳、三畳のアパートに風呂がつけば、まず二万円か」

「ちょいと、旦那、あんた、いつからそんなに甘《あま》くなったのかね」

「甘いか」

「あまいなんてもんじゃない。冗談じゃないよ。仕事と家庭とどっちが大事なの？　それを、まず、うかがいたいね。じょうだん言っちゃいけませんよ。贅沢だよ、そんなのは。……六畳一間で結構じゃないの。ともかくね、四十歳まではそれでいくべきなんだ。自家風呂なんて言っちゃ、罰があたりますよ。まだ、日本は、そんなんじゃないんだ。奢ったらおしまいだよ。ねえ、いい若い者が、銭湯の味を知らないなんて……ああ、気持がわるい」

「いたいったら」

「はい。うつぶせて……。よしんば、二万円でいいんだ。二万五千円の家賃をはらったっていいじゃないか。歯ぁ喰いしばったって、三十分でも一時間でも亭主を余計に寝かせようってのがカアちゃんの役目なんだ。それが会社のためであり、家庭のためなんだ……。なんだって、そんな簡単な計算が出来ないいんだ。……旦那もぼけちまったね。殴るよ、ほんとに」

「いい加減、踏んづけてるじゃないか」

「あんまし、わからねえことを言うからね。だから、さっき、言ったでしょう、精神がいけないって……。こうやって、不思議な御縁でまた三多摩で御一緒になったけど、ねえ、旦那がはじめて文京区であたいを呼んでくれたとき、あんたは北向き四畳半一間に住んでたじゃないの。夏ちゃんと庄ちゃんの三人で……。あんた忘れたのかね、ほら、あたいが、流しで笛を吹いていたときに」

「トキヨ、ジセツ……というもんだ」

「あたいは、嬉しかったんだ。あれは、まだ百円の時代だ。ときどき、ツケで揉まされたけどね。あんたの給料は幾許《いくら》だったの?」

「ナナ、セン、エン、だ」

「………」

「背中の、うえ、で……泣くなよ」

「……ねえ、あいつら、薄情じゃねえか。なにも我が田に水を引こうってんじゃないよ。そうじゃあ、ないが、あたいはね、毎日、公団のなかを抜けて治療に行ってんだよ。……メ、メ、メクラがね、ハ、白衣着てね。……小児麻痺の子供や、ロイマチのおじいさんの治療に町へ出てるんだ。こういうのは銭《ぜに》ンならねえよ。……い、い、いっぺんぐらい声をかけてくれたっていいじゃねえか。あ、あいつら、薄情じゃねえか。……車の悪口ぐらい言わせてくれよ」

「御時勢だ！」

「そうじゃねえよ。貧乏なんだ。セ、セ、精神が貧乏なんだよ。てめえさえ、よけりゃいいんだ。御大層なくちをきくだけだ。インテリなんだよ。原潜反対、ベトナムに平和を……ってわけなんだ。ねえ、メクラなんかに見むきもしねえ」

「待て。いくらなんでも、それは言い過ぎってもんだ。そりゃ、砂山さんのヒガミだ」

「ヒガミかねえ。ヒガミかもしれないねえ」

ああ、今夜も駄目だ。賢明なる読者諸兄姉よ。こういう状況じゃあ、書けませんよねえ。いよいよ、待ッタナシ、だ。

「だんぜん、ヒガミだぞ」

「だけど、見てなさいよ。そのうちに手芸の講習会なんか、おっぱじめるから。按摩をとれば亭主の骨やすめになるんだが……」

「お前さんのはね、愚痴をこぼしながらPRがはいってくる。なにが原潜反対だ」

もう駄目だ。頭が霞む。

＝

北葉山も三度目には立つという。しかし、わたくしは駄目なんだ。ペンキ屋が来た。

ふらりっと外へ出た。

「あんたはね、盆槍《ぼんやり》してる時間が長いから駄目なのよ」

昨日とは打って変って、女房の目付きの凄いこと。無理もない。ふらふらと公団住宅へ出てしまう。

二年前まで、そこは、広い野原だった。雲雀《ひばり》があがっていた。じつに豊かで、荒涼としていた。みんなで駈けずり廻った。

公団住宅が出来ることを喜んだ。一万人という人がふえる。町がうるおう。町がよくなる。それは喜ばしいことだった。わたくしたちは、何度も工事現場へ遊びに行き、進捗状況を見ていたんです。

いちばん先にがっかりしたのは庄助だった。

「ぼくの学校の若い先生には、入居資格がないんだって……」

ショックをうけたらしいが、なぐさめる言葉を知らなかった。

わたくしは、団地マダムのことを書いたことがあるんです。いやあ、すさまじかったなあ。投書が来るわ、来るわ。それに、電話です。そいで、やっと、わかったんです。団地マダムと書いたのが不可《いけ》なかったんですね。彼女等の言いぶんは、次のことで一致していたんです。

「ショート・パンツを穿いた団地マダムなんて昔の話です。いまや、団地は、貧乏長屋の内儀《おかみ》さんです。おかみさんと言ってちょうだい!」

ショート・パンツなんて書いたおぼえはないけれど、いや、ほんとに、マタニティ・ドレスとスラックスとスカートなんだな。

わたくしは、いま、ここでひとつだけ直言するが、実情は貧乏長屋であるかもしれないが、もうすこし、きりっとした恰好をしたらどうだろう。金目《かねめ》のものって言うんじゃない。女が買物に出るときの心意気を示してほしいなあ。いやみを言ってるんじゃないよ。入居当時はもうすこしシャキッとしていたじゃないの。貧乏長屋に狎《な》れ、相共に許すっていうのは、砂山さんじゃないが、よくない精神だよ。

ストップ！　もうこれ以上言わない。

書けない。書けないのはへたばっているせいもあるが、今回の編集子よりいただいたテーマが『団地マダム』であるせいでもあるんです。

しようがない。アベちゃんへ行こう。飲んじまえ。

III

アベちゃんは、駅前のうなぎ屋です。

エリ、ヒレ、十円。キモ、二十円。かばやき二十円というお店です。

御無沙汰していたのは熱いからなんです。とっても安くって、とってもうまくって、こんなにいい店はないと思うけれど、熱いことは熱いな。目の前で焼くから。

むんむんしている。労働者ふうのひとが多い。そこが、実に、いい感じだ。

ああ、ああ、飲んじまったら、いよいよ駄目になった。いいなあ、この店は。腹の足しになるじゃないか。赤マンマの歌はやめた。

それでも酔っぱらってから、わたくしは取材めいたことをくちばしったらしい。団地の人が飲みに来るかどうかをきいたのだ。

「ええ、はじめのうちは、ずいぶん、お見えになりました。この頃は、すこし減ってきましたね。やっぱり、叱られるんじゃないですか、奥さんに。……会社の帰りに駅前でいっぱいひっかけるってのは、どうも、あのひとたちには、まずいらしいね」

Ⅳ

今夜も駄目だ。ぎりぎりの決着の日だっていうのに。……締切りなんです。

空が白っぽくなってきた。

材料はかなり集めてあったんですが、書けないこともある。調子も出ない。飲むからいけない。

あ、朝になった。

書かなくちゃならん、書かなくちゃ、書かなくちゃ……

いやはや、野蛮きわまる生活ですよ！

わたしはついぞ、自分でいいと思ったことはありませんよ。

いつも、しょっちゅうこんなふうで、われとわが身に責め立てられて、心のやすまるひまもない。

それで正気と言えるだろうか。

しかもこっちから相手の眼を、まともにぐいと見る勇気もなく——

そこでわたしは四方八方から駆り立てられ、叱りとばされ、まるで猟犬に追いつめられた狐さながら、あっちへすっ飛び……

（あ、いけない。跫音《あしおと》がする、ギリギリの締切りなんだ。あれは、あのひとだ）

何よりも悪いことに、わたしは頭がもやもやしていて、自分で何を書いているのかわからないんです。

（……ほら。ほうら、跫音が……）

混血《こんけつ》の空《そら》

一

「ビル……。ビルじゃないか」

三塁に達して、金網につかまっている青年を正面から見ることになったとき、はっきりとそう思った。

私は四球で一塁に出て、リードをとっているときに、その青年をちらっと見た。どこかで見たことがあるように思った。姿形《すがたかたち》よりは金網に両手をかけている淋しそうな恰好《かっこう》に記憶があった。

次の打者は左翼手の前に鋭《するど》い打球を放ち、私は二塁に進んだ。そうして、どうやら左翼手が緩慢《かんまん》な動作で直接投手に返球するようだと見てとったときに、私は気づかれないように、わざとぼんやりした様子で塁をはなれ、するするっとスタートして三塁を奪った。こういう走塁は計算さえ合えば、難なく成功する。だから、余裕《よゆう》をもって青年を見ながら走ることが出来た。

青年はびっくりしたようだ。そうだとすると、野球がわかることになる。それが私だということに、まだ気づいていていない。

十月のはじめで、青年の足もとに野菊が咲いていたが、丈《たけ》の高い夏草もまだ残っていた。砂地のグラウンドが快い。

昭和二十三年で、私は二十一歳だった。走ることには自信があった。

一死後、捕手が一塁側にわずかに球をそらす間に、きわどく本塁を駈けぬけ、そのままの勢いでバック・ネットを廻って青年の背後にちかづいた。

「ビル……だろう?」

肩を叩《たた》かれて、びくっとした。青年はもう一度おどろいて私の顔をのぞきこんだ。ユニフォームを着て帽子をかぶると、背のひくい私は少年のようになってしまうことが自分でもわかっていた。

「いやあ、あんた……」

私の出した手を、しばらく見つめるようにしてから、自分の手をのばした。掌《てのひら》の感触からも、あのときの記憶がよみがえってくる。それは、ビルも同様だったろう。そうやって、私たちは無言でわかれたのだ。

「さすがですね。さすがにうまいもんだ」

走塁のことを言っているのだろう。

「だめだよ、こんなの。草野球だもの」

「だって……」

「ピッチャーに直接かえすんだものね。うちのチームだったら怒鳴《どな》りつけてやる」

「あれはショートにかえすの?」

「それだって、足のはやいランナーだったらサードへ行かれるよ。……球を持ちすぎているからいけないんだ」

「おもしろいもんですね、草野球も。……そうやって見ていればね」

「ちょっと、ここで待っていてくれないか。誰かと交替《こうたい》してくるから」

「いいですよ。終るまで待ってますよ」

「いや、もういいんだ。一緒にどこかへ行こう。着換えてくるから待ってよ」

ビルは逗子《ずし》にちかい小さな町の名を言った。私の家は、鎌倉でも大仏や長谷《はせ》観音に近かった。ふたつの家は、かなり離れている。そうでなくても、私はビルを自分の家に誘うつもりはなかった。もし、ビルが遊びに行きたいと言いだしたらどうしようかと思っていた。

「さっき、私のことを、うまいって言ったろう。……さすがにうまいって言ったろう」

「そんなこと言いましたっけね」

「言ったよ」

ビルは十七、八歳のはずである。しかし、多分、道行く人は私と同年、もしくはビルのほうを年長だと思うだろう。ビルのほうが頭ひとつだけ背が高い。

「ああ、言った言った」

「なぜ?」

私の野球をビルは知らないはずである。三年前に、二回、ほんの短いあいだ会っただけの仲である。

「なぜって……」

「さすがにうまいって言ったじゃないか。そうすると、いつもあそこで見ていたのかね」

「いいえ。今日がはじめてですよ」

「そうだね。きみが見ていたら目につくものね。なぜだろう」

私たちは、そこで立ちどまった。ビルは泣きそうな顔になった。

「そういうところが、ですよ」

「え?」

ビルの顔に赤味がさして、蒼《あお》い目が笑っていた。

「ほら、あんたはそういう印象をあたえるんですよ。第一印象が、まず、そうだった」

どうしたって、あのときの話になる。なるべくならば私はそれを避けたかった。

「なぜ?」

「だからね、自分では気がつかないでしょう。あんたは、いつも、なぜ、なぜって問いつめるようにするんだ」

「……」

「そういうところが、なんですよ。小学校の校庭で野球をやっていても、ひとつでも余計に塁をとろうとするでしょう」

「当りまえのことじゃないか」

「そうでもないですよ。だいたいみんな、いいかげんにやってるんじゃないですか」

「そうかね。……じゃあもうその話はやめよう」

砂の道になり、海が見えてきた。

「あんたは、すぐムキになるんだ」

こんどは私のほうで頭に血がのぼったように思われた。

私は、いまでもその頃の自分の説明がつかない。また、私は学校をやめていた。小さな出版社に勤めに出ていた。夢中になってはたらいた。いっぱしに酒を飲み、夜は博奕《ばくち》にふけっていた。本を読まないようになっていた。休日には近所の青年を集めて野球をやり、終るとみんなを連れて喫茶店へ行った。鉄火場《てつかば》へ出入りするくらいだから金は持っていた。不良少年が挨拶《あいさつ》にくるようになった。そうして、結婚しようとしていた。

すぐ何にでもムキになると言われてみれば、案外、あたっているかもしれない。それにしても、ビルはどうやって一発で私の性格を見ぬいたのだろう。

鎌倉にあった私の家は、そんなに見窄《みすぼら》しいものではない。戦前の侯爵《こうしゃく》の別邸で、門構《もんがま》えや塀や敷地は立派であるといってよい。しかし、その中身はくずれようとしていた。家の態《たい》をなしていなかった。そのことで父母を責《せ》めようとは思わない。程度の差はあってもみんながそれにちかい生活をしていた時代である。そんなところへビルを連れてゆくわけにはゆかない。

一方私もビルの家へ行ってみようとする気はさらさらなかった。ビルの下に四人の弟妹がいるはずである。そこに父母がいる。六人がトタン板の屋根の荒屋《あばらや》にかたまって住んでいるように思われた。

ビルの一家には帰るべき国がなかった。あれから三年経《た》っていて、戦争が終ったのに、状況はちっとも変っていなかった。

プア・ホワイトという言葉がある。もちろん、私は実際にそれを見たことはない。しかし、貧しい外国人、生活に破れた白人が、日本人よりはるかに惨《みじ》めに見えるというのは事実だろう。米軍の捕虜《ほりよ》はそんなように見えた。ひとつには、体毛《たいもう》が多いせいではなかろうか。手入の行届《ゆきとど》かない金髪は、かえって汚れて見えるような気がする。獣にちかくなってしまう。西洋乞食という言葉も、そういう惨めったらしさに発したものだろう。

ビルはプア・ホワイトではないし、そう呼ぶつもりはないが、シャツもズボンも、いかにも貧しかった。そこから、彼の家や生活が見えてくる。それを私は避けようとしていた。なにもかも、あのときとそっくり同じだった。


そのあと二度、休日にビルが小学校の校庭へやってきた。そのままの恰好で、私のチームに加わった。サイド・スローで投手をやったこともある。体は大きいが打力に欠けていた。やっとレギュラーにはいれるという程度の腕前だった。山を背にしたセンターを守っているときに、時折、奇声を発した。彼も私と同じように、ゲームの最中は一所懸命だった。

それっきり、来なくなった。もっとも、私のほうも一月半ほどで東京へ引越してしまった。

ビルと話らしい話をした記憶がない。なぜかしらぬが彼と話をするのが恥ずかしくてたまらない。それでいて、たえず気になっているのである。

ビルが英語を話せないことに気づいた。日本で生まれ、日本で育ったのだし、父は英国人でも米国人でもないのだから、当然のことかもしれないが、承知していても奇異な感じをうける。外国語の発音が私よりも拙劣《せつれつ》なのである。

もうひとつ。

「どうして日本は戦争に負けたの？」

さりげない調子で、ビルはそんなことを言った。

II

昭和二十年の三月。私は軽井沢に疎開《そかい》している祖母のところにいた。

前年に入学した大学をやめようとしていた。退学届は提出していなかったが、しばらくまえから学校へ行かないようになっていた。四月から、父の経営している工場へ勤めるので、しばらく静養するつもりだった。

ある夜おそく、庭でうずくまっている人影を発見した。

すぐに、泥棒だと思った。たいていの別荘が冬に被害をうけていた。私はガラス窓に額を押しつけて身構《みがま》えた。しかし、泥棒にしては動かなすぎる。男は長い間じっとしていたが、二、三歩、這うようにして倒れた。刺すような鋭い月の光が男を照らしていた。

私は静かに外へ出た。男を抱きかかえて室内にいれ、煖炉《だんろ》に薪《まき》をくべた。祖母は寝ていて気づかないようだ。

「ありがとう」

コーヒーを飲み、体があたたまったところで、男ははっきりした日本語で言った。それが十五歳のビルだった。

英米人は強制送還《きょうせいそうかん》されていることを知っていたが、私にはどこの国の人間とも見当がつかない。ビルは中近東の小さな国名を言い、馴染のない名を名乗ったが、めんどうだからビルとよんでくれと言った。つまり、英米でもなく、ドイツ、イタリーのような枢軸《すうじく》でもなかった。

帰ろうとするビルを私がひきとめた。

このことも今でも説明がつかないのだが、私はその頃、日本にいる外国人に対して、一種の疾《やま》しさを抱いていた。大変に申しわけのない失礼なことをしているという思いにとりつかれていた。そうかといって日本のために死んでやろうとしていた気持にも嘘はない。

私の家は、ひとくちに言って軍需成金《ぐんじゅなりきん》だった。だから転井沢に冬でも祖母を疎開させられるような大きな確《しっか》りした別荘があったのだ。恥ずかしいことをいうと、家に金があり、父が軍需産業に協力していることは誇りでもあった。そうして、それと同量ぐらいの疾しさをも常にいだいていた。外国人に対する疾しさは、きっと私の舶来《はくらい》趣味だったのだろう。金がある、ということは、つまり物資があって食生活が比較的楽だということであり、それは安心であって同時に恥ずかしいことだった。

その頃、外国人はすべて軽井沢に強制的に集合させられていた。ドイツ人やイタリー人は大きな別荘やホテルにはいって、特別な配給があった。

その他の外国人は、軽井沢駅で㊔の仕事を手伝っていた。一日の日当がパン一斤である。ビルもそうやってはたらいていた。彼の家ではほかに働き手がいなかった。私を警戒して、それ以上のことを言わなかった。

私は台所にしのびこんで、米を一升ばかり紙袋につつみ、ビルに持たせた。もう、一人で帰っても大丈夫だと思われるほどにビルの血色がよくなっていた。彼は自分の家の番号を知らせた。私は都合のつき次第、何かの食糧を運ぶつもりでいた。

翌々日の夕方、ビルがたずねてきた。

私は彼を家のなかにいれなかった。散歩に出ようと言って、態よく追いはらったのである。実際、祖母に言われるまでもなく、考えてみれば私の家だって〝それどころではない〟状態だった。こわい思いをして手にいれた米だった。

私は、ビルが食糧をもらいに来たのだと思いこんでいた。

「このあいだは、ごめんなさい」

「………」

「ぼく、山から帰ってくるところでね、急に気持がわるくなったんだよ。あのへんで電気がついているのは一軒だけだったでしょう。すこし休ませてもらおうと思って、庭へはいっていったら倒れちゃった。死ぬかと思ったな」

「こっちで気がつかなかったら、駄目《だめ》だったかもしれないね」

「ありがとう」

「いや、運がよかっただけだよ」

私は、早くビルと離れたいと思った。外国人に対する疚しさといったって、実際にこういう具合に接触してみれば、どうにもならない状態だった。

ビルは家族の話をしはじめた。私はやはり掘立小舎にちかい山荘にかたまって、死に瀕《ひん》している何人かのことを考えた。いくら同情してもどうにもならぬ。胸のなかがざらざらしてくるだけだ。

「山から帰るって、なに？」

「あ、マルツウの仕事のないときは、山へ行くんだ。草軽《くさかる》電鉄に乗ってね。まあ、樵《きこり》の仕事ね」

「辛いだろう」

「疲れるより冷たいのね。これも、やっぱり一日はたらいてパン一斤の手間なんだ」

食糧の話から遠ざからないといけない。私たちは事務所の前のブランコに腰をおろした。

「きょうは、もう仕事ないの？」

「おしまい。……というのは、日本が悪くなってきたことかな」

「そうかもしれない」

「昨日ね、変なもの、見ちゃった」

「変なもの？」

「うちの近所にフランス人の家があるんだ。やっぱりわれわれと同じに軽井沢に連れてこられたわけだけどね、ほら、このへんの家はベランダがあるでしょう。そこへ二十歳ぐらいの娘さんが出てきて、食事をはじめたんだ」

「……………」

そういう種類の話が困るのだ。

「ちゃんと、正装《せいそう》っていうんじゃないけれどいい恰好をしているんだ。遠くから見ていると、とってもきれいなんだね。お皿を出してね、ナイフとフォークで食べているの、ちゃんと正式にね。遠いからよくわからないけれど、どうも大豆なんだね。それをナイフとフォークできちんとすまして食べているんだ。それでお茶を飲んでね、それでおしまい」

胸がつまってくる。

「いいじゃないか」

「いいでしょう」

「とってもいい話だと思うよ。フランス人もやっぱり駄目なのかね」

頬がこわばってくる。

「駄目なんでしょうね。……昨日はいい天気だったでしょう。それで、ベランダで食べようと思ったわけね。ちぇっ！　恰好つけようと思いやがって」

「そんなこと言っちゃいけないよ。いい話だよ、これは」

私たちは、そこで握手をして別れたのだ。

III

今年の夏の終りに、私たちは、プールのあるホテルにいた。

夏と暮にそこで何日か過すのが習慣になりそうだ。都心からずっと離れたところに住んでいるので、まとめて用事をすませるためである。たとえば倅《せがれ》は集中的に歯医者にかようとか、女房は入院中の父を世話するとか、親類を廻るとかいったような。それに、二人とも東京の真中のゴミゴミしたところで育ったので、そうやって何かを中和《ちゅうわ》させないといけないと思っているらしい。

私たちの住んでいるところは、人口五万を越したが、映画館が一軒もないという珍しい町である。

親類の誰かがこんなことを言った。

「あんたんところもいいけれど、空気がよすぎて私たちには住めやしない。あれじゃ風邪をひいちまうよ」

私の生活には何も変ったところがない。ホテルにはいっても、すぐパンツ一枚になって、書くか寝るかするしかない。

私たち三人は、別荘をもつとか旅行するとか避暑《ひしょ》に行くとかする気が全くない。女中を頼むという気持もないし、誰もが部屋にクーラーを置こうとは思っていない。変なところで一致していた。案外、これが東京の下町で育った者の神経であるかもしれないが。……

それでも私は、二時間ばかり、プール・サイドで過すことができた。倅はいつのまにか放っておいても平気であるような年齢に達していた。

太平洋学術会議が開かれていた頃であるせいか、プールには外人が多かった。それも、中年から老人といっていい年齢の太った夫婦づれが多い。

外人の若い娘が一人だけいた。体の色が全体に浅黒くて肢《あし》が逞《たくま》しく伸びていた。ビキニ・スタイルの水着がよく似あっていた。あぶなっかしいところがない。

しかし、どういうわけか、娘は泳ごうとしなかった。デッキ・チェアに寝そべったりもしない。アイスクリームや飲みものをとったりもしない。

プールの周囲にあるロッカー・ルームの前の日除《よ》けを支える柱につかまって、ぼんやりとプールを見ていた。そのあたりをすこし歩いたかと思うと、またすぐに止まって柱によりかかる。だから、余計《よけい》に目立ってしまうとも言えた。

「きれいなひとね。どこの国の人かしら」

女房が言った。

「さあね。全く見当がつかない」

どうやら連れはいないらしい。

「見ていて気持がいいわね、ああいう長い肢は。……だけど、どうして泳がないのかしら」

「なんだか淋しそうだろう。英語ができれば話しかけてみるところなんだが」


その日の夕方、私は、全く久しぶりにビルに遇《あ》った。十一階にあるバーにビルが坐っていた。鎌倉のときから数えても十八年ぶりということになる。

こんどは、いっぺんでわかった。本当に奇妙としか言いようがないのだが、私はすぐに親しい友人に話しかける口調になっていた。十八歳のときと、二十一歳のときとはまるで違っていた。あのときは、肝腎《かんじん》なことは避けて通ろうとしていた。

「やあ……」

そう言って近づいていったときから、二人の関係は昔とは別物であるように思われた。ビルのほうも同様だった。

私が、すぐにそれがビルだとわかったのは、十年ぐらい前に、彼がファッション・モデルをやっていたことがあって、顔だけはよくおぼえていたせいである。男のファッション・モデルがまだいなかった頃のことで、スタイルのいいビルがかりだされたのだろう。そういう関係で珍しさもあって映画にも二本ばかり出演したはずだ。そのあとのことは知らない。

「泊ってるの?」

「そう。女房も子供も一緒なんだ。二人とも出かけてしまったけれどね。……きみは?」

「俺はそうじゃない。妹が泊っているんだ。いままで妹の部屋で話していたんだよ」

「へえぇ。どうして?」

「どうしてったって、妹を泳がせなくちゃいけないしね。それに、嫁にやらなくちゃいけないだろう。こういうところへ連れてこなくちゃキッカケがつかめないでしょう。だから……」

「じゃ、一人で泊ってるの?」

「そうです。もっとも、今年がはじめてですけどね」

二人とも、運ばれてきたハイボールを目の高さまであげてから飲んだ。

「楽じゃないね」

「らくじゃないよ、兄貴も。もっとも、あれを嫁にやれば、それでおしまいなんだ」

「ああ、いちばん末が女だって言っていたね」

「そう。弟や妹を全部、俺がみてきたんだ。そうすると、なんだが、俺が親になったみたいでね。変な気持だよ」

「たいへんだったろう?」

そのことを言ったのもはじめてのことである。

「そりゃ大変でしたよ。でも、やっと、これでおしまいだ」

「お父様もお母様も元気?」

「元気だよ。オヤジもオフクロも……。いまが最高にしあわせだってさ」

「よかったねえ」

私は自分でも平気で痛いところに触れようとしていた。自分のうしろめたさをあばいてやるつもりだった。

「そういうことも無くっちゃねえ。あのオヤジも……」

「妹さんをよばないか」

「駄目なんだ。とっても恥ずかしがりでね、それに今日は早寝をさせるつもりなんだ」

「ああ、わかった」

ビルは驚いて、持ちあげたグラスをもとへもどした。

「わかったよ。ちょっと色の黒い、すらっとしたお嬢さんだろう、金髪の……」

「そう」

「プールにいたよ。なんだ、あれがビルの妹か。あれで幾歳《いくつ》ぐらい」

「二十二歳だよ。あれが軽井沢で生まれた子供なんだ」

「そうか。じゃな、話しかけてみるんだったな」

ビルの妹なら日本語が話せるはずである。それにしても、ビルは、妹がプール・サイドでもじもじしているだけであることに気がついていないだろう。それは、ビルの意に反することである。

「そうすればよかったのにね。もし、あんただってことがわかったら妹はびっくりしたはずだよ」

「どうして？」

「だって生命の恩人だって言ってあるんだもの」

ビルにとって、私は生命の恩人であるかもしれない。しかし、私は、一方で、ビルを殺そうとしていたのだ。二度にわたって私はビルから逃げたのだ。故意《こい》に目をそらそうとしていたのだ。軽井沢のときのことで比較すれば、私の家は問題にならないくらい豊かであった。

「いのちの恩人かね」

「そうですよ。だけど、あのあとで、俺はもう一度死にかけたんだ」

やっぱりそうだ。もう、そこから目をそらせてはいけない。ビルと別れたあとで祖母のところへ憲兵《けんぺい》が来たことだけは言うまいと思った。

「栄養失調……?」

「まあ、そうだね。駅でぶったおれて、広場の端に放りだされた。それでも、日当のパン一斤を顔のそばへ置いてくれたんだ。それがどうしても呑みこめないんだ。それだけ弱っていたんだね。そのうちに、犬が来てね、くわえて持っていっちまった。それでもどうすることも出来ない」

「………」

「仕事が終ってね、仲よくしていた男が家までかついでいってくれたんだ。それで、死ぬまえに何か喰《く》いたいものはないかって言うんだ。考えるのは喰うことばっかりだからね」

ビルは唇をまげて笑った。

「持っていたのかね、その友だちは」

「そうじゃないんですよ。その日の夜中にね、友だちはドイツ人の家にしのびこんでね、バターを一ポンド盗んできた。それで俺のそばにつきっきりで食べさせてくれた。これがまた、いくらでも食べられるんだね」

「………」

「それを食べおわってから、今度は鮭罐《しゃけかん》を喰いたいと言ったんだ。マルツウではたらいている日本人がね、鮭罐をごまかして、くすねているのを知っていたんだ。その友だちが頼んで、わけてもらったんですよ。それを食べたら、いくらか元気が出たと自分でも思ったな」

「そのまま、終戦？」

「そういうことね。泣いたなあ、あのときは。自分でもよくわからないんだけど涙が出るんだ。なぜ日本は負けたんだろうってね。俺はね、日本に勝ってもらいたかったんだ。なぜだかそう思っていたね。戦争が終ったってきいたときには、あんなに虐待《ぎやくたい》されたことをすっかり忘れちまってね」

「ぎゃくたい？」

「そうですよ。ひどいもんだった。俺とオヤジが軍人会館の地下室へ連れていかれてね、裸にされて、荒縄《あらなわ》で逆さに吊《つ》られて、竹刀《しない》でぶん殴られたんだ」

「なにかやったの？」

「なんにもやりゃしませんよ。外人だから殴られただけでね。……戦争がはじまってね、日本が勝っていたときはよかったんだ。俺も勝てばいいと思っていたんだ。外人小学校の少年団にはいっていましたからね。防空演習で高い塔に登って、新宿方面に白煙あがれり、なんてやっているときはまだよかった。そのうちに本当の空襲がはじまってからひどくなった。配給物資でも外人の家にやる必要がないなんてことになった。なくなりはしなかったけれど、極端《きよくたん》に減らされた。忘れもしない十九年の十二月の終りですよ。茨城に知った人がいるから買いだしに出かけたんです。中学の制服を着て頭巾《ずきん》をかぶって、目だけ出してね、自転車に乗って……」

「目を出したらわかっちまうじゃないか」

「だから夜中に出発するんですよ。こわいですよ。みつかったら殺されちまうんだから」

「………」

「はじめは出かけるときは証明書があればよかったんだ。そのうちに、外人は、下谷《したや》なら下谷、渋谷なら渋谷から一歩も出られないようになったんです。見つかると殺されても仕方がない」

「ひどいな」

「買いだしといっても物々交換《ぶつぶつこうかん》ですがね。オヤジが洋服屋をやっていたから布地を持っていくんですね。自転車で往復九十五キロの道ですよ。やっと、米と鶏を持って帰ってきたら、家の近所が空襲でやられているんですね。家は残っていたけど、どうしてここへ焼夷弾《しょういだん》が落ちたのかという話になった」

「……………」

「さあ、憲兵が来たな。ラジオを見せろっていうんですよ。家にはちっぽけなやつしかありゃしない。そのころは、オヤジは近所でも人望がありましたからね。あいつが通謀《つうぼう》したんだという人と、あんないい人がやるわけがないという人と半々ぐらいだったかな」

「……………」

「まあ、それは済《す》んだんです。二十年の二月に、一機だけの空襲があった。俺は伝令になって町会へ知らせにいった。それから三分ですよ、ちゃんと探照燈が一機だけ把《と》えているんだな。そいつが落したんだね、爆弾を。ヒュルヒュルっていう音をいまでもおぼえていますよ。それが、家の裏に落ちてね、家から十五メートルか二十メートルはなれたところなんです」

「一機だけで、お宅だけに落ちたの」

「そう。それで助かった」

「なぜ？」

「落ちたところと家の間にコンクリートの塀がありましてね。……あの、風ってものは見えるもんですね」

「……」

「爆風なんですけど、ちょうど大きなガラスの板のうえに風が乗っかっている感じなんだ。はっと思ったときには、飛ばされて、泥を吸っていたけれど。……家は傾いちゃってね。だけど、それでもう近所の人は何も言わなくなった。だって、うちだけに落ちたんですもんね」

「それで、殴られたのは？」

「家に住めなくなったでしょう。渋谷へ引越すことになって、大八車や、サイド・カーみたいな自転車で荷物を運んでいたときにとっ摑《つか》まっちゃった」

「ああ、外人は移動ができないから」

「そう。それに荷物を積んでいるでしょう。オヤジと一緒に軍人会館へ連れていかれて」

「そのあとなんだね、軽井沢で遇《あ》ったのは」

「そうですよ。だけど俺はいやだったんだ。学校へ残りたかった。俺もね、日本軍と一緒に戦っているつもりだったんだもんね。……駄目だったんだ。行ったらいいじゃねえかって冷たいんだな。……軽井沢へ行くときに、駅で止まるでしょう。そうすると、捕虜の輸送だなんて人が集まってくるんだ」

それで、あらましのことがわかった。

あれから二十二年も経って、やっと本当のことを平静《へいせい》な気持できくことができたのが、当然のことにも不思議なことにも思われた。

いま、ビルの一家が幸福ならそれでいいじゃないか。これ以上、私のうしろめたさを追及したって何も出てこないだろう。何の意味もないだろう。

バーの位置が高いから、まだ夕暮が見えていた。血のように濃い赤と、黒い雲とがいりまじっている。

夕食を奢《おご》ろうということになって、ビルはハンバーグ・ステーキを注文した。魚料理が売物のホテルだから、私はそれをすすめたが、ビルは食べられないことはないが、ハンバーグが好きなんだと小さい声で言った。

私は、日本で生まれて日本で育ち、外国語が話せなくても、やっぱりビルは外国人なんだなと思った。

しかし、すぐ、次の瞬間に、そうではなくて、ビルは食べる機会を失っていたのだということに気づいた。それは貧しさのせいであるにちがいない。そうして、プール・サイドの柱に摑《つか》まってぼんやりしている末の妹の恰好を思いうかべた。

ビルはいま、父のあとをついで四谷で洋服屋を経営しているという。

食事のときに、私たちは、子供のころに見た相撲や野球や剣戟《けんげき》俳優の話をした。それは新海《しんかい》、綾昇《あやのぼり》、旭川《あさひかわ》であり、若原、白木、鶴岡であり、羅門光三郎《らもんみつさぶろう》、阿部九州男《あべくすお》であった。東京の下町に育った少年とすこしもかわるところがなかった。

「まあまあ、店のほうはなんとかやっていますよ。これも目が蒼いおかげでね。外人の洋服屋ってのが、なんとなく信用されるんでしょうね。馬鹿な話ですが……」

「ほんとはビルは日本人なのにね」

「そう。だけど、俺、あとひとつだけやってみたいと思っていることがあるんだ」

「………」

「チャンバラ映画に出たいんだ」

「そうだ。映画に出たことがあったね」

「あんなのは駄目ですよ。スパイとか悪い外人ばっかりでね。寄らば斬るぞ、ってのがやりたいんだ」

「バカだね。目の蒼いサムライがいるかよ」

「いるんだよ、しかも主役でね」

「なに？」

「眠狂四郎……」

私はあやうく噴《ふ》きだしそうになった。


目が蒼いおかげで商売が繁昌《はんじよう》しているとビルは言った。

たしかに、とくに芸能界や客商売では、そんなふうになっている。一種の混血児ブームともいうべき時代になってきている。それはおそらくスポーツの世界にもおよぶだろう。

しかし、目が蒼いおかげで、彼等はその少年時代において殺されかかったのである。駅前の広場に倒れている少年にパンを一片置く《きれ》だけで立ち去ったのである。それは私も同様だった。

彼等を生んだ父も母もそうだった。殺されても仕方のないような状態におかれていた。目が蒼いだけで。体が白いだけで。

きわめて少数であったかもしれないけれど、戦争中に日本で暮した外国人たちはひどいめにあったのである。日本人だってそうだったという人がいるかもしれない。しかし、軽井沢で労働している外人を見る目つきは動物に対するそれにちかかった。少数だったからということで、これをこのまま忘れてしまってていいのだろうか。ビルの一家のように、日本が好きで帰国しなかった人たちがいる。

〝どうして日本は戦争に負けたの?〟ときいたときのビルの目がそう言っていた。

あのとき、鎌倉の小学校の金網によりかかっているビルの肩を叩いたときに、私の全身を刺すような痛みが走っていた。ビルと戦時中の話をすることが出来なかった。いや、ビルと相対することがすでにして恥ずかしくてたまらなかった。

いま、あの感じが、私には無い。なぜだろう? 歳月が私の罪を消してくれたのだろうか。どうして、平静な気持で戦争中の話をすることが出来るようになったのだろうか。二人とも大人になったということだろうか。そうやって、すべてが曖昧《あいまい》に過ぎ去ってゆくのだろうか。それとも、私がビルを救えなかったと思うことは、不遜《ふそん》であり滑稽《こっけい》なことなのだろうか。

「ねえ、なぜだろう」

「え?」

「なぜ……」

そういったところで、ビルは、あのときのように、あんたはすぐにムキになるからいけないと答えるに違いない。

「俺、軽井沢で好きな女のひとがいてね」

「知ってるよ。ベランダで豆をたべていたフランスの少女だろう」

東京の空から夕暮が去って、地上にネオンの赤が湧いてきた。

明眸《めいぼう》の禍《わざわい》

一

「寒《さぶ》い！」

と、思ったときには、もう遅かったんで。

靴の底から、踵《かかと》から、爪先《つまさき》から、ちべたいものがずんずんあがってくる。踏んづけると、そいつがずきんとまた昇ってまいります。小生《あたくし》の足は、そう、アイスキャンデーになっちまった。二本のアイスキャンデーのうえに小生というものの実体が乗っかっているんだから、たまン無い。腹まで冷えて、痛んできた。

「がまん……」

小生は、なんだかそれに耐《た》えられるような気がしたんです。耐えなきゃいけないような気分になっていたんです。

清浄。……といやあ、そうに違いはないが、遠くのほうで、さやさやさやっと風の音がする。枯葉が鳴るんです。そいつが葉々をまきこんでくる。

四角な校庭を丸く掃《は》くようにして、落葉がやってきます。十一月の月がピカーリ。

「うわわわぁッ」

風のやつ、小生を立木かなんかと間違えています。くるくるっと捲いて、また人っ子一人いない教室に打《ぶ》ち当ります。土と枯葉の匂い。街《まち》なかからやってきた連中は、あんたんところは空気が美味《おい》しいなんか言う。どうして、そんなもんじゃない。

ひとしきり風がおさまると、便所の臭いがやってくる。これが学校の臭いなんで。

残念ながら、というか幸いにしてというべきか、あたしんところ一帯は、まだ汲取《くみとり》式なんです。

これが清浄。……今日《きょうび》、清浄なる空気に出喰《でっくわ》そうと思うと、汲取式の全盛の一帯まで出張《でば》っていただかないといけない。これが因果律《いんがりつ》てえもんなんで。それにしても、清浄なるものは寒いなあ。

「玄冬素雪《げんとうそせつ》の寒き夜はチンチンチチチンリンときたな……衾《ふすま》を重ね暖《あたた》めてチンチン」

そうだ、衾をかさねなければいけなかった。せめて外套でも着てくればよかった。

「あら曲《きょく》もなき御事《おんこと》やなテンテンテン（ヨーイ）……和殿《わどの》が幼き其の時は、みずから抱き育てつつ、九夏三伏《きゅうかさんぷく》の暑き日は、扇の風にて凌《しの》がせつトントンここがいいとこなんだ……玄冬素雪の寒き夜は、衾を重ね暖めて、和殿を綱《つな》と言わせしこと、ああ皆みずからが恩ならずや、恩を知らぬは人ならず……」

ああ、外套は持っていなかったんだな。やっぱり『綱館《つなやかた》』は名曲だな。特にこの口説《くど》きは傑作じゃないかしらん。


小生の住まっている国立《くにたち》という町は文教地区に指定されているんです。国分寺と立川との間に出来た新しい町だから国立というんです。文教地区というのは、学校が多いんです。これは当りまえの話だ。学校が多いとどうなるン？　そりゃいろんなことがあるが、十一月になるとお祭りが多いんですね。しかもですよ、文化的なお祭りがあるんです。各学校毎にあるから豪勢なもんです。

みんな、文化の日というのにつられちゃったン。

あたくしは、散歩に出て驚いちゃった。貼紙《はりがみ》がぺたぺたっと貼ってあるんですな。

そのなかに、ああ、目を疑ったな。安夫の名があったんだ。日本舞踊ナントカとあって、ポスター・カラーで安夫の芸名が書いてあったんです。戦争中の名取だから変な名前なんです。

まさか、日本舞踊があるとは思っていなかった。

さっそく、学校で電話番号を聞いて、かけてみたら、あら、いま、クラシック・ブームなのよって、こうなんです。じゃあ、終る頃に、むかいに行くよって、それから、玄冬素雪の寒き夜はってことになっちまったんです。

あたしンところは、戦前は、多勢の芸人が出入りしていたんです。母が好きだったんですね。とにかく、若くって芸をやる人をみんな可愛がっちまった。そのなかの一人が安夫なんです。

あたくしは、どっちかっていうと芸人が厭《いや》だった。だってそうでしょう、進め一億火の玉の時代だったんですから。それどころじゃないよ。

まあ、酷《しど》い奴もいたからね。紅茶を淹《い》れると、平気でもう一杯なんておかわりをするのがいる。紅茶はともかく、砂糖は貴重品だったんですからね。女中だって厭な顔をした。子供といえども、そのぶんだけ遠慮《えんりよ》をしなけりゃいかん。こまかいことを言うようだがね――。それはともかく、なんとなく芸人の気分てものが厭だった。いい着物きて、髪をべたっとなでつけて、てらてらした顔をして。それが商売だから仕方がないんだけれど。ま、あたくしが子供だったんだな。そのかわり、そういうのが、ある日、突然、頭を青々《あおあお》と刈っちまって、襷《たすき》をかけて挨拶《あいさつ》に来ると、胸がつまっちまったな。出征なんですよ。行ったっきり帰ってこないのが何人かいたね。そもそもが腰に印籠《いんろう》なんかぶらさげて、そういう恰好《かっこう》がしたいばっかりに芸人になっちまったという手合が多かったんだから。そうかと思うと、カーキー色のスフのよれよれのズボンに巻脚絆《まききやはん》を巻いてね、胸に血液型の書いてある名札をつけて遊びにくるのなんぞも哀れを誘ったな。これ、徴用で工場へとられた芸人の姿なんですね。どうして芸人てものは、あんなにぴしっとした服装が出来るのに巻脚絆の巻き方が下手《へた》だったか。それもひとつの不思議だったな。ずっこけてんの。

そんななかで、安夫だけが違っていた。さあ、どういうのか、つまりは、すかっとしていたんだな。いじけたところがない。いじましくない。きちんとしている。そりゃあ天然のものだったな。言ってみりゃあ、それが芸人てものじゃないかしらん。

あたくしは安夫とだけウマが合ったんです。以心伝心——。

紙袋のなかへ小豆《あずき》をぶちまけたような音がした。してみると、会場は満員なのだろう。その音が尻すぼまりになって止んだ。安夫の踊りが終ったのだ。びっくりしたろうな。だって、安夫の素踊《すおど》りは素敵《すてき》だもん。第一、姿がいいからね。いまどき、あんなスマートなのは、踊りにも歌舞伎にもいやしない。

思ったよりは、早く出てきた。

「あら、いやだわ。見てくんなかったの」

すぐに私を見つけて近づいてきた。こっちからは近づけない。だって、足がアイスキャンデーなんですから。

「見ないよ」

「どうして？　とってもよかったのに」

「いいのは、わかってる」

「変なしと」

あたくしは踊りは苦手《にがて》なんだ。子供のときに無理に見させられた退屈な記憶しかない。幼児体験ってやつです。それに……厭なんだな、こういう所で安夫の踊りを見るってことが、そもそも。

「そのかわり、綱を一曲、歌っちゃった」

「さしもに猛《たけ》き渡辺も、あくまで伯母に口説《くど》かれてツツン……」

「ちがうよ」

「鬼神《きじん》となって飛びあがり、破風《はふ》を蹴破り現れ出《い》で、四辺《あたり》を睨《にら》みし有様は、身の毛もよだつウウばかりトテチリなアアアアア、ああそうね、ふんとに、このへん、茨木童子《いばらぎどうじ》が婆さんになって出てくる景色みたい」

「ちがうよ。……玄冬素雪の、だ」

「ああ、ごめん、ごめん。ふんとに、さぶうぅいわぁ」

「国立《こくりつ》劇場で踊れて、よかったね」

「へ？」

「国立劇場の初舞台でよかったじゃないか」

「あ、それ、洒落のつもり？」

「今日が柿落《こけらおと》しだろう」

「昨日《きんの》だった。あたし、行ってきたわ」

わたしたちは歩きだした。

ガツゥーン。だから厭なんだ、学校は。そこに鉄棒があったんです。いやってほど、お額《でこ》をぶつけちまった。二十五年経《た》っても、こいつはまだ仇《あだ》をしやあがる。

「だいじょうぶ？」

「平気だ。ここは学校どころなんだ。鉄棒なんかに驚いていたら道は歩けない」

「そう。なら、よかった」

「しかし、痛い」

「気をつけてよ」

「わかってらい。それよか、どうだった、踊りは」

「だから、言ったでしょう、とってもよかったって。自分で言うんだから間違いないわ。あたし、美《い》い男でしょう。女のお客さんがうっとりしちゃってね、たいへん。見てくんないんだからシドイわ。おもてに立ってるんですもんね。でも、罪なことしちゃったわ」

「馬鹿野郎！」

何を言ってもいやらしくならないのが安夫のいいところだ。闇のなかで、安夫はククッと笑った。

II

数えの十歳といいますから、昭和十年のことになります。その年に安夫ははじめて家元ンところへ踊りを教わりに行ったんです。初《はな》っから商売人になろうと思ったわけじゃない。近所に、やっぱし、男の子でもって踊りを習っている子供がいた。それにつられて一緒に行ったんですね。しかしまあ、そうはいっても男の子で踊りをやろうてんですから、多少は女形の傾向があったんじゃないかしら。

質《たち》がよかったんですかねえ、十四歳になったときに内弟子になっちまった。好きも好きだったんでしょう。こりゃあ、商売人としちゃあ、遅いほうなんです。素人《しろうと》だって六歳の六月からお稽古《けいこ》をはじめるてんですから。

浅草にあった家元の稽古場。これが大層に広かったと申します。内弟子だけで二十人ばかし。これが全《すべ》て寝泊りを致しますすんですから広い。ちょいとした相撲の部屋みたようなもんで。もっとも、男と女に分れた六畳の部屋がひとつずつ。まあ、ロッカー・ルームみたいなもんですね。それじゃあ、どこへ寝るかっていうと、舞台へ布団をとって寝る。舞台ばかりでなく、踊りだから日本間がいくらだってある。

七時に起きると掃除です。広いも広いが、なんといっても手がありますから、八時には終っちまう。おおいそぎで朝御飯。するうちに陸続《りくぞく》として通いのお弟子さんが集まってまいります。これが主として踊りのお師匠《しょ》さん連中に、役者に芸者衆でございます。もちろん、素人の方もいらっしゃいます。お師匠さんには地方の方が多い。全国に何百何千という名取さんが散らばっておりますが、それが宿をとりまして、固めてお稽古をしようという。舞台の前には、はなやかなうちにも緊張がただよっております。何事によらず商売人というのはたいしたもんです。真剣なんです。

なぜ、そんなに朝っぱらから多勢のお弟子さんがつめかけるかっていうと、たとえばですね、お稽古は九時にはじまるんですが、八時半に到着した人は三十分待って九時に教《おせ》えていただける。八時五十分に到着した人は、二十番目かもしれない。一人のお稽古が十分間だとすると、この人のお稽古のはじまりは、十一時十分過ぎになってしまう。つまりは二十分の遅れが、三時間の余の遅れになっちまう。だから、必死《ひっし》だったんですね。また、そのくらいに芸界は盛んだった。

一日に百七、八十人のお弟子さんを家元が直接教えるんです。ですから実際は一人あたま十分というのは長いほうなんで。よくはやる病院みたいなもん。

これが午後の五時にぴたりと終る。その間、内弟子は何をしているかっていうと、見てるんですね。お稽古を見てるんです。見ていて憶《おぼ》えちまう。そりゃそうでしょう。『藤娘』だって何人もいる。それを繰りかえし繰りかえし朝から見ていれば憶えちまう。これが商売人とお素人衆のちがいだ。いいかね、片っぽうは手とり足とり教えてもらう。商売人はそんなことをしない。見ているだけ……。よく活動写真なんかで、師匠と内弟子の激しい稽古、きびしい芸道修業の場面なんかがございますが、あれは大きに間違いなんで。あたくしなんぞ、この見ているだけというところに感動しちまうな。お上手です、結構でした、あんたウマイよ、なんて賞《ほ》められてるのは素人なんだな。厳しさが違う。肝腎《かんじん》なのは目なんですね。

家元は、稽古をつけているときに、坐って見ている内弟子の目を見る。あ、こいつ、出来てきたな。それだけでわかるという。

僕思うに、芸道の真髄《しんずい》はここにあり。おのれはプロなんだという自覚ですね。気構えが違う。踊りのなかに住んじまう。目でもって、こころでもって自然と憶えちまう。よく、落語家《はなしか》の弟子になったところが師匠はちっとも教えてくんない、薄情な人だ、女中奉公や下男に住みこんだんじゃない、なんてヒガンだり泣いたりする話があるが、それは大きな料簡《りょうけん》ちがい。何故《なぜ》かっていうと、師匠は真先きにプロの心構えを叩きこんでいるんです。お前さん方は素人じゃないんだよ。たとえ『松の緑』ひとつ踊れなくたっていい。一番も踊れなくたってかまやしない。それでも旦那がいて毎年結構な舞台をふんでいる芸者衆とどっかが違う。毅然《きぜん》としておれよ。これですね。どこかが違う。このサムシングだね。素人衆が鯱《しゃっちょこだ》立ちしても追っつかないのが、これです。

ま、そうはいったって、三歩あるいて首を振ってくださいなんか言われても、どうすることも出来やしない。だいたい三歩あるくというのが、どうしたって出来ない。ただ歩くというのなら赤ン坊のときから何十年とやっておりますが、踊りでもって三歩あるくというのが、どうにもサマにならない。残酷なもんです。いえ、これはあたくしが踊ったらばという話なんです。だから、何事にも質《たち》ってものがある。それに、好きじゃなければいけない。

安夫は、やっぱり、天才だったんだな。なにしろ、見ているだけですぐに手をおぼえちまう。それだけじゃない。三度きけば三味線《しゃむせん》の手もそっくり憶えちまう。いやあ、ときにこういう少年がいるもんです。冴《さ》えているんだね。こうこなくっちゃ芸人はおもしろくない。

もっとも、内弟子は、見てるだけじゃない。帳場でもって電話番をする。使いっ走りに行く。お弟子さん方の世話をする。

そうこうするうちに五時になる。夕方の御膳《ごぜん》をいただきますというと、あとは自由行動になる。自由行動といったって外へは出られない。あくまでも家の中に居なくちゃならない。どうしてかと申しますと、内弟子というのは、主に地方のお師匠さんの子供なんです。家元は、それをあずかっているわけなんですね。だから、間違いがあっちゃいけない。いきおい、うるさくなるんです。女なら、十七、八歳。男なら検査前までという。こういうのが十人ぐらいずつ寝泊りしているんだから、奥（家元夫妻）の責任は重大です。心配はたいへんなものです。

安夫も、はじめは夜になるとノートをとったりして、まじめに勉強をしていた。深夜になりますというと、東北線、貨物線の汽笛がきこえてくる。こりゃあ淋《さみ》しいもんで。さすがの天才少年もじっとりと枕を濡らすようなことになる。同じ東京にいても、親もとへは盆と暮にしか帰れない。それも、盆は日帰りです。正月つったって二日しか帰れない。これが修業なんですね。

そのうち安夫も遊びをおぼえるようになる。遊びといったって満年齢の十二歳ですから、風呂の帰りに蜜豆をたべるくらいのもんです。それでも冒険であり、ドキドキした。買い喰《ぐ》いは禁じられていたんですから。

風呂のほかに外出できるのは、お稽古事です。踊りのお師匠さんになるんですから、長唄、清元、常磐津《ときわず》なんかを、夜になってから習いにいくんです。それも三味線が弾《ひ》けなくてはどうにもならない。いまのようにテープレコーダーなんて便利なものはなかったんですから。

これが外出のチャンスだったんですね。ですから、わざと電車に乗って行くような遠いところのお師匠さんを選んだりする。

戦争中のこの齢頃《としごろ》の男女にとって、唯ひとつの楽しみは食べることです。だから、外出する人に何か買ってきてくれと頼む。

「妾《わたし》はシベリヤ」

「あたし、ガリバルジ」

「あたいは今川焼」

「うっとこは、石焼芋」

これが二十人ですから、一荷物になってしまいます。大風呂敷にいっぱい。どうやって持って帰ったか。体のかげにかくして階段の脇に置いてしまう。帳場に坐っている奥の人に、

「ええ、おかみさん。ただいま……」

何喰わぬ顔という奴です。あとで裏からすうっと風呂敷包みをひっぱるという。そのうちに安夫は、すっかり奥に気にいられちまった。性質は素直《すなお》だし、芸は出来るし、三味線はすぐ憶えるし、それに体つきがすらっとしていて顔立ちがいい。流派を背負って立つ大物になるだろうというわけ。

奥に呼ばれて、

「お前さん、莨《たばこ》なんぞ吸っているものは無いかえ」

なんぞと訊かれたりする。密偵ですな。

「さあ……」

とぼけちまう。

実をいうと莨どころじゃない。夜中に三階から網をおろして支那ソバを買う奴がいる。ひどいのは、そっと脱《ぬ》けだして吉原《なか》へ行って簡単に済ましてくるのがいる。

男女の事もあったと申します。無理のない話です。それが自然でもあったわけだ。

〽言わず語らぬ我が心、乱れし髪の乱るるも、つれないは唯移り気な、どうでも男は悪性《あくしょ》もの、桜々と謡《うた》われて、言うて袂のわけ二つ、勤めさえ唯浮々《うかうか》と、どうでも女子《おなご》は悪性もの、都

育ちは蓮葉《はすは》なものじゃえ、テンドッツン
なんてことを毎日やっていたんじゃ誰だって実験したくなる。本当に男も女も「悪性もの」かどうか。

三

「それからどうした」

此の世に熱燗《あつかん》のあること嬉し。

小生は武者小路実篤先生のような心境になっていたんです。

アイスキャンデーはとけてきました。とけるときがまた、ジンジンとして宜《よろ》し。我が身に血管のあること愉《たの》し。

「どうしたって、あたしは十四歳よ、数え齢の……」

「いつまでも十四歳でいるわけがない」

「戦争じゃないの。大きいのがはじまったじゃないの」

「ああそうか」

歌舞伎でも女形のほうが酒に強いという。安夫は女形じゃないけれど、私から見れば女形だ。いや強いのなんのって。グイッといくね。顔に出ないで、目付きばっかり艶《いろ》っぽくなる。

「だんだん、淋しくなってね」

「しかし、モテたろう」

「そりゃあ、美《い》い男だもん」

「畜生！」

「だけど、見むきもしなかったわ、女なんて」

「傾向があったんじゃねえか」

「ご冗談《じょうだん》でしょう。こう見えたって、ちゃんと実績はあるんだから」

「実績ねえ。ときに、慰問袋にアイスキャンデーいれてェって歌、知ってるかい」

「知らないわ」

「エノケンの歌だ。そうしたら、戦地から礼状が来たんだそうだ。拝啓、割箸有難うってね」

「あんた今日すこし変じゃない？」

ひさしぶりに安夫に会えて、一緒に飲んでいるのが嬉しいからとは言えない。小生は安夫が贔屓《ひいき》だったんです。

「わびしいよねえ」

「なにが……」

「戦争だよ。そうやってねえ、どんどん駄目になっちまった」

「そう。みんないなくなって、あたしも徴用にとられたの」

「どこへ」

「工場」

「なんの？」

「さあ。それがわかんない。魚雷だっていう話だったわ。人間が乗るんだって。それがね電気で動かすんですって」

「回天かな」

「さあ、なんだかわかんないけど、あたし、火事起しちゃった」

「どうして」

「わかんないのよ。朝、工場へ行ってみたら、あたしの作業場が燃えちゃってて無いのよ。だって、あの、なに、配電盤っていうの？　スイッチみたいのやソケットや電線や、こちゃこちゃいっぱいついているでしょう。あたし、わかんないから、出鱈目《でたらめ》につないで帰ったら、燃えちゃったのね。……あれ、ショートしたのかしら」

「勝てっこないよねえ、それじゃ」

「ふんと！」

コップで、ぐいぐいいく。お燗が間にあやしない。

「戦争が終ってから、一時、進駐軍のショーに出ていたことがあるでしょう。あれ、どういうわけ」

「あたし、なんでもやってやろうと思っていたの。タップでもバレーでも」

「やけくそ？」

「そうでもない」

あたくしは、それも見たことがあるんです。土人の踊りで裸になっても安夫は素敵だった。

「よかったよ、あれも」

「そりゃ、体が、こう、すらっとしているしさ。それに、いい男だもん。なにやったってひったたつわね」

「うるさいね、いい男、いい男って。だけど、家元に叱《しか》られなかった」

「平気よ。だって、あたしが、そんとき家元のところへ行ったって、厄介《やっかい》をかけるばっかりだもん。日本舞踊なんか、どうなるかわからなかった」

「そういう時代だったね。そうだったね」

なんとなく安心したんです。安夫が、すくなくとも、小生が期待したようには伸びなかったのは、その頃の洋舞が祟ったんじゃないかと漠然と考えていたんです。

「あたし、いま、一人なのよ」

「知ってるよ」

そのくらいは風の便りできいています。

「お嫁さん、探して……」

「いやだよ。モテるんだから、いいじゃないか」

「そうね。あたし、あんまり美《い》い男すぎるからいけないのね」

「いい加減にしろよ」

「でもね、いいときもあったのよ。ほら、知ってる、毬子《まりこ》のこと」

「ごたごたしたことだけは、きいた」

「いやあねえ、ごたごただなんて」

問わず語りというやつです。安夫も酔ったのかも知れない。それとも、こっちの稼業《かぎよう》を知ってのサービスか。

四年間同棲したあげくに別れるまでをこまごまと話しだした。毬子は赤坂の名妓《めいぎ》で、私でさえ名前を知っている。

そういえば、この頃は、名妓というやつがまるっきりいなくなっちまったな。

別れるといっても、安夫が関西に出稽古に行っているときに死んだのである。その話は面白いんだけど、やめとこう。お化けが出るから。

「旦那がいたんだろう」

「さあ。それもわからない。とにかく気風《きつぷ》のいい女だった。そりゃあ、もう、いい女」

「おいおい。……とにかくね、お前さんは不器用なんだよ。女にかけちゃ、不器用なんだ」

「そうかしら。でも、モテるわよう」

「そうじゃない。まるっきし、不器用だ」

「でも、恋愛してて、両方が無になる瞬間があるでしょう。あれで、もういいと思っちゃうわ」

「だからさ。……だから駄目なんだ。てんで女あしらいがわかっていない」

「どうして？」

「つまりだね、あんた、吉原を知らないだろう。戦後もそういうところで遊んだことがないだろう」

「そう。ふたっつぐらい上の人までは遊んでいたわね」

「だからね、俺たちは、赤線をまたいじゃったんだ。そうかといって男女共学も知らない。まるっきり、駄目なんだ」

「だって、あんたんところは模範家庭だっていう評判よ」

「なにが模範家庭なもんかね。俺んところはね、十九歳で知りあって、二十二歳で結婚して、以後今日にいたる、だ」

「結構じゃない」

「いいかわるいか知らないが、そのどっちかになる。一手ばったりか、ぐずぐず長びくか。毬子のことだってそうだろう。計算というものがない」

「ロマンチックじゃない」

「違うんだよ。行きあたりばったりで、とにかく、どっちも不器用なんだ」

どうも自分でも訳《わけ》がわからなくなった。こうなれば、飲むより仕方がない。

「ところで、商売のほうは、どうなんだ」

「おかげさまで……」

「で、どうなの?」

「弟子はいっぱい来るわ。だって、お師匠さんが、きれいでしょう」

「ぶつよ、ほんとに。しまいにゃ怒るよ。俺の前で、美男だ、美男だって……」

「だって、ふんとのことだから仕様がない。芸者衆がいっぱい来るの。みんな、あたしにお熱《ねつ》をあげてね。しまいに旦那が嫉妬《やきもち》を焼いてね、稽古場をのぞきに来るのよ。そいでもって、あたしを見るでしょう。それではじめて納得《なつとく》するのよ。ああ、あれじゃ仕方がないって……。あんまし、あたしが美い男だもんだから……」

「ねえ、安夫ちゃん。いい男って自慢するのはいいけれど、俺の前でそれをやるなよ。そうでなくたって僻《ひが》んでるんだから」

「あたしが、いつ自慢した？」

「……………」

「うぬ惚れてると思ったの？　僻《しが》んでるのはあたしじゃない」

坐りなおした安夫は、意外にも真剣な顔になっています。

「せめて、俺ぐらいの醜男《ぶおとこ》に生まれていりゃあ、ということか」

こうなりゃ喧嘩です。

「そうじゃないけど……」

「じゃ、あれか。あんまりすらっとしすぎていて、日本舞踊の舞台じゃ映《は》えないんだろう。やっぱり菊五郎《ろくだいめ》みたいな体のほうが踊りにはいいという」

「違う。あたしは、とってもきれい。素敵だって何度も言ったでしょう。そうじゃあないの」

「……………」

「日本舞踊ってのはね、所詮《しょせん》、芸術じゃないのよ。いえ、むずかしいことを言うつもりはないわ。……劇場を借りてね、興行としては成りたたないってことなのよ。それは、戦前からずっとそうだった。そういうもんなのよ」

「はあはあ。それはそうだ」

「やっぱしね、お師匠さんじゃなきゃ駄目よ。いい踊りのお師匠さん」

「……………」

「いくら弟子が多勢いたって駄目。温習会《おさらい》をやらなくちゃ」

「ああ、金のかかるやつ」

「そう。それでなくちゃ、収入にもならないし、舞台に立てない。自分の発表会を開けない……」

「ふむふむ」

「温習会にあたしが出たらどうなります?」

安夫は本気だったのです。切れ長の目にうっすらと涙が浮かんでいます。

「さあね」

「浚《さら》っちまいますよ。ねえ、なぜ、高いお金を出して踊るんでしょう。自分の踊りを見てもらいたいからでしょう。親にしても旦那にしても、そう。お客さんをよんで、子供なり愛人なりを見せるんですよ。……ね、もし、あたしが相手役で出たら、みんなこっちを見ちまう」

さすがに、ククッと笑った。

「そう、かね」

「そうよ。だから、ちっともお声がかからない。お金にならない。舞台に出られない。後見だってそうよ。お客はこっちばかり見ちまうわ」

「………」

「助《すけ》っ人《と》にも頼まれない」

「だから……」

ようやっと、安夫が、踊り手としても、町の師匠としてもパッと売りだせない事情が見えてきました。小生のようでも困るし、安夫のようでも困ることがある。真実は物語よりも奇なり。天才少年で、性格が素直で、美貌であるのが不都合《ふつごう》だという世界があるんです。

「わかった?」

「こりゃあ、国立《くにたち》のお助け爺さんにもどうすることも出来ない」

絶世の美男子が、国立《こくりつ》劇場ではなくて、小便の匂いのする国立《くにたち》劇場へ出演することになる。ここの道理が、おわかりか。

Ⅳ

よんどころなく、駅まで送ることに相成《あいな》った。もう、木枯《こがら》しなんか寒くない。

「でも、あたし、お師匠さんには可愛がられているのよ」

「それは、よくわかるよ」

素朴《そぼく》にちかいような素直さは、少年のときとちっとも変っていない。そうでなければ、誰が美男子だから困るといって歎くものか。まるで赤ン坊みたい。

「さっき、あそこに立っていたでしょう」

校庭を指さした。

「うん。寒かった。それに、痛かった」

「あの気持、あたし、わかるのよ。さっきは言わなかったけど」

安夫にそう言われたときに、私の胸のなかにひろがってくるものがあったんです。さあ、それをなんと言ったらいいか。恥ずかしさといってしまえば簡単なんですが——。

思いきって言っちまえば、小生は、安夫ちゃんの踊りは退屈ではないんです。彼も言う通り、そいつは素敵なんだ。

ま、言わせて貰えば、踊りを見ていれば、小生には、戦前の日本が、目の前にいっぱいにひろがってくるんです。柝《き》が鳴る。あかりがぱっと舞台を照らす。そういうことが小生には恥ずかしくてたまらない。こいつは、ま、わかってくれる人にしかわかってもらえないと思うよりほかはない。日本の貧しさ、といってしまえば、それこそ曲もない。そうなんだ。私の父は軍需成金だった。だから、家に金があった。矢鱈《やたら》に金がはいってきた。父も母も長唄をやる。妹たちに踊りを習わせる。家のなかに所作《しょさ》舞台をつくる。家を数寄屋ふうに改造する。男の子の部屋なんかどうだっていいんだ。いや、決して、ひがんでそう言うんじゃないよ。本当をいうと部屋なんかどうだっていい。

しかしだね、金がはいってくると、家のなかがなんとなく待合ふうになるというのは、こりゃどうじゃ。上は大企業の社長から、下は町工場のおやじさんまで、みんなそうなんだ。決して父母だけを責めているんじゃない。妾を囲《かこ》う。家が待合ふうになる。娘たちに芸事《げいごと》を習わせる。従って、芸人がはいりこんでくる。たいがい、やることはきまってらあな。

これを小生は、貧しさと呼んでいるんです。これが日本の貧しさなんです。そりゃ小生は他国のことは知らんのですよ。しかしですね、英吉利《いぎりす》人や亜米利加《あめりか》人は、金がはいってきたら、田舎にひっこんで、山小舎をこさえて、汚い服着てひっそりと暮そうという手合《てあい》が十人のうち一人や二人はいるんじゃないかしらんと思う。それが我が国では、温泉だ、芸者だって、湯水のようにジャンジャン費《つか》っちまう。まるで百姓ふうなんだ。貧乏人根性が丸出しなんだ。そいつが恥ずかしい。

しかもですよ、開闢《かいびゃく》以来、我が国の実業家は戦争の恩恵を蒙《こうむ》らざるはなし。戦後だってそうなんだ。考えてもごらんなさい。戦後の好景気は、朝鮮戦争とベトナム特需に支《ささ》えられているんだ。これが現実なんだぜ。ああ、いやだ、いやだ。不景気になると、進歩的文化人だの平和産業屋だの組合の親分《ボス》が顔をきかす。演説をぶち、印税をためこんで、海岸地帯に土地を買う。軽井沢に別荘をおったてる。あああ、いやだ。ああ、恥ずかしい。田舎漢《いなかもの》の集まり！　チントンシャンの陰に血の匂いがする。よれよれのカーキー色の作業服だ。ずっこけの巻脚絆《まききゃはん》だ。そういうものに支えられているんだ。みんな借りものなんだ。

それじゃあ、どうする？　えらそうなことを言ったって、小生には、どうすることも出来やしない。

文教地区の文化祭だから、おきまりの「ベトナム戦争反対」の展示会がある。残虐行為の写真がならべられる。その展示会を開いた学生が来年は一流銀行の試験をうける。ああ、いやだ。わからない。

「厭ぁねえ」

ちかごろは、教育ママと言わずに、教育怪獣ママゴンというのだそうだ。そういう連中が展示会を見にゆく。

夜になって講堂に灯が点《つ》く。町の人が集まってくる。ぞろぞろぞろぞろ——。文化国家万歳！汲取《くみとり》式の臭気が目を刺す。どうして、そのなかへはいっていかれようか。だから、足がアイスキャンデーになっちまうんです。動けないんです。逃げたんです。

安夫ちゃんが踊る。私の家のそばの国立の学校の講堂で踊る。それはいい。いいにしても、そうすると、私のなかに戦前がもどってくる。その、戦前が辛いんだ。私は、そのとき子供だった。バカだった。柝が鳴って、幕があく。舞台が明るくなる。素敵な安夫が出てくる。素踊りだ。はっきり言って、その安夫と、よれよれの菜ッ葉服を着て回天の魚雷をつくっている安夫との区別《けじめ》が私には、わからないんです。

「不器用なんですよ。さっき、あんたに言われたけれど、あたしもあんたも、本当に、不器用なのね。つまり、なんつうか、気持のきりかえってものが出来ないのね。ねェ、あれから二十年も経っているのに」

「そんなこと、なんでもないさ、要するに、玄冬素雪の寒き夜にってことさ」

「衾を重ね、あたためつゥ……」

どうでもいいんだ。小生と安夫は、肩を組んで歩きだした。——寒いから。

海底《かいてい》の月《つき》

―

小生《あたくし》、先日《こないだ》、麻雀《マージャン》というものをやったんです。十年振りでした。いや、もっと正確に言うと二十年ぶりだったんです。

どうして、そういう破目《はめ》になったか。

その日、小生等《あたしら》は野球をやったんです。

初冬の寒い土曜日の午後でありました。これからが小生達《あたしら》の野球シーズンなんです。職業野球人に限らず、ノンプロでも学生野球でも十二月と一月だけが休みなんですね。練習もやらない。しかるに、我等にとっては、これが最盛期なんです。

なぜかっていうと、球場難だからです。軟式でも、もう、手が痛い。日も短い。誰も、やりたがらない。そこが付目《つけめ》だ。

そこで我等は、やる。〝ダジャース〟の言種《いいぐさ》じゃないが、野球とは、元来《もともと》、危険なスポーツなんだ。寒かろうが、痛かろうが、滑ろうが、傴麻質斯《ロイマチス》になろうが、構わない。

それに、ここだから申しあげるが、我等広告業者は、十二月と正月は、比較的、閑《しま》なんだ。十二月の初めには新年原稿の案が概略《あらまし》出来ちまう。来年度の計画も樹つ。それからして、二月というのは正月の続きなんだな。春三月となると丸《まる》っ切《き》り情緒《ムード》が違ってくるが、正月の広告原稿はそのまま二月にも通用する。従って正月も閑になる。

すなわち、シーズン突入の第一戦。

矢《や》っ張《ぱ》し、寒かった。悪寒《がた》がきちゃった。その球場は、家から車で二十分という距離にあった。だから、全員拙宅に寄ってもらい、風呂にはいってもらって、暖《あった》かいものを食べてもらい、大いに寛舒《リラックス》してもらいたかった。そうでなくても以前《まえまえ》から、一遍《いっぺん》はそんなことがあっても宜《い》いと思っていた。即ち絶好の機会《チャンス》である。

しかるに、いくら勧《さそ》っても全員が雲《うん》でもなけりゃ駿《すん》でもない。錠前付控室《ロッカー・ルーム》で徒《いたず》らに釘付運動靴《スパイク・シューズ》の音をカチカチと鳴らすのみ。

それはそうなんだ。いかなる理由があろうとも、一軒の同僚の家に大挙して集合してはならぬ。これ、我等俸給生活者の守るべき鉄則なり。しかも小生は上司である。なろうことなら避《さ》けたいという沈黙である。暗黙の諒解《りょうかい》という奴。忠勇無双の我が兵は声を殺して黙々《もくもく》と影を落して粛々《しゅくしゅく》と汗臭きアンダー・シャーツを脱ぐ。

この時、天啓《てんけい》の如《ごと》く余の脳裏《のうり》に閃《ひらめ》くものがあった。

「おい。みんな。うちへ来て麻雀をやらんかね」

その光景をお目にかけたかったね。瞬時にして座の空気がガラッと変った。ギョロッと一斉に全員の目がこちらへ集中し、光った。ああ偉なるかな、立直《リーチ》、自摸《ツモ》、和了《ホーラ》。

「☆☆☆☆☆……!」

「ZZZAA! 啞《あ》、啞《あ》、嗟《あや》!」

「吁《ああ》、嗚《ああ》、嘻《ああ》、悪《ああ》、唉《ああ》」

「……⁉ 疑、歓……？」

「ALLAH《あらあ》！ AH《ああ》！ OHHHH《おおお》……」

「愛好《あいこう》、哀号《あいごう》、哀号《いきます》、come come《いきます》」

「……歎《たん》！……」

いったい、こりゃ何だね。

「おい。どうするんだ。来るのか？」

「☆△！ ☆⁉ ○○▲○？ △！ ☆☆……」

「何を言ってるんだか薩張《さつぱり》わからん」

「▲☆？ □■☆！ ○……！ ……？」

「こいつは何と言ってるのかね」

「非常に嬉しい。是非《ぜひ》、行きたい。しかし、御迷惑ではないかと言ってます」

「そんなことないよ。で、お前はどうなんだ」

「CRASH！ MMMBAABAM」

「わからんね」

「……いいい、いきます……」

生唾《なまつば》を呑みこんで、喉仏《のどぼとけ》が大きく上下に移動した。

「光栄です。とっても！」

なかで一人、正気なのが言った。いままでこんなことを言われたことがなかった。こいつら、俺の広告原稿を軽蔑しておるな。麻雀でだけ俺を尊敬しているんだな。

かくして総勢九人の同僚が拙宅に集まった。小生は「お道具」は持っちゃおらんのです。これは近所の友人に借りた。だから、一卓しか出来ない。こういう時に、よくそうするように二位の者が抜けて風呂にはいることになる。あとは観戦です。

同僚①「立直《リーチ》！」
同　②「リーチ天作の五万八万《ごまんぱあわん》か」
同　③「ええい、嫁に行った晩だ」
小　生「何だ。牌は表を向けて放《ほう》れ」
同　③「八万《ひらきまん》ですよ」
小　　「あ、それなら、こっちに当りだ」
　ジャラジャラジャラと洗牌《シーパイ》、砌牌《チーパイ》。
同　②「辺七索《ペンチーソー》を、こう喰って」
同　①「全帯么《チャンタ》を連れて江戸見物か」
同　③「それなら西は通るか」
小　　「一筒《イートン》は切りくち、と」
同　①「なんの切りくち」
同　②「切りくちは牛蒡《ごぼう》にきまってるじゃないか」
同　①「俺はまた、あれの切りくちかと思ったな」
同　③「おいおい、品のわるいことを言うな」

同①「そうじゃない。お前はすぐに阿部のお定なんか連想するからいけない。俺のは飴《あめ》のなかから金太さんが飛びだすんだ」
同③「春の夜飴の切りくちどれがほんと」
同①「春の夜時計屋の時計どれがほんとと言ってもらいたいな、この万太郎は通るかな」
同②「見せたら、放《ほう》れよ」
同①「厭《いや》だ。臭い臭い。万太郎はやめて二筒《ジテンシャ》だ。一筒《キリクチ》が通ったんだから、いいだろう。純粋《ジュン》全帯幺《チャン》三色《サンショク》同順なんてのは御免だよ」
同③「自転車は碰《ポン》だ。二筒碰《リャントンポン》して東《ヒゲ》！」
同②「毛虱《けじらみ》！」
同①「七索《チーソー》は犬のチンボで先き赤し、と」
同③「四筒《スーピン》は五徳の足」
同②「山葵《わさび》はいかが」
同①「山葵と言わずに緑の江之島とおっしゃい。こっちは七筒《ピストル》」
同③「白板《パイパン》はさっぱりとしたかたわなり」
同②「八筒《パーピン》は相撲の背中」
同①「赤坂中学！　芸者牌《ドラバイ》だ」
同③「槍一筋のお家柄か」
同②「東風《こち》吹かば」
同③「五万《ウーマン》は英語の女」

小　「栄《ロン》。親だから一万一千五百二十点《イチイチゴーニー》だろう」
　ジャラジャラジャラと洗牌《シーパイ》、砌牌《チーパイ》、骰子《シャイツ》を振りの開門《カイメン》。
　こんなことをいくら書いたって仕方がありません。結果は遂に小生は風呂に這入《はい》れなんだというこどになる。半荘《ハンチャン》が六回で八万四千点のプラス。二位が抜けるというルールだから、浮いた者もあって八コロにはなりませんでしたが。
同④「ああ疲れた」
同⑤「でも、面白かった」
同①「でも、終り頃は山口さんつまらなそうな顔をしていた」
小　「そうかね。そんなことはない。なにしろ、ツイていたからね」
　わたくしは、若い人達に楽しく遊んでもらいたいの一心だったのです。また、実際に、久しぶりで自分も楽しかったのです。
同①「厭《いや》そうな顔をしていた」
小　「ほんとかね。そりゃ悪いことをした。一所懸命に打ったつもりだが」
同②「そういえば、何かほかのことを考えているような顔だったね」
小　「しまったな」
同①「え?」
小　「いや、なに……」
同②「何か演技しているような。その西洋骨牌顔《ボウカーフエイス》が作戦だったかな」
小　「そういうこと」

全くそれには気がつかなかった。身に覚えがない。それだけ夢中でもあったのです。
しかし、言われてみれば、案外にそれは正鵠《せいこく》を射ているかもしれない。その同僚の言を鋭いと思い、また、そういう小生に、あらためて自分で驚いたんです。
そうなんだ。小生は麻雀をやって楽しむわけにはいかない。そりゃ無理なんだ。言っちゃ悪いが、すくなくともこの程度の相手ではどうにもならぬ。歓待《かんたい》しているつもりの、そのサービスを読まれちまった。おそろしいくらいのもんだ。同僚の目よりも、小生は自分の芯《しん》にあるココロが怕《こわ》い。
そうかといって、もう、あの刃渡りは御免だ。あれは済んじまったことだ。
一同「どうも遅くまで。……お邪魔しました。どうも、どうも」
小「まあ待て。いま自動車をそ言《い》ってやるから」
二十年振りに打った麻雀がこんなふうだった。証人は八人いる。嘘は書かぬ。勝ったからといって自慢しているのではない。そんなことは、もうどうでもいいのだ。六荘《リュウチャン》打って、小生は一度も放銃《ホーチャン》しなかった。これも偶然である。ツキである。麻雀に関してだけは小生はそんなに白痴《ばか》ではない。
お夏「で、どうでした?」
小「斯《か》く斯《か》く云々《しかじか》」
お夏「自転車と同じね。二十年前に乗れたら、いまでも乗れる」
小「まあ、そんなようなものだ」
わたくしが、麻雀で楽しめないのは何故か。その訳《わけ》は……。

11

その前に、麻雀必勝法を伝授いたしましょう。必要のない方は、飛ばして読んでください。近頃は麻雀ブームとかで、関係書物も沢山《たくさん》でておりますが、小生の説も大同小異です。但《ただ》し、簡略が一得《いっとく》かと存ぜられます。

① 早く和了《あが》ること。

なんだ、そんなことかと仰《おっ》しゃるでしょう。ところが大きにそうじゃない。うしろで見ているとモタモタしている。夢を追う。混一色《ホンイーソー》を狙う。三暗刻《サンアンコ》にもっていこうとする。それが、いちばん素人《しろうと》なんだ。問題はそうじゃない。速度なんです。おそらく、麻雀は夢をふくらませるゲームだなんて書いてある解説書があるに違いない。これ、誤りなんです。和了《あが》らなくてはなんにもならない。こうくれば倍になる。それが麻雀の檻穽《おとしあな》なんです。いいですか。速度ですよ。一刻も早く和了《ホーラ》すべし。

配牌《ハイパイ》で、もっとも早い聴牌《テンパイ》を考えよ。これです。

② 絶対に放銃せぬこと。

当りまえだと言うかもしれない。前項と矛盾《むじゅん》すると言われるかもしれない。そうじゃないんです。よいかね、放銃しないための最善の策が早く和了することなんです。だから、必勝法はこの順序になります。

オリてしまえばいいのだから容易《やさし》いと思うかもしれない。否！　これ亦《また》、至難の業です。いいかね。かりに、はじめっからオリたとしよう。それが相手にわかるから、敵が楽になり、終盤ちかくなると、すくなくとも二人は聴牌《テンパイ》する。こっちは安全牌ばかりきっているから、手の内は危険牌ばかりになる。すなわち、敵の手を読んでいなければいけない。

読者サービスとして、小生は、このことを五味康祐さんに訊《き》いてみたんです。必勝法はこれでいいか、と。

五味さんの回答。

「そうだ。それでいい。しかし、狙って故意に放銃できるようにならないといかん」

すなわち、誰かが大きな手をつくっているときに、安いところへ故意に放銃できるだけのヨミが必要とされるわけだ。

その日偶然、五味さんと卓を囲《かこ》むことになった。これも初めてのことである。但し、半荘一回。結果は五味さんも小生もプラスマイナス零《ゼロ》。某氏が勝ち、某氏が負けた。籌碼《チョーマ》の動きは極《きわ》めて僅かであった。

この時、小生は恥ずべき放銃《ホーチャン》をしてしまった。下家の五味さんには安全である八筒を放り、対面《トイメン》に和了《あが》られたのである。五千二百点。八筒は、いかにも病牌《ビンパイ》であった。

放銃は、この一回であるが、陸符《おか》が二千点あるから、これだけで七千二百点のマイナス。小生は、二千点以上の和了をせずにプラマイ零にこぎつけたのであるから、いかに安く早く数多く和了したかがわかるだろう。

これでは、負けないけれど勝てない。必勝法にならないと仰しゃるかもしれない。しかし、小生はこの間に満貫の聴牌を二度している。即ち、そこから先きが運なんです。

③　絶対にインチキせず。(または、気力に欠くるなかりしか！)

ここが、特に最近の指導書と違っているところだろう。

麻雀というのはインチキの出来るゲームなんです。インチキをするのは容易です。むしろ絶対にインチキをしないということのほうが難事です。

洗牌《シーパイ》、砌牌《チーパイ》のときに何枚かの牌を覚えてしまうのは容易である。自然に目に飛びこんでくる。これを忘れてしまう訓練のほうがむずかしい。

むろん、先摸《サキヅモ》などはインチキ以前の反則です。積込《つみこ》みやスリカエは御承知だろう。

ひとつだけ、例をあげよう。

三人の手があまり進行していないときに、残りの一人が立直《リーチ》をかけたとしよう。自分の手に三索《サンソー》の対子《トイツ》と六索《リユウソー》の暗刻《アンコ》がある。

「早い聴牌三六索《テンパイサブリユーソー》、か」

などと言いたくなるものである。はなはだしきは、立直《リーチ》をかけた男に三索をチラリと見せたりする。それは、お前の聴牌は、いつでも読んでいるぞという暗示にかけようとしているのである。また、そうやって残りの二人の放銃を牽制《けんせい》してるのである。これはインチキであり、ルール違反であり、戦術として甚《はなは》だキタナイ。

己《おのれ》に恥じねばならぬ手段を峻拒《しゅんきょ》すること。これマジメ流麻雀必勝法の極意《ごくい》なり。

何故か。特に麻雀は気力を必要とするからである。

「お前等のような薄汚《うすぎたな》い奴はインチキをやってもよろしい。しかし、俺はやらぬぞ。インチキをやってもかまわぬが、イカサマ野郎が勝つことは許さぬぞ」

ここから必勝の信念が生ずる。すなわち、自摸《ツモ》がぐっとよくなってくる。

④　初心忘るべからず。

ビギナーズ・ウインという言葉がある。これは真実だ。とにかく巧者になったらおしまいだ。うまいけど勝てないという人がいる。評論家になったら負けだ。

碰々麻雀《ポンポン》、結構。吃《チー》も結構。四副露《スーフーロ》の裸単騎《はだかタンキ》もよろしい。四副露は、ともかく聴牌《テンパイ》である。こんなのに放銃したら恥ずかしいと思わせるだけでも効果がある。自摸《ツモ》れば相手はウンザリする。

ひとつだけ例をあげよう。こんなのは、どの解説書にもあると思うが。

上の図の手は門前清《メンゼン》で三、六、九筒の聴牌である。あと五回の自摸《ツモ》があるとしよう。そこへ発を自摸ってきた。さてどうする。四筒《スートン》を放って三、六、九、五、八筒、五面待ちの聴牌とするのが普通である。現今のルールなら、まず満貫だろう。

初心者ならどうする。彼は、まず、びっくりする。狂喜する。上気する。迷う。混乱する。どうしていいかわからないのである。

「ええい、めんどくさい」

そこで、いきなり、四筒《スートン》を暗槓《アンカン》する。

「嶺上開花《リンシャンカイホー》！　ほら、自摸《ツモ》った」

五筒《ウートン》をケツからもってきてしまう。

あけてみて、一同、

「あああ、素人にはかなわねえよ」

ということになる。なかには親切そうに、四筒きりの五面待ちを解説し、コーチしたりするのがあらわれる。

しかし、ここでは初心者のほうが正しいのである。理にかなっている。小生の必勝法をふりかえっていただきたい。

まず第一に、ここで嶺上開花の手に出ることは「早く和了《あが》ること」である。自摸の機会を多くすることである。手に惚れないということである。五、八両面単騎《リャンメンタンキ》だって決してわるい聴牌ではない。

次に、四筒は、この局面では、まず、非常なる危険牌になっている筈《はず》である。すなわち「絶対に放銃せぬこと」を考えれば、とうてい放れる牌ではない。

第三に、ここで発をもってきたのは、勢いに乗っている証拠《しょうこ》である。なぜならば、発で一飜《イーファン》ふえ、嶺上開花で二飜《リャンファン》ふえるのである。何条このチャンスを見逃してなるべきか。ツキに対して素直になれ。ケツに五筒があると信ずることが必勝の信念である。四筒打ちは「気力に欠くるなかりしか！」と怒鳴られても仕方があるまい。

もう一度書く。最短距離。放銃せず。気力。初心。これ必勝法なり。これだけでいい。そうして、必勝法はこれ以外にない。

三

小生は小学五年のときから賭麻雀《かけマージャン》を打っていたんです。千点二円《せんに》だった。それも尋常《じんじょう》の相手ではない。ゴロツキの新聞記者、芸人、セミプロの会社員、教師。

戦後になって、十八歳、十九歳のときは、金持の旦那、プロの麻雀師、博徒《やくざ》が相手だった。ということは、小生自身がすでにセミプロだということになる。

たとえば、いま、麻雀牌をひろげてみると梅の花のような模様の五筒《ウートン》ひとつにしても、さまざまの思い出がどっと押しよせてくる。平常な気持で麻雀を打てるわけがない。

さきほどの「初心忘るべからず」の例題は私が実際に経験したことなのである。中学・高校・大学の学資を麻雀で稼《かせ》いだという触込《ふれこみ》の会社員だった。彼は全く確信に満ちた手つきで五筒を嶺上開花《リンシャンカイホー》してしまった。しかも、その頃の私たちのルールでは五筒開花《ウートンカイホー》は大満貫（役満）だったのである。彼はあたかも予期していたものの如くに何の躊躇《ちゆうちよ》もなく四筒を暗槓《アンカン》して五筒を引っぱってきた。その確信と、落ち着きはらった態度が憎かった。

連盟ルールというやつで。飜牌をひとつ碰《ポン》されただけでも極度に緊張した時代である。しかも風は東東《トントン》だった。小生の驚きは寔《まこと》に新鮮だった。

また、こんなこともあった。北局の大ラスで、四者ほとんど同点。和了《あが》ればトップという状態だった。小生は背後で見ていたが、新聞記者はヒドイ配牌だった。彼に関していえば勝敗は決したかに見えた。しかし、彼は吃《チー》して、また吃《チー》して、碰《ポン》して、たちまち四副露《スーフーロ》の裸単騎の聴牌をつくり、自摸《ツモ》って逃げてしまった。それも五筒だった。

常識からすれば、無理な吃であり碰だった。四枚になったときはバラバラだった。そうやって彼は自分にツキをよびこんだのである。相手のテンポを乱したのである。この逃げは印象的だった。当時の小生の技倆《ぎりよう》では単騎は端の牌《パイ》で待つものとばかり思っていたのである。彼はどんどん幺九牌《ヤオチユーパイ》から切っていった。すなわち最短距離を突っ走ったのである。それにも驚いた。「賭け」を見たように思った。なによりも生活がかかっているのだから、そういう勝ち方をされるとショックをうける。

　戦後になって、やはり同じような局面が出来た。四副露したのは大学を中退した闇商人である。戦後麻雀の一飜縛理《イーファンシバリ》だから、これでは和了《あが》れない、小生達《あたしら》は笑いをかみ殺し、悠々と手づくりにかかった。初対面でもあるし、この男は馬鹿ではないかと思った。終局近くなって、やっと、みんなが彼の意図に気づいたのである。彼は、はじめから海底摸月《ハイテイモーエ》だけを狙っていたのだ。そうなると、自摸《ツモ》を変えさせようと思っても、なかなか出来るものではない。誰かに碰《ポン》させようとしても、それは危険牌《パイ》である。そうやって、この男は海底《ハイテイ》の五筒《ウートン》を自摸《ツモ》ってしまった。

　たいしたことはないと思うかもしれない。しかし、わたしらの麻雀は千点千円である。ちょっと負けが混むと十万円は飛んでしまう。そのころの物価をよく覚えていないが、そのすぐあとに勤めた会社の小生の初任給が八百円であることは間違いない。みすみす安い手であることがわかっていても生牌《ションパイ》など打てるものではない。なんとか平局《なが》して、次回でトップを狙いたい。そうやって、その男の海底摸月の術にひっかかったのである。

　麻雀に限ったことではないが、博奕《ばくち》の醍醐味《だいごみ》は、ある瞬間において、不思議に手が見えてくることにある。小生にもそれは説明がつかない。ただそういうことがあるとだけしか言えない。極度の緊張がこれを生ぜしめるのである。

　嶺上《リンシャン》に五筒あり。海底《ハイテイ》に五筒あり。それが見えてくる。海底に月ありや無しや。

「麻雀にも、プロとアマの区別は厳然としてある。そして麻雀における両者の差は、碁や将棋の場合と異なり、その才能の有無、習練の多寡《たか》も勿論だが、それよりも、要するに、インチキをやるかやらないかにある。勿論、やる方がプロだな」

野坂昭如さんはそう書いておられる。これはその通りだ。

「なぜ麻雀のプロがインチキをするかといえば、それ以外に絶対に勝つという手段がないからである。（中略）とにかく麻雀は、インチキをやらなきゃ常に勝てないほど偶然性の強く作用するゲームなのである」

ここのところに、ちょっと疑問がある。

小生は、その頃、プロの麻雀師やヤクザ者と千点千円の麻雀を打っていた。そうして、負けたという記憶がないのである。

もちろん、むこうは、さまざまのインチキを弄《ろう》してくる。その一人は、たえず大三元の卵を持っている。そうなると残りの牌がすくないから、まず混一色《ホンイーソー》になる。小三元でも満貫である。

こっちは正義の味方だから、早あがりでもって逃げまくる。それで、充分に対抗できたのである。十八歳、十九歳のときに、小生がツキまくっていたのかもしれない。しかし、それだけではないと考える。インチキをやる者はインチキのほうに神経が集中してしまうのである。満貫を狙うから、それだけ手が遅くなり、また読みやすい聴牌になる。

それに、よく考えていただきたい。インチキ麻雀で世を渡ろうとする者は、本来、それほど頭脳明晰《めいせき》であるわけがない。つけこむ余地があるのである。

Ⅳ

あの頃の佞《あや》しげな連中は、どこへ散らばったのだろう。いま何をしているのだろう。

アンポンだけが一年一度、二年にいっぺんというふうに姿をあらわす。自宅へも事務所へもやってくる。実害はない。

アンポンだから姓は安本《やすもと》だが名は知らない。彼は終戦の頃、鎌倉で高射砲や迫撃砲の陣地を造るために穴を掘っていた兵隊の一人である。軍の物資を横流しした金で家を買いそのまま居ついてしまった。

ヤクザの定義に関しては、彼の表現がもっとも的確であろうと思われる。

「ヤクザってのはね、ダンベ（旦那）を探している商売ですよ」

つまり、金持を探して、これに喰いついているのがヤクザである。

それは国定忠治の昔からそうだった。旦那衆《ダンナ》がいなければ、そもそも博奕は成りたたない。金の出所がない。

終戦直後はヤクザにとって極楽だった。旦那がゴロゴロしていた。企業家は遊んでいた。株屋も遊んでいた。戦犯の政治家、事業家がいた。闇商人がいた。彼等は博奕でもやって過すほかない。特に湘南《しようなん》の別荘地帯がもっとも激しかったのではあるまいか。得体《えたい》の知れぬ奴等が蝟集《いしゆう》してきた。

アンポンはまた、こうも言う。

「遊び人は指が器用なんですよ」

だから、インチキが出来るのである。もっとも彼自身は決してイカサマをやらなかったという。ヤクザが博奕に勝つのは、昼間寝ているので体力があるせいだというのが持論である。これはちょっと怪しいが。

「貸しはつくるが借りはつくらない」

これは本当だ。ヤクザは金を借りにはこない。必ず手土産を持って遊びにくる。ヤクザはどんなに負けても即座に現金で支払う。そうしてどんどん貸してくれる。

それが商売なのである。そうやって他人の家や土地や店を乗っ取るのである。ただし、彼等の間で「三月一年《みつき》」といわれるように、ふつうの人が一年がんばるところを、彼等は三月で駄目《だめ》にしてしまう。何百万円貰ったってすぐに一文無しになってしまう。そうして、また、ダンベ探しがはじまるのである。

アンポンはいま杉並区で麻雀クラブを経営している。これがいつまで続くことか。その店も、彼の女房も乗っ取ったものである。

彼が小生を訪ねてくる用件がまた実に他愛《たわい》ない。小生に一度麻雀を打ちにきてくれとか、燐寸《マッチ》のデザインをやってくれとか。燐寸のデザインなんか訳はないが、それが出来あがっても取りにこないといったようなことが重なり過ぎた。断っても怒らない。

小生は小学五年生のときから賭麻雀を打ち、十八、九歳のときはヤクザ者や専門家と卓を囲み、負けなかった。

十九歳で結婚すべき女にめぐりあったときに、麻雀をやめ、月給八百円で哲学雑誌の編集部員になった。

以後十年間、交際や仕事上の関係で麻雀を打つことはあったが、それは小生にとっては麻雀ではなかった。

先日、十年振りに麻雀を打ち、それはもっと正確に言うと二十年ぶりだといった訳は、これだったんです。

不知不識《シラズシラズ》に不愉快そうな顔になっていたのを同僚に教えられて驚いたのも、こういう訳だったのです。

昭和十六年の十二月から、小生は、どうやったら平静な気持で死ねるかということばかり考えていたのです。十五歳で大東亜戦争ということは、五味さん流に言えば「配牌《ハイパイ》で死ね」と言われたも同然です。ですから、「絶対にインチキせず」という必勝法に見られるように、麻雀をやっても人格形成に結びつけようとする癖が残ってしまいました。悲しい癖です。

それから戦後が続きます。

小生にもわからないんです。教えてください。ヤクザ者と麻雀を打ったときの、あの、キーンとするような痺《しび》れるような緊迫感は、いったい何なのでしょうか。小生にも、嶺上の五筒や、海底の五筒が見える瞬間があったのです。

海底摸月《ハイテイモーエ》。好きな言葉です。海底撈月《ハイテイラオユエ》とも申します。摸牌《モーパイ》の最後の牌で和了《ホーラ》することです。一筒《イートン》撈月《ラオユエ》。その牌が一筒であった時に満貫とするルールもあります。一筒の形を月に見たてたものです。決して、あれはキリクチではありません。

「海底に月ありや無しや」

そうなんです。読者はもうお気づきでしょう。小生は何を書いても戦争と戦後につながってしまうんです。

わからないんです。小生は何を求めているのか、自分でもわからないんです。自摸《ツモ》っては捨て、自摸《ツモ》っては捨て。

「海底の月ありや。国定忠治は通せんぼ」

麻雀はもうやりません。二十年前に止めたのです。しかしながら、戦中戦後に小生が麻雀を打っていた頃には何か清いものがあったような気がするんです。何かを思いつめていたようです。いったい、それは何でしょう。

自摸っては捨て、自摸っては捨て……。

吾嬬町界隈《あずまちょうかいわい》

一

よれよれのレインコートに鳥打帽。ずっこけた靴下に、黒だか茶だか確《しか》と判別できぬ短靴。コートの下は背広。といやあ体裁《ていさい》はいいが、土台《どだい》、替《か》えの上着やズボンなどは持っちゃおらんのであります。現在はチャコール・グレイだが、もとは黒だか紺だか灰色だか判らない。ことによると縞模《しまも》様《よう》だったかもしれない。終戦直後に浅草の古着屋で買ったもの。当人でさえ柄《がら》も色も忘れっちまっている。どういうものか、これに赤いネキタイを締めている。

鳥打の下に前髪がのぞいておりまして、蒼白い顔、目の下がたるんでおります。十一貫が欠けるという、どう見たって健康体じゃない。よくもまあこれで大風の日に歩けると思われるばかりのヒョロヒョロした男でありますが、人は見かけによらぬものでありまして滅多《めった》なことには会社を休まない。

その恰好《かっこう》で、ひょいと中央線を新宿駅で降りちまった。本来ならば吉祥寺から乗合自動車で西へ二十分というところへ帰らねばならんのでありますが、なんとなく物足《ものた》りない。人恋しい。レインコートもよれよれなら、背広もワイシャツもネキタイもよれよれ、ポケットから取りいだしましたる新生の箱もよれよれ。従いまして煙草も捻《よ》れております。こいつを口にくわえまして火をつけます。両手をポケットにいれまして、停車場の中央に立って、すなわちクワエ煙草というやつであり

まするが、

「さあて……」

豊田清治という。一時代前の新聞記者によくこんなのがいた。ところうが豊田は真個《ほんと》に新聞記者なんでありまして、社会部《さつまわり》で一時は鳴らしたこともあったんですが、学芸へ廻され、いまはラジオ・テレビ版の次長という。本来なら学芸部長になってもいいような経歴年齢なんでありますが、矢張《やつぱし》、態《なり》で損している。どこといって悪い所はないんだから、衣服や口のきき方で部長の名刺で人前に出せぬと重役が判断したに違いない。豊田さんがそばへ来ると悪臭《ぷん》とにおうなんて女子社員が言う。二流新聞のラ・テ版次長では閑職同然でパッと致しませんが、当人は一向《いっこう》に意に介《かい》しません。小生《あたくし》なんぞはこういう男が好きなんだ。枯れてるところがたまらない。

「銀座の酒場で一杯やりてえんだが、生憎《あいにく》、今日は日曜日だ」

嘘を吐《つ》け。

唇が濡れているから銜《くわ》え煙草が落ちない。暮の二十五日。六時半というと、もう空は真ッ黒。たしかに日曜日です。


焼鳥酒場。そう言っていいんでしょう。豊田の前にお銚子《ちょうし》が二本と煮込《にこ》みが一皿。鳥打帽もレインコートもそのままだが、蒼白い顔にぽおっと赤味が差《さ》しております。それくらいで酔う男ではないが、酒が置かれただけで途端に生色《せいしょく》が甦《よみがえ》るから奇体なもんだ。態《なり》にしたって銜え煙草にしたって、新宿の焼鳥酒場に坐ればピタリとおさまる。絵になる。そういえば、昔、ナントカいう高級総合雑誌にこんなグラビアがあったね。浅草の野天《のてん》の碁会所なんかも撮《と》ってあった。そのタイトルが気にいらなかった。「くつろぐひとびと」たァなんだね。小生《あたくし》はカッとなったね。すぐに〝ひとびと〟なんぞという。庶民の味方のふりをして一段見下《みおろ》した言い方じゃねえか。豊田清治は断じて〝ひとびと〟じゃないぞ。これは、くつろいでいるんじゃねえぞ。

実は、豊田、本日は大金を所持しております。額でいえばたいしたことはないが、自由になる銭というところが大きい。従いまして、もっと高級なるところでくつろぐことも出来るんでありますが、毎度申しあげる通り、人間には器量《きりよう》というものがあります。人《にん》というものがある。いくら持っていようが、こういう場所でないと落ち着かない。似合わない。椅子《いす》は固くて丸くないといけませんし、女中は突慳貪《つつけんどん》でないとえけません。

ふいっと見ると、目の前に大男が佇立《ちよりつ》しておりまして、ニタアッと笑っている。

どこかで見たことのある顔だな。

「………」

いやあ、思い出した。この男は俺の親類なんだ。オフクロの葬式のとき来た。遠縁にあたるはずだ。

「珍奇《めずら》しいじゃありませんか。豊田さん」

不可《いけ》ね。むこうはこっちの名前を憶えていやがる。

「どうも、しばらく」

あとは口のなかでグニャグニャ。豊田の声は意外にも優しい。

「いま来たところなんですよ。ここへ坐っていいですか?」

豊田にしたって相手欲《ほ》しやという状態だったから異存《いぞん》はありません。それにしても、相手の正体がわからぬというのは薄気味がわるい。

「おおい、ねえちゃん」

手をあげて酒と塩辛《ツキダシ》を頼む。

「あっしは今日は後楽園でね」

「競輪ですか？」

仁《ひと》を視《み》て法を説《と》けということがある。後楽園といわれて競輪と問いかえしたら人によってはブッ飛ばされる。

この男、豊田よりはやや上等という背広で、ちゃんと靴をはいている。半白《はんぱく》の頭、受け口、だからその分だけ顔が縦にながい。

「後楽園の前を通りましたら、人が多勢ぞろぞろ歩いていましてね、あっしも、だから、あとへくっついて、はいっていったんですよ。……ま、一杯、いただきます」

「競輪？」

「競輪は休みなんですよ。ああ、うまい。あっしは、いつもジンなんですよ。ジンのストレートでね。あれは強いですね。七十四度あるっていうじゃないですか」

どうにも把《とら》えどころがない。たしかに、わたくしといっているのだが、あっしまたはあっくしにきこえる。

「七十四プルーフですよ。アルコール分はその半分で三十七度でしょう。七十四度の酒を飲んだら死んじまいますよ」

「ああよかった。それじゃ、よかったわけですね、あっしは死んでないんだから、七十四度じゃなかったんですね。だけど、この頃は女の子がジン・フィーズを飲むっていうじゃないですか」

「あれはずっと薄いんです」

「そうしたら、競輪じゃないいんですよ」

「………」

「あっしも競輪だろうと思って、はいっていったんですけれど、競輪は休みなんです」

分裂症じゃないかな。

「ああ、競輪は平日にやったりしますから」

「そうしたら、競馬なんですね。あそこに場外馬券売場があるんです」

「ぼくは行ってきたんですよ、中山へ」

「場外といったって、凄《すご》いひと。驚いちゃったな。有馬記念でしたね」

「いまは場外のほうが売れますからね」

「それで、買ったんですよ」

男はポケットからクシャクシャにたたんだ競馬新聞を出してひろげた。赤や青で印がついている。

「へええ。ぼくは、久しぶりで取りました。カブトシローの頭で、コレヒデへ二枚流して、タマシュウホウ、スピードシンボリの四枠《わく》が一枚。①③が二枚、①④が一枚。だから七万円ちかくなりましたよ」

「千円券ですね」

「そう」

「うちの隣に鉄工場がありましてね、そこのオヤジが競馬が好きでね。ずいぶんたくさん買うらしい。こないだ遊びに行ったら文句《もんく》をいうんですよ。お前が遊びに来るから負けるんだって。そのぶんだけ考える時間がなくなるっていうんですよ。また、行かなきゃ行かないで怒るしね。困ってるんですよ。……そのオヤジでさえ損《そん》してるんですからね。えらいもんですね。どうしてわかるんですか。やっぱり研究ですか」

「ぼくだって秋はとられっぱなしだった。これでやっとモトになっただけですよ。……カブトシローって馬はね、ぼくは本当は嫌《きら》いなんです。スタートであおるしね。知ってるでしょう」

「………」

「春の天皇賞で三着だったんですが、あとずっと駄目《だめ》で、秋の天皇賞は惨敗《ざんぱい》、クモハタ記念も例の悪い癖でスタートで失敗、サンケイ賞三着。日経賞でも負けたんじゃないかな。だから、このへんで勝ってもいいような気がしたんですよ」

「やっぱり勘《かん》ですか」

「それだけでもないですよ。もともと強い馬なんですからね。絶好調ですし、人気がないから乗りやすい。追込み馬の一番枠というのもかえって面白い。良といっても実際は重いという話だし、この馬、雨は巧いですから。それに、ぼくは四歳馬と六歳馬は消したんです」

「ナスノコトブキがいいって言ってましたが」

「そうなんですけれど、どうも森安兄《もりやすあに》の五十四キロというのが無理だと思ったんです。減量がひどいですから」

「よく知ってますね」

「ところがカブトシローは二着だったんですよ」

「じゃあ、駄目だったんですか」

「ええ、連単ならね。ほんとは駄目だったんです、昔なら。いま連複でしょう。だから、配当もらっても恥ずかしい」

「そうですが、それで七万円ね」

「ところで、あなたは？」

「え？」

「何をお買いになりました」

こちらが承《う》けたときに、他人の馬券を訊くのは鬱陶《うっとう》しいが、時間潰しだ。

「あっしは買いませんよ」

「は？　先刻《さっき》、買ったっておっしゃったでしょう」

「買ったのは、これですよ。競馬新聞だけですよ」

「はあ？」

「あっしは競馬はわからないんですよ」

肩の力が抜けた。説明は全く徒労《とろう》だった。そういえば、受けこたえが妙だった。

「わからない？」

「ああいうものは、やらないんです」

「………」

「みんなぞろぞろ歩いていくでしょう。だからあっくしも一緒に歩いていったんですよ。そしたら小母さんが寄ってきて新聞を買えって言うでしょう。それで買ってみたんです。これ五十円でした」

「なるほど」

「読むのは好きなんです。なんでも。……人間は好奇心が強くなきゃいけないっていいますからね」

「しかし。……シルシがついているじゃありませんか」

「それはね、それがおもしろいんですよ。変な男がいましてね、旦那教えましょうかって言うんですよ。……だから、教えてくれって言ったら、何だかいろいろ言うんです。それでシルシをつけてみました。そういうことは好きなんです、子供の時から。……そしたら百円呉れって言うから百円やったんです。あれ、金をとるんですね。はははは……」

「予想屋でしょう」

豊田は急に疲れが出たように思った。

「なにごとも経験ですから。しかし、面白い商売があるもんですね」

「ナスノコトブキがいいって言ったでしょう、さっき」

「それも、その男が教えてくれたんです。絶対だって言うんです。……それから人混《ご》みのなかにはいっていきました。押されて自然にそうなっちゃうんです。いや、凄い人ですよ。みんな何か言ってるでしょう。それもシルシをつけたんです。カブトシローがいいって言ってる人もいましたよ。だから、ほら、ちゃあんと△がついている。これでなかなか馬鹿にならないもんですね」

「……」

「人混みから抜けだすのが大変でした。これで明日の新聞を見るのが楽しみだと思っていたら、あなたにお目にかかれた。お会いできてよかったですよ。そうですか、カブトが二着にはいりましたか」

「それからどうしました。いままでだいぶ時間があったでしょう」

「後楽園へ行ったんですよ。後楽園っていうのは野球場と競輪かと思ったら、公園があるんですね」

「ありますよ」

「それでもって入場料をとるんですよ。つまんねえ公園でね、これが。後楽園なんて大きな名前つけやがって」

「………」

「それからトルコ風呂へ行ったんです。変な所じゃないですよ。後楽園にゃトルコ風呂もあるんですよ。ムシ風呂かな」

それで男がいい色艶《いろつや》をしていることがわかった。

「なかなか忙《いそが》しいですね」

「で、映画を観《み》ましてね。映画館もあるんです。なんだかんだで五百円も遣《つか》っちまった」

「毎日そうやってるんですか」

「冗談じゃない。日曜日だけですよ。平日は工場がありますからね。休日だけです。それでも、休日でも出てくるのが大変でね。家内をごまかさないといけない。これがなかなかむずかしい。今日は暮だから集金だと言って出てきたんです。家内がね、いろいろ……あ、セッちゃん、どうしてます？」

それで、やっと豊田は、男が女房の側の遠縁に当ることを知った。

「女房は故郷《くに》へ帰ってます。正月には戻ってきますが……。家はからっぽです」

そこで男はまたニタアッと笑った。

「あなた、あっくしの名前がわからないんでしょう」

「……」

「横山ですよ。横山照彦ですよ」

「ああ、ベロベロのヨーさん」

「いやなことを言わないでください」

「社長の横山さん。横山皮革《ひかく》の……」

「やっと思いだしましたね。どうもそうらしいと思っていた」

「その節はどうも……」

十年以上も前になるが、通夜《つや》の席で、このなかで社長はあっくし一人だと言って笑った大男を思いだした。それがすこしも厭《いや》な感じではなかった。豊田は、横山を好きな親類の一人に数えていたのだ。どうも、最近ぼけてきたようだ。

II

いましも、一台の軽自動車が東にむかって馳《はし》っております。小生《あたくし》には車の名前がわからない。とにかく四輪のなかで一番ちいさいやつ。

「横山さん、休日はいつもそんなふうにしているの？」

「ええ、だいたい。なにしろ見聞《けんぶん》をひろめないといけないから」

「あの焼鳥屋もよくいらっしゃる？」

「あれは、いきあたりばったり」

「へえ」

「その扉《ドア》を内側へ引っぱっていてくれませんか。たいがい大丈夫とは思うが、ドアがいかれちまっていて」

「……………」

「うちの息子がね、お父さん、いつ車を買ってくれるの、なんていいやがる。これは車じゃないと思ってるのね。ところが、うちの近所じゃこれじゃないと具合《ぐあい》がわるいんですよ。道が狭いですから。いや、あっくしだって大きいのにしたいと思うこともあるんだが、あと二年……あと三年かな、いまは、とてもじゃないが無理だな。だけど、乗り心地《ごこち》はいいでしょう」

「いいよ」

と、答えるより仕方がない。

「スプリングがいい。うまいのに当ったんですよ。ところがドアにガタがきちゃった」

大きな橋を渡る。横山は、それが吾妻《あずま》橋だと教えます。

ずうっと参りまして、吾嬬町界隈《あずまちようかいわい》。いまは東墨田なんてことになっちまっている。御案内の無い方に教《おせ》えてあげますが、以前で申します吾嬬町六丁目、七丁目、八丁目、荒川放水路に面しましたほんのわずかの地域でありますが、ここが皮屋の本場であります。どのくらいの本場かと申しますと、驚く勿《なか》れ、全国の豚皮の九十五パーセントをここで扱っているというんだから矢張びっくりしたろう。牛皮だって半分以上を生産しておる。

「いま通っているこの道ね。右と左で大変な違いがあるんですよ」

「同じ場所で？」

「そう。女工さんの日給がね、この通りを境にして左側が五百五十円から六百円。右側が八百円以上。もちろん初任給ですよ。男だと千二百円以下じゃ雇《やと》えない」

「なぜ？」

「厭がるからですよ」

「ああ、右側一帯が皮屋さんなんだね」

「そういうことです」

「やっぱり厭がるかね」

「そりゃいやがりますよ」

「どうして？　きたないから？」

「きたなくはありませんよ。あんな綺麗《きれい》なものはない。そうじゃなくて、やっぱり殺生《せっしょう》を扱うからじゃないですか」

「ここで殺すんじゃないでしょう」

「そうだけど、そう言いますね」

左へ曲って、なるほど軽自動車でなければ通れない横丁をぐるぐる廻って突きあたりが横山皮革株式会社です。

計量、型押《かたおし》、アイロンという大看板。

計量というのをご存じか。おそらく、これはこの商売だけでしょう。かりに合成樹脂だったら、タテヨコを掛けあわせれば面積が出ます。紙だって何だってそうだ。ところが皮だけはそうはいかない。寸法がひとつずつ違う。

四角でも円でもない。動物が手足を伸ばしてうつぶせた形になっている。おまけにところどころに穴があいている。この寸法を量《はか》ろうってんだから容易じゃないが、そういう機械があるんだから不思議だな。

アイロンというのは、計量の終った皮をステンレス板の鏡でもって磨《みが》くわけ。これを艶出しという。

型押は、ガスか電熱でもって型をつけるわけ。早い話が、ブタ皮でもってワニの模様《もよう》になっているのがあるでしょう。あれです。

工場にはいるとツンと鼻をつく一種異様《いよう》な臭気。三角屋根の二階が住まいになっております。工場の二階だから、天井の三角を我慢《がまん》すれば間取りとしては相当に広くなっております。

「豊田さんだ。無理にお連れしちゃった。お酒をください。……それから、星野さんは」

「もうお見えになる頃です。まあまあ、遠いところを……」

「おかまいなく」

「星野さんてのはね、組合の理事なんです。これは革漉《かわすき》のほうでね。あなたも新聞記者だから、こういうところを勉強しておいたほうがいいと思って、話のわかる人を呼んであるんです」

五歳ぐらいの子供がお尻をかきながら黙《だま》って脇を通り抜けた。

「あれが五男坊で正吾です。いまションベンに起きたのが……。その下に兵六、与茂七。全部で七人です」

「ずいぶんこしらえたね」

「あっくし、女の子が欲しくってね。ところが出る奴出る奴、みんな野郎ばかりでね。とうとう七人」

「あきらめたの？」

「あきらめたんですが、また出来ましてね。さあ、いま家内の腹にはいっているのが、これがどうなりますか」

III

横山皮革は型押、アイロンで六台、計量一台の機械を持った工場です。社長、営業部長、女事務員に工員をあわせて十五名。一月の水揚《みずあげ》が百万円から百二十万円。やや景気がうわむいてきたところだ。運送屋でトラックを二台チャーターして、これが計二十万円。人件費が約五十万円。水揚百万円として差引《さしひき》残高が三十万円。これで工場・事務室の維持《いじ》費を払って税金を収めるんだから容易じゃない。注文がちょっと途だえれば忽《たちま》ち赤字になる。

そもそも諸君の靴なり鞄なりは、どんな経路で出来あがるか。

はじめに豚あり。これが屠殺場へ来る。肉と皮とをはがす。この皮を原皮《げんぴ》と称す。これをタンニンかクロームで鞣《なめ》すね。それから漉《す》くわけ。生漉《なますき》と皮漉《かわすき》とあり。これから脂をとる。太鼓《たいこ》のような機械だから、太鼓を打つという。伸ばして乾す。染める（染革《せんかく》）。計量・アイロン・型押。次に縫製《ほうせい》となるわけだ。従って、横山皮革の仕事は流れ作業の途中の段階だから、下請《したう》け専門ということになる。

星野は皮漉会社の社長だった。横山皮革にくらべると規模は格段に大きい。

「そもそも〝鞣《なめ》す〟とは、ずばり一口で言えばどういうことでしょうか。経路はさっきのお話でいいんです。しかし〝鞣す〟とは何か。蛋白質《たんぱくしつ》を凝固《ぎょうこ》させることなんです。いいですか、それでもって腐らないようにすることなんです。ですからね、ちっとも穢《きたな》いことはない。フランス革命の時には靴を喰ったっていうじゃないですか。皮は食べられるんです。きたないもんじゃない。ただ問題は悪臭なんです」

「たいしたことないじゃないですか。もっとヒドイと思っていた」

「横山さんは鞣《なめし》じゃないから。ただ、いま言ったように皮そのものは臭《にお》わないんです。きれいなもんだ。タンニン鞣し、クローム鞣し、ミョウバン鞣し。この薬品が臭うんです。さあ、リンゴの腐ったような……」

「そうですか。それならもっと町全体が臭うように思いますがね」

「冬だから。……いまは冬だからいいんですよ。夏場はひどい。われわれだって厭だと思うくらい臭いますね」

「冬はいいわけ？」

「ええ。臭わないし、動物だから皮が厚くなる、毛が長くなる」

「毛も扱うんですか」

「豚に捨てるところはありませんよ。筆になる、ブラシになる。これが上等なんだ。しかし、冬は寒くっていけねえ」

「………」

「われわれの商売は水をつかいますからね。鞣すにも漉くにも水です。この界隈《かいわい》じゃ五十メートル掘ったって井戸水は出ないんです。御承知のような川っぷちで低い土地なんですがね。それっていうのも、先祖代々この土地でこの商《あきな》いをしているから、水を掘りつくしちまったわけです。……それに、工場といったって吹きっつぁらしの野天同様ですから。それでもって水をつかうから震《ふる》えあがっちまう」

「ねえ、横山さん。さっき例の道を通っていて、右側が皮屋で左側はそうじゃないと言ったでしょう。それをあなたは左側へ曲った」

「そう。染革《せんかく》工場や計量・型押は、このあたりに点々と散らばっているんです。四ツ木橋を渡ったところにもあるし、反対に隅田川べりの寺島町あたりへ戻ってもある」

「そうすると……」

横山へむけた豊田の質問を星野がひきとった。小ぶとりで弁がたつ。

「そうですよ。右っ側が部落で、私はそのなかにいる」

部落という言葉の響きが強いので、豊田は黙ってしまった。

「私は部落の人間じゃありませんがね」

「いまでも、あるんですか」

「さあ、あるといえばある、ということじゃないですか。こないだ、あるお年寄りが亡《な》くなったんです。お通夜に集まったのが町内の人ばっかり。町内のひと全部が親類なんですね。このまま町会が開けるといって笑ったんですが……ということは、つまり」

「血族結婚?」

「とまではいきませんが、やっぱり、大部分が部落のひと同士で結婚しているってことですね。だから、あるといえばある。ま、正直な話、私に娘がいたとしても、なるべくならソトの人間の所へ嫁にいってほしいと思いますね。好きあっちまえば仕方がないが、まあ、これは理窟《りくつ》じゃないんでね。ナカでお世話になって商売している私でさえそうなんだから」

「かえって、ぼくのように全く知らない者のほうが平気ですね」

御承知のように、部落問題はもう解決しております。解放されています。しかし、商売のほうで仲間を放さなかった。それだけ鞣製業《じゅうせいぎょう》が儲かるということになりましょう。従って依然《いぜん》として固まって住むということになる。そういう形で自然に残っていると言っていいかもしれません。現実の問題として——。

「うちのオヤジが若いときにここへはいってきたんです。すっかり可愛がられましてね」

「可愛がられる? 閉鎖《へいさ》的だったんじゃないですか?」

「とんでもない。人に相手にされなかったんです。だからお素人衆《しろうと》を可愛がった。めんどうを見てやるという態度なんですよ。いまでもそうですが、そりゃあ立派なもんですよ。義理人情にあついんですね。それに、旦那なんだ」

「旦那？」

「ええ、旦那ふうの商売をしているんです。悠々《ゆうゆう》たるもんです。あの人たちは販売をしないんです。むこうから、売ってくださいと頼みにくるまで売らないんです。そりゃ、どこにもやってない商売ですから、そんなことが出来るんですね」

「それが原皮屋《げんぴ》さんですか」

「そうです。もう一遍《いっぺん》はじめから言いましょうか。原皮屋は、実は肉屋なんです。肉屋で大財閥《ざいばつ》なんです。全国で何軒もあるわけじゃない。これが百姓に養豚業をやらせる。殺して肉にして売る。皮を無料《ただ》同然に集めて鞣製業者に売る。売るったって相場を睨《にら》んで、売りたいときに売るんです。むこうから頭をさげてくるまで待つ。それまでは、塩をして貯蔵しておくんです。……ね、それをわれわれが買って、石灰のなかにいれる。そうすると皮がふくらむんです。だから毛が抜きやすくなる。毛を抜いてからモトの状態にもどす。これをモドシ作業という。鶏糞《けいふん》をつかってますが、昔は人糞をつかったこともありました。豚の皮が白っぽくなる。これを白という。さらに、これを鞣す。漉く。表皮を絖《ぬめ》という。銀《ぎん》ともいう。次の部分を一番床《どこ》という。工芸品、靴底、袋物、ベルトになる。その次が二番床。肉にちかいところを、ハム屋が買いにくる。食べられるんですよ。ですからね、穢《きたな》いことは何もない。あなた方が召しあがっていらっしゃるんですから。その他、ゼラチン材料、キャラメル材料、フィルムの原料になる。絖《ぬめ》や一番床を染める。それから横山さんの所へ持っていって、計量、アイロン、型押とこうなるんですね。それが靴屋、鞄《かばん》屋へゆく。もちろん、そのまえに問屋さんがあるわけですが」

「ですから……」

横山がその話をうけるようにする。

「だから、星野さんのような皮漉の工場が忙しいようでなくちゃ、あっくしらのほうに仕事が廻ってこない。ね、そうなるでしょう。頼みますよ、星野さん」

「なにをおっしゃいますか」

「ところが、皮漉の工場が儲ってさて資力を蓄《たくわ》えると、こんどは、計量や型押の機械を買うようになるんですよ。そうすると、あっくしたちは、あがったりで首を吊るようになる」

「さあ、どうですか。厭《や》なこと言うね」

「そうなるでしょう、下請工場としては。だから、頼みますよ。忙しいような……。儲かるような儲からないような……」

「ひでえ、ひでえ」

豊田は体ごと横山のほうにむきなおった。

「横山さん。それじゃあ、あなたは、どうして皮漉をやらないんですか」

「さあ……」

「穢いと思っているんですか」

「……」

「結局は、きたないと思われることをやらなきゃ儲からないということになるんじゃないですか」

「とにかく、あっくしは駄目だ」

「それは私ら皮漉の人間が原皮をやれないと同じじゃないですか」

「どうしてですか」

Ⅳ

寒い朝。

豊田は荒川放水路の土手の上にたってみる。子供たちが土手の上にも下にも群《む》れている。こんなに早く起きたのははじめてだ。

どこかで見たことのある風景だと思った。それは大阪や名古屋の工場地帯と似ている。吾嬬町一帯を見おろす。どの工場も動いている。豊田はそれで寝ていられなかったのだ。

横山の軽自動車が近づいてくる。

豊田は何かにズシーンと突きあたったように思った。宿酔《ふつかよい》のせいではない。この町のこれだけの部分で、日本中の靴や鞄や皮製品をまかなっているのである。

横山は星野のようになれない。星野は原皮屋にはなれない。原皮屋が星野を動かす。星野は横山を走らせる。ここでは世の中が逆転している。横山はこの町では、私大卒のインテリである。

世間一般の常識としていえば穢いといわれる職業が儲かる。支配している。世の中を動かしている。支《ささ》えている。

そのことが、なんとなく痛快だった。いったい、二流新聞のラ・テ版の次長である自分は何なのか。そう思うことも痛快だった。ズシーンとくる。人間としても自分より遥《はる》かに立派ではないか。

「おはよう。浅草まで送りましょう」

「いいですよ。それより、ねえ横山さん、あなた、どうして皮漉をやらないの。繰りかえすようですが」

「もういいでしょう、その話は」

「だって、うかがってみると、不安定な商売だな。いまにも潰《つぶ》れそうじゃないですか。これは親類として言うんだけれど」

原皮屋の財力はただごとではない。金がはいるとマンションに住むなんてことをいうが、この町の金持は自分でマンションを建ててしまうのである。

いま、埼玉県や富士の裾野《すその》に広大な土地を買っているという。何年か先きに、この土地が立ち退《の》きになるのを見越しているのだろう。話の桁《けた》が違う。

これが部落なのだ。学者はすぐにスラム街と結びつけるが。

「潰れやしないですよ。潰さないんですよ。ほら、ホーさんが、義理人情にあつい町だと言ったでしょう。皮漉の人も原皮屋のオヤジさんも困ったらいつでも相談にきてくれといってますよ。あんたらのような口先きだけの義理人情とは違うんだ、この町の人はね……」

またしても、ズシーンとくる。それが、こころよい。

とにかく、原皮屋にしても、星野や横山にしても、この町の人は生きている。生きて、直接に生産の場にタッチして、日本中の皮製品をひきうけて、子供をたくさん産《う》んで……とにかく生きて暮している。それだけは確かなことだ。それだけは分った。いったい、俺はなんだ。

そう思うと、横山の休日のぶらぶら歩きでさえ、何か意味があるように思われてくる。

魚河岸《うおがし》の猫《ねこ》

一

暮の三十日。

いつでも拙《わたくし》は魚河岸《がし》い正月の物を買いだしに行くン。こんなこたぁ年に一遍《いっぺん》きしありゃあしません。

いつごろからそうなったかと申しますってえと、数の子と鮪《まぐろ》が高くなったからなんで。言っときますが拙《わたくし》は数の子なんてものは小《ち》いっとも旨《うま》いなんて思ってやしません。ありゃあ車夫馬丁の喰《く》い物《もの》だ。そこで、だ。拙《わたくし》は自分を車夫馬丁だと思うから買いに行くんで。そうやって育っちまったン。数の子を山盛りにした丼《どんぶり》を、あっちこっちに置いておく。大工、仕事師、畳屋、屋根屋、町内の若い衆にそれを召しあがっていただく。それが正月だったのよ。数の子なんていうのは、どっちかっていうと寒々《さむざむ》しい喰いものなんで。……それがいいんだから仕方がない。嬶《かかあ》だって下町育ちだから気持は同《おん》しなんで。丼一杯のぼきぼきしたものがないと正月の卓袱台《ちゃぶだい》が形《さま》んならない。

そうはいうものの高いことは高い。嬶《かかあ》は女だからどうしたって気が怯《ひる》む。だから拙《わたくし》が行く。魚河岸ってものは素人《しろうと》衆が考えている程にゃあ安くない。第一、目が利かなくちゃならない。但し、数の子に限っていえば百貨店の半額なんで。だから魚河岸へ行く。それに甚《しど》い混雑なんです。下は濡れています。ナマモノが飛んでくる。手鉤と卸《おろ》し庖丁だ。あぶなくっていけねえ。だから嬶を外へ待たして拙一人で行く。

相撲の好きな人は砂と藁《わら》の匂いが堪《たま》らねえなんていう。動物園の好きな人は動物臭いところがいいと言います。拙は魚河岸のナマグサイにおいがいいんだな。

スキー帽にレインコートに長靴に籠を持って。……門をはいるとぷうんと匂ってくる。ぞくぞくっとしますわな。

場内《なか》にはいったらあたり一面に気を配ってなきゃならない。何が飛びだしてくるかわかったもんじゃない。

そもそも、歩くのが大変なんで。縫《ぬ》って歩くというアレなんです。真直《まっ》ぐに歩くんじゃない。ひょいひょいと追い越してゆく。あっちからもこっちからも人が来る。小車《こぐるま》が馳《はせ》ってくる。

籠は手でぶらさげていちゃいけない。それじゃあ追い越すときに人にぶつかっちまう。前で抱えるようにする。そうやって歩きながら店の魚を見る。

なぜ急ぐかっていうと、近県から買い出しに来たトラックの客が茶屋で待っているんだ。小車に荷を乗っけて、軽子《かるこ》はそこへ運ばなくちゃならない。トラックは出発の時間がきまっている。だからいそぐ。いちいち説明していたらきりがないが、どの客もみんないそいでいるんです。

魚河岸では、ぶつけた者よりはぶつけられたほうが悪いということになっている。

「気を付けろい、この野郎！　ぼやぼやしやがって」

これはぶつけたほうの科白《せりふ》です。

「ら、ら、ら、ら、ら……」

魚河岸独特の小車が凄《すご》い勢いで通り抜けていきます。この小車、逆押《さかお》しをしてはいけないことになっている。そのくらい、危険なもんなんです。

「ら、ら、ら、ら、ら、らッ」

こういう紋切型で書きたくないんだが、河岸のことを書くとこうなってしまうんだから困るよ。

「……しゃい！」

「ああ、いらっしゃい」

「やすいよ」

「どうですか、旦那」

「ええいらっしゃい」

酒がぷうんと匂ってくる。ああいいねえ。

どこがいいって、つまりこの酒の匂いがいいんだ。おわかりにならないかもしれない。みんなが威勢よく働いている。そこへ酒の匂いがする。そこがいい。もう、あと一息。それ景気づけに一杯。いい気分のものじゃありませんか。

これは暮だけのことなんです。魚河岸は午前十一時にあらかた商《あきな》いが終っちまうんです。よろしいかな。そうして午前中は場内では酒を飲むことが禁止されているんです。もちろん、何軒もある食堂でも酒は出しません。魚河岸と酒とは縁がないんだな。

しかるに、だ。暮の三十日には特別に二時、三時までやる。従って酒が出る。

なぜ、酒の匂いがいいかって？　だいたい魚河岸なんてものは一杯機嫌《いっぱいきげん》で安く売っちまえってい
う気分がよかったんじゃねえか。そいつを禁止してしまったんじゃ気分ってものが丸っきりありゃ

しない。

「おお、ひいと、ひいと、おお、ふた、ふた、おお、みっちい、みっちい、おお、よっちょい、よっちょい、おお、いっちょいな、いっちょいな、おお、むっちょい、むっちょい、なんなんな、なんなんな、やっちょうよ、やっちょうよ、このこんの、このこんの」

これは魚の数え方ですが、いまこんなふうに数える魚屋がいるのかね。

「奥さん、百グラム、二百円です」

これじゃあ、気分が出ないねえ。

なんしろ、いまの魚河岸には喧嘩《けんか》がないそうです。

「火事と喧嘩は江戸の華《はな》」

なんてことにならない。昔は河岸で喧嘩になると、

「やっちゃえ、やっちゃえ」

だったそうです。いまは、

「やめろ、やめろ」

です。やっちゃえがやめろんなった。これじゃ景気が出ない。河岸の泥棒は交番へ逃げたっていう。そのくらい威勢がよかった。上物《じょうもん》になると、ひょいと摑《つか》んだだけで何万という銭になる。だからコソ泥も多い。こいつがふんづかまると袋叩きにあうから、泥棒は、しまった、いけねえと思ったら交番へ逃げる。お巡《まわ》りさんもびっくりというくらいのもんだった。

喧嘩もなくなったが、この節は火事だってロクなものはありゃしない。こりゃあ河岸の話じゃあない。東京という町の火事のことなんで。

火事はパアッと空高く燃えあがんなくちゃいけねえ。中天を焦《こ》がすってくらいにね。それから木の焼ける匂がしなくちゃいけないよ。

今日《きょうび》の火事はどうだろう。ああ棟《むね》が落ちるなんてときにはもう消えてやがら。それでもって厭《いや》なにおい。明日になって行ってみると、へえ、これが火事場かねえというくらいのもんで、表から見たところは何ともない。裏へ廻ってみて、ああ、やっぱしここだったなんて。焼跡を見るのに裏へ廻らなけりゃわからねえなんて不都合《ふつごう》じゃねえか。御用聞きじゃねえんだから。しかも、ですよ。きいてみると、それだけの火事で老婆が逃げ遅れて死んだなんていう。いやだいやだ。新建材だか塗料だかが悪いんだっていうじゃないですか。

「ああああ、どうにかしてスカッとした火事にめぐりあいたいもんだ」

拙《わたくし》はそんな事をば考えながら暮の魚河岸を歩いておりました。

「火事は牛込、チョンチョン。こうこなくっちゃいけねえ。ああああ、どうにかして気持のいい喧嘩にめぐりあいたい。……世の中に金と女は仇《かたき》なり、どうか仇にめぐりあいたい」

こんなことを独語《ひとりご》ちながら歩いておりますと大層威勢のいい若い衆のように思われるかもしれませんが、拙《わたくし》、最前に申しあげましたように、場外で近県からやって参りますお百姓衆目当《めあて》に商っております露店で買い購《もと》めましたるところのスキー帽。トラックの上乗《うわの》りをする魚屋にはこれが必要なんで。……暮になりますというと場外にはそういうお店も出張《でば》っておりまして、ジャンパーに犬の毛皮、どういうものか東京タワーを型どりました文鎮《ぶんちん》、松毬《まつかさ》で造りました鷲の置物、ニュームのトランクなんかを売っております。

それに、ボタンが一つきしないというレインコートに長靴。どうかすると仁《ひと》によってはこんな恰好《かっこう》が存外に鯔背《いなせ》に見えるんでありますが……。下腹が出て目が霞《かす》み、三歩あるくと息切《いきぎれ》がするなんていう拙《わたくし》じゃあどうにもならない。

あっちへ打《ぶ》つかり、こっちで蹣跚《よろ》け、蹌踉《そうろう》とやってまいりまして、いいやっと鮪屋《まぐろや》に辿《たど》り着きました。ああ草臥《くたぶ》れた。

「ああ、いらっしゃい」

「……」

「どうですか！」

「どうですかもねえもんだ。水を一杯くれ」

「水はないでしょう。冷酒《しゃ》と言ってくださいよ。ほら、お酒がピンだ」

「こりゃ大きに有難《ありがと》う。……なんだい、やっぱり水じゃねえか」

「へえ。まだお昼《しる》には間《ま》があるから」

「てやんでえ。よその店じゃあプンプン匂ってるぜ」

「よその店はよその店。うちはうち。人間、進歩というものがなくちゃいけない」

「吝嗇《けち》！」

「ケチじゃあねえよ。東京都庁《おやくにん》がそうきめたんだ。ねえ、ありがてえ話じゃねえか。昼酒《しるざけ》はいけねえって、ねえ。こっちは大助かりだ」

「なにが助かる」

「なにが助かるって、ねえ、早い話が、魚河岸っつったって何時《いっ》までも古臭いばかしが能じゃない。昼間っから酒を喰らって商売してたんじゃPTA《ピーテーエー》にもなれねえ。時代にとり残されちまわあ」

「お前らの知恵はそこまでか」

「小車だって全部モーターの運搬車にしようっていう計画があるくらいだ。洩れうけたまわるところによると軽子《かるこ》も制服制帽にしようという。……軽子だって、いまじゃあ配達人という歴《れっき》とした名前があるくらいで」

「莫迦《ばか》野郎！　だからバカだって言うんだよ。すぐに進歩だなんていう。時代にとり残される？　ふざけるなよ。お前らのような百姓はすぐにそんなことを言うんだ。つい、こないだも暴力団員が競馬のノミをやって挙《あ》げられただろう。なぜ、お前らあれをかばわない。ねえ、競馬の大レースってもんは午後の三時、四時に行われるんだ。お前さんがたにとっちゃ三時四時てえのは深夜だろう」

「そりゃあそうだ」

「ノミ屋がいなけりゃ競馬も出来やしねえ」

「じゃ、何かよ。法律に違反してもかまわねえという……」

「一事が万事だ。お前らはどうも時の権力に弱くて不可《いけ》ない。酒も飲まず、博奕《ばくち》も打たず、喧嘩もせず、か。なにが魚河岸のおにいさんだ」

「わるかったな」

「亜米利加《アメリカ》なんざ私設場外馬券は公認なんだ。先進国はそうなっておる」

「……」

「だいたいね、なんだって日曜日を休みにしたのかね。魚河岸は二の日が休みときまったもんだった。二の日は寿司屋は全部休業。気のきいた小料理屋も休み。それでよかったんじゃないか。

……どうだい、日曜日が休みになってなんかいいことがあったかね」

「……子どもと、あすべる」

「もっと大きい声で言えよ。子供と遊ぶ？　すぐにそれだ。当節は考えがみなそこへ行っちまう。マイホーム主義てんだよ。仲買人がそれを言っちゃおしまいだ。いいかね、月給取が日曜日に子供を連れて町へ出る。寿司をつまむ。魚を喰う。日本人だからね。それが月給取の楽しみだ。お前からみれば、お素人衆だ。お前らは玄人《くろうと》だ。いいかい、玄人ってもんはお素人衆を遊ばせるもんなんだ。そこに商売人の誇《ほこり》もあれば喜びもあるんじゃねえか。歯ぁ喰いしばって我慢《がまん》する。そうこなくっちゃ商売人じゃねえ。……それがどうだね、日曜日はみんな休みだ。それでお役目が勤まると思ってんのかよ」

「でもねえ、二の日が休みんときにゃあ、しみじみ、日曜に休みてえと思っていた」

「………」

「心底《しんそこ》、そう思っていたんだ」

「それが、いまはどうした」

「さっぱり面白くねえ。どこへ行ったたって混《こ》んでるし、休みの気分にならない」

「ほうらみろ。態《ざま》ぁみやがれ」

「旦那の言う通り」

「それが間違いなんだ。どうしてお前ら普通の人間になりたがるゝ。堅気《かたぎ》がそんなに嬉《うれ》しいのかよう」

「言ったたってわからねえだろうが、そう思っていたんだ。みんなそう思っていたんだ。きいてみりゃわかるが」

「きいて廻らなくてもわかってら。だから世の中がつまらなくなる。みんな同じ人間になっちまう。なりたがる」

「……」

「俺の友達で都庁のお役人がいるんだが、魚河岸も九時始業の五時退社にしようという動きがあったそうだな」

「よく知ってんね」

「馬鹿な話じゃねえか。そうなりゃ、今日の魚を今日喰えねえことになる。そんなバカなことって……」

「そんなにリキむことはあるまい」

「これが力《りき》まずにいられるかよ。由々《ゆゆ》しき問題だ」

「だけど……」

「だけども糸瓜《へちま》もあるかよ。俺の言いたいのは、なんだってみんなが月給取になりたがるのかってことなんだ。なぜ月給取みた様《よう》な暮しに憧《あこが》れるのかね」

「へっ。涙ぐんでやがら」

「これは水《みず》っ洟《ぱな》だ」

「余計にいけねえ。……ねえ、旦那、お話はそれくらいで、鮪買ってくださいよ」

「え？」

「やい。買うのか買わねえのか」

「買いますよ。買いに来たんだから」

魚河岸はすべてこれ専門店であります。鮪屋は鮪屋。鮪しか売ってない。大物業界という。マグロには品数も多いし、金高も一番たかい。これに対して寿司ダネを小物という。マグロを除く一切をあつかう。上物といえば、高級料理屋へ行く魚ですな。活魚なんかがそれです。

蛸《たこ》屋、海老《えび》屋、鮭《しやけ》屋も専門店。カマボコ、乾物、合物《あいもの》（ひらき）なんかもある。冷凍鯨にサメ加工品。ないものはない。魚はすべてここを通るんです。

「どのへん？」

「ううむ。ここら、いくらだ」

「へっ？」

「キロでいくらだ」

「何を吐《ぬ》かしやがるんでえ。ええ、大層な啖呵《たんか》きってキロで幾許《いくら》だって？　ねえ、旦那、台のものそっくり買ってくださいよ」

「そっくり？」

「当りまえだよ。負けちまうから」

「商売屋じゃないんだから、鮪を一本買ってどうする」

「どうすりゃ馬の子だ。一本とは言わねえや。これだけ、そっくり買ってくれよ」

「バチじゃあねえか？」

「ご冗談《じょうだん》でしょう。この冴《さ》えてること。え、どうだい。五万円といいたいが、四万五千円に負けるがどうだ」

「いい加減にしろよ。金の成る木は持っちゃおらん」

マグロの善し悪《あ》しは、鮮度、目、艶《つや》、形で見るという。一口に風《ふう》がいいなんて申しますが、ふっくらとしているわけですな。腹に厚みがある。脂がのっていなくちゃいけない。下が白くって上が赤いやつ。それから、切ったときに切りくちに冴えがないといけない。冷凍のものは目じゃわからない。尾が切ってあるから、そこで見る。よわった魚は尾でわかるというわけ。それと上身・下身。つまりマグロぐらいの大きな魚になると、寝かせかたがはじめっからきまっている。人間でいえば右下で寝る人は、右っかわの身は安いということになる。

ついでにお値段のことを言えば、最高がキロで三千円。これは骨つき、皮つきだから、寿司屋へ行ってキレイになったところでは八千円ぐらいになっちまう。ハチマルってわけだ。元値で百グラムが八百円。高いわけだよねえ。だから、寿司屋はマグロじゃ儲からないの。赤字なんですよ、マグロばっかり喰われたんじゃ。わかるかね。小鰭《こはだ》だ、鰺《あじ》だ、鯖《さば》だっていえば、寿司屋の職人は〝よっ、旦那、嬉《うれ》しいね。粋《いき》なお方だよ。本当に鮨《すし》のわかる人だ〟なんて言いますが、これが寿司屋のヨイショなんだね。

粋じゃないんだ。寿司屋が儲かるのはヒカリモノなんだ。それを承知で喰えばイキなんだが。鮪だってピンからキリまである。最高がキロで三千円とすれば、下のほうは、三百五十円から四百円というところもある。魚屋（買出人）が五、六百円で売るやつ。もし、社員食堂でマグロがついたらこれだと思っていただきたい。

「どうするのかね。突ったってないで、なんとかいってちょうだいよ」

「よし。このへんを二キロ」

「おいきた」

卸し庖丁という。日本刀みたいなやつ。ずばっといく。量《はか》りにかけて、ピッタリ二キロ。寸分《すんぶん》の狂いもない。

「冴えてるね」

「なあに」

そこへ、七十歳ぐらいの老人がはいってきました。風態《ふうたい》といえば拙《わたくし》とおんなしで、レインコートがオーバーに変っただけ。

「源さんじゃないか」

こっちからは、すぐにわかったんです。近所の寿司屋です。毎日、魚河岸まで買いだしに行くという話をきいていたからです。

おそらく、読者諸賢《しょけん》は、このことを不思議に思われるでしょう。そうなんだ。しかし、これは本当の話なんだ。拙は確信をもって言う。いったい、今日、実際に魚河岸へ行って自分の目で魚を見て買ってくる寿司屋が東京に何軒あるだろうか。驚《おどろ》いてはいけない。そういう御時勢になっちまっているんだ。これが江戸前寿司というものなんだ。

銀座あたりの高級寿司屋にしてすでにしかり。魚河岸まで歩いて、ものの十分というところの寿司屋がそうなんだ。だまされちゃあ、いけないぜ。

じゃあ、どうなってると思う。仲買人か魚屋が、電話一本で配達してくれるんですよ。料理屋だってそういう仕組みになっている。

なぜかっていうと、拙思《わたくし》うに、メキキがいなくなっちまったんだ。そういう言い方はひどいと思うかもしれないが、おそらくこれは事実だろう。素人がふえちまった。鮮度とか風《ふう》とか冴えよりも、カロリーでくる。

まだ疑っているのなら、あえて東京人に問う。最近、これぞというウマイ秋刀魚《さんま》を喰ったことがあるかね。高級料理店では秋刀魚を扱《あつか》わない。魚屋にならんでる秋刀魚は喰えたもんじゃない。非常に親切な家庭料理にちかい味の小料理で、時にウマイものにぶつかることがある。魚河岸へ行くのは彼等だけなんだ。

もうひとつ言う。この頃、寿司のネタの種類が減《へ》ってきたと思わないか。妙味がないと思わないか。イクラやウニや、はなはだしきはキャビヤをかこったりすることを言っているのではない。今日はこれを喰ってくれ。俺が見つけてきたんだという嬉《うれ》しい目に会ったことがあるかね。配達されたアテガイブチだから仕方がないんだ。もっとわかりやすく言おう。江戸前の寿司というものは、元来は品数の極《きわ》めてすくないものだった。それでいいんです。しかしだね、寿司屋へ行く楽しみは、旦那、魚河岸を歩いていたら、いいものをめっけたんだ。なんか言いながら、クサヤの干物《ひもの》やシタビラメを二、三枚、奥から出してきてくれるという、これじゃなかったかね。貰《もら》いたくて言うんじゃない。寿司屋と客との関係はこれだと思うんだがなあ。そもそも、寿司屋が魚河岸へ行かないんだから、妙味の生ずる余地がない。

まだある。銀座にかぎらない。寿司屋は客があれば午前一時でも二時でも営業している。これじゃあ、七時に河岸へ行って一番で仕入れてくるなんてことが出来ないじゃないか。ナマモノなんだ。イキモノなんだ。どんなに遅くたって九時までに売っちまいたいという心意気になれないもんかねえ。

源さんは凄《すご》い。

三多摩地区から、毎日、築地まで行く。そこが、うれしい。

目をパチパチやってにっこりと笑った。

「遅いじゃないですか、今日は」

「お得意さんに正月の買物を頼まれちゃってねえ」

それでも、源さんの籠のなかのものは、他の買出人にくらべれば、ほんのわずかだった。老夫婦二人だけでやっている小さな寿司屋だから、それでいいのだ。むろん、出前《でまえ》なんかしない。

源さんと拙《わたくし》とは、場内《なか》の牛めし屋で牛めしを喰ったんです。ここも牛めししかやっていない。

いきなり、

「並《なみ》ですか、大盛ですか?」

ときかれる。箸《はし》は背中の位置に差してある。それを取るときは佐々木小次郎になったような気分だ。

II

とりいそぎ、魚河岸全般について申しあげる。

恥ずかしい話ですが、拙《わたくし》は、魚河岸というところは魚ばかりを扱うところだと思っていたんです。あれ、八百屋もやってるんですね。いつも正面からはいらないのでわからなかった。拙はヤッチャ場は神田だとばかり思っていたんです。ですから正確には「東京都中央卸売市場《おろしうり》」

ここがあたくしたちのクチをまかなっているわけ。近ごろ八釜《やかま》しい物価のことはここに発するんです。

平均取扱高は、水産が二千二百トン、果実が二千トン、蔬菜《そさい》が四千トンと思っていただきたい。値段でいうと、水産が三億六千万円。果実と蔬菜をあわせたものがやっぱり三億六千万円。キロ平均にすると、水産百六十五円、果実七十八円。蔬菜四十三円。これが物価の基準になるんです。ブタ肉は水産の倍、すなわち、三百二、三十円と思っていただきたい。これでもって高いの安いのを考えればいいわけ。

品物は、早いのは夜の十一時に貨車で入ってくる。それから荷おろしがはじまります。ならべ終るのが午前四時。おそくも五時には終っちまう。なにしろ二千二百トンの魚だからえらい騒《さわ》ぎ。これに全部番号をつけちまう。これを小番号というね。仲買人はそれでもって下見（下付け）をする。六時には競《せり》がはじまって八時には終っちまう。買出人は八時頃に集まってくる。すなわち八時を一番という。「一番で買う」とは、早く行って、いいところを選んで買う意味なんだが、最前に申しあげた通り高級店は寝ころんで配達を待っているんだから、こういう良い言葉が死語《しご》になっちまった。九時頃が二番。十一時に終るから、その頃を「最終」という。場凌《ばさら》いともいうね。われわれがいただくのは場凌いのクチなんだが。

これを仲買人の側から見るっていうと、午前四時には起きなきゃならぬ。船からおろしたマグロが、まるでマグロをころがしたようにころがっているから、そこで下見をする。競《せり》で買って軽子に頼んで店まで運んでもらう。これを小揚《こあ》げという。四つにおろす。頭は腸屋《わたや》にわたす。十一時に売切って、配達です。帳面をつけ終って帰宅が午後の一時。そこで寝るんです。魚河岸は十二時から五時までが一等静かなんです。起きて夕飯を喰って、十時には寝ちまう。

III

「そんなことはありませんよ」

源さんがやさしい声で言った。二月も半ばを過ぎて、拙《わたくし》は、源さんの御酒《ごしゅ》をいただいていたんです。

「みんな魚河岸へ行かなくなったのは、怠《なま》けているんじゃないんですよ。行ったってツマラナイからなんです」

「……?」

「江戸前って言葉をご存じでしょう。江戸の前、つまり東京湾で獲れる魚だから江戸前なんです。それで江戸前の寿司っていうんですね。ところが……」

その間も手を休めない。

「ところが、東京湾じゃ何もとれなくなっちゃった。とれるのは、せいご、こはだ、はぜかね。こんなもの、見たところはいいがガソリン臭くって喰えやしない。……だからね、魚河岸へ行ったってツマラナイんですよ」

「ははあ。うまいのは近海ものだからね。それに量がすくない。だから早起きして行ったわけだね」

「そう。アフリカやカナダでとってきたものは配達してもらえば、それで充分《じゅうぶん》です」

「じゃあ、なぜ、源さんは毎日魚河岸へ行くの?」

「癖《くせ》なんですよ。癖ンなっちゃってね、どうも魚河岸へ行かないと気持がわるい」

「中央線は混むでしょう」

「そう。ちょうど混む時間でね。ラッシュってんですか」

「籠を持ってるしね」

「そうなの。圧《お》し潰《つぶ》されるかと思うことがあるね。だけど、わたしは、好きなんだ。魚河岸へ行くのが好きなんですよ。魚河岸ってところが好きなんですよ。……だから、仕方がない」

そこで源さんは、やっと顔をあげて、目をしょぼしょぼさせて笑った。そして小鉢に盛ったものを拙《わたくし》の前に置いたんです。

誰だって、はじめて源寿司へ行った人はまごついちまう。こっちの注文をきかないで、勝手に何でもつくりだしちまうんだから。

横柄《おうへい》な寿司屋だと思うかもしれない。しかし、そこに源さんの矜持《きょうじ》があるんです。魚河岸で自分で見立ててきた魚だから、これを喰ってくれという……。

拙たちは、銀座の高級寿司屋の話をしていたんです。

「魚河岸には猫がいるでしょう」

「そうですか、気がつかなかった」

「いるんですよ、たくさん集まってくるんですよ」

「そういわれればそうだね。魚のにおいがするし、また、落っこってるからね。それに午後になれば人通りが絶えてしまうから」

魚河岸の配電室に猫が飛びこんで、停電になった事件を思いだした。午前四時、五時では真っ暗《まくら》です。競《せり》が出来なくなれば市場は大混乱です。拙《わたくし》はあれは某国スパイの仕業かと思ったくらいだ。

「たくさんいるんだよ。猫は魚の敵だね。ところが、魚河岸じゃ猫も必要なんだ」

「………」

「ネズミもたんといるからなんですよ」

「なるほど」

「猫は魚にとっちゃ敵だけれど、ネズミのことを考えると味方になる。銀座や六本木や四ツ谷の寿司屋でもそうだ」

「………」

「ホステスなんていうでしょう。それに芸者。あれが猫なんですよ。猫なんかいないほうがいいけれど、ネズミを捕まえてくる。ね、だから夜おそくまで寿司屋が営業するようになっちゃった。夜おそく、十二時を過ぎてから、猫がお客をつれてくる。だから寿司屋が寝坊になる。買い出しにいかれない。そんなこともあるかもしれない」

まあそれは、どうだっていい。拙は源さんが好きなんです。魚河岸が好きだという源さんが好きなんです。そうして、こうも思う。とにかく、拙の生きている間は、魚河岸へ行って自分の目で魚を仕入れてくる寿司屋が二軒でも三軒でもいいから残っていてくれないかって――。

疲《つか》れ旅鴉《たびがらす》

―

伊東、草薙《くさなぎ》、大阪、安芸《あき》、松山、宮崎、島原……。といったって、彼の爆弾男青野淳の逃走経路じゃない。

二月になると、順路は区々《まちまち》ですが、それこそ飄然《ひょうぜん》と渡り歩く何人かの男がいるんです。暖《あつたか》いところ暖《あつたか》いところと選《え》って歩く。そうかといって物見遊山でもなければ湯治《とうじ》でもない。言ってみれば旅《たび》鴉《がらす》、そんな表現がピタリでしょう。

毎年のことなんです。みんなが故郷を捨てるんです。小さな旅行鞄《ボストンバッグ》には旧式の二眼レフも這入《はい》っていますから、あと髭剃《ひげすり》道具に下着と靴下が少々。つまりは裸同然。そんな恰好《かっこう》で道中する。よれよれのレイン・コート。どうも小生《わたくし》の書きますするものにはよれよれのレインコートを着た男ばかしが登場するようですが、読物《よみもの》の都合《つごう》でこれも致し方がございません。道中雨合羽《あまがっぱ》と理解していただきたい。

お定まりの鳥打帽《ハンチング》。これなん三度笠。脇差にかえまして胸の隠し袋《ポケット》には、いつも離さぬ鉛筆が二本。

鳥打帽の下の面貌はといえば、色あくまでも浅黒く、頤《おとがい》は削《そ》いだように鋭い。眉の下に奥深くひっこんだ眼《まなこ》は不思議な光を放っております。おまけに左頬に長い斬り傷。ひとくちに言って、この顔はシェパードだ。然《しか》し乍ら、決して怖《こわ》くはない。精悍《せいかん》だが愛嬌がある。言うなれば、優しい狼。どうかすると、引退したスポーツマンにこんな顔がある。五輪《オリン》ピックのマラソンで三位に入着した円谷《つぶらや》選手なんかも、あと十五年経てば、こうなるんじゃないか。

この男も実は、そう。現在は『日刊ベースボール』専属の野球記者だが、終戦後、再開されたプロ野球で二年ばかり働いた。遊撃が本職だが、三塁も二塁もやった。二塁に廻ったときは控えの選手だった。打力も走力もあり、グローブ捌《さば》きが綺麗《きれい》なので一部のファンに人気があった。ところが、痛めた肩がなおらない。二塁手は弱肩でよいなどと思ったら大間違いです。シート・ノックで、セカンド・ベースから本塁へ投球するときは、スナップ・スローで誤魔化《ごまか》しても、右中間に長打されて中継にはいったときのバック・ホームに力がない。強肩ならば刺せたかもしれぬという場面が二度あって、退団を決意しました。

プロ野球に珍《めずら》しく官立の専門学校を出ているという所が買われて、スポーツ新聞の記者になりましたが、去年、そこも辞《や》めて、いまは嘱託《しょくたく》で専属という待遇です。万事につけて欲がない。

甲斐五郎という、この男、いましも島原外港の桟橋に悄然《しょうぜん》として佇《たたず》んでおります。誰が見たって、長旅の疲れが全身に歴然とあらわれておりまして、目が赤く、背中にも足許《あしもと》にも勢いがない。ふわっとしている。

中年に差しかかった男が長旅を続ければ夜はどうなる？　飲みです。飲みの一手です。甲斐五郎は麻雀《マージャン》もしなければ、もう女遊びもやらない。飲みの疲れ、旅の疲れで、体全体がもみくちゃになっています。

甲斐だけを責めるわけにいきません。これには訳《わけ》があったんです。島原で、これが最後という夜、即ち昨日《きのう》の夜になりますが、もう明日は福岡へ出て、ジェット機でもって一直線に帰れるってんで盛大にやっちゃった。

そこへ東京本社から電話がありました。亜米利加《アメリカ》国は加洲に位《くらい》する舌海岸《ベロビーチ》のダジャース・タウンに遠征いたします東京巨人軍の一行のメンバー二十六名のなかに、少年投手堀内恒夫がはいっていないという。そんなことどうだっていいじゃないかと思うかしれんがそうはいかない。もう一度、宮崎へ引き返せという。電話がありましたのが、既《すで》に盛大に飲《や》ってる最中です。

「ああ、厄《やく》だ、厄だ。なんだって小僧っ子一人にふり廻されなきゃならないんだ」

ってんで、好《い》い心持でやってるのが、とたんにヤケ酒に変ります。これじゃあ堪《たま》らない。体にいいわけがない。

「ほんじゃあ、まあ……」

いいって言ったのに、西鉄担当の若い社員が見送りに来ています。その男の目も真赤《まつか》。甲斐につきあって朝まで飲んじゃった。

別れ出船の汽笛が鳴ります。さっきから、さかんにマイクで歌謡曲を流している。暖かい土地柄といったって二月は二月です。日差しはあったかいが、海原を渡る風は冷たい。雨合羽のポケットに手を突っこんだまま、甲斐五郎、ぶるぶるっと震《ふる》えました。この旅鴉、見られた態《ざま》じゃない。

島原外港から三角《みすみ》町へのフェリーボートに乗船をば致《いた》します。天草五橋が出来てから、すっかり賑《にぎ》やかになっちまった。去年までは船室が畳敷の小さな船で情緒があった。そんなことにも腹が立つ。

「ああ、厭《いや》だ、厭だ」

なんだって、俺はいまこんなところに居なきゃならないんだろう。

若いときはキャンプめぐりが楽しみだった。甲斐だけでなく、スポーツ記者はみんなそれを楽しみにしていた。のんびりと旅に出るということだけでなく、キャンプには若々しさがみなぎっていた。なんといったって、それはいいもんだった。

また、同時にキャンプは残酷な試練《しれん》の場でもあったんです。新人にとって、二軍の選手にとって、みんなと一緒にやれるのはそのときだけです。監督さんやヘッド・コーチに見てもらえるんです。はじめのうちはいい。ところが、十日経《た》ち、一週間経つうちに情勢が変ってくる。ああ今年も一軍登用のチャンス無しか。なんとはなしに、わかってくる。すなわち、勢いがなくなってくる。

たとえば、投手の守備練習ひとつ見たってそれがわかる。一軍と二軍では目の色がちがう。ピッチャーの守備練習にこんなのがある。マウンドで投げる恰好をする。ノッカーが三塁前にゆるいゴロを転がす。それを捕《と》って一塁に投球する。まあセーフティ・バントか当り損《そこ》ねの処理ですな。

球を捕って一塁にいい球を投げる。こういう選手は駄目なんです。いくらやったって駄目です。なぜかって? これは既にして安打性のゴロなんです。だから、全速力で球にむかって走っていって尻餅《しりもち》をつく。これが一軍の選手なんだ。よしんば一塁に大暴投してもいい。とにかく打者を殺さなければしようがない。その意気込みの差があらわれてくるんです。

目の色が変ってくる。そんな哀感をも含《ふく》めて、甲斐はキャンプ廻《めぐ》りが好きだった。残酷だからこそ真剣だったんです。

それがどうだろう。此の節は、ちっとも面白くない。感激がない。まあ、ひとくちにいって、スポーツマンがサラリーマンになっちまったんだな。

夜の生活が地味になった。それはいいことなんだ。なんだけど面白くない。門限が厳《きび》しくなった。昔は門限なんぞ、あってなきが如しだった。

こんな笑い話がある。

ある大選手。今年は目付きが違うという。球団の幹部や評論家だけでなく、ファンである町の人もそう言った。早朝、あるいは、日によると夜明け前に、大選手は町をランニングしているという。実際にその姿を見た人が何人もあらわれた。こんなことは滅多《めった》にない。しかし、そのうちに実情がわかってきた。大選手は毎晩芸者遊びをしていたんです。芸者の置屋さんに泊《とま》っちまう。つまり、朝帰りなんですが、いくらなんでも褞袍《どてら》や背広で早朝の町を歩けない。そこで、トレイニング・パンツを持って遊びに行ってたんですな。そいでもって宿舎まで駈けて帰ってくる。これが美談になっちまった。実話ですよ。

甲斐五郎だって、大選手の態度を良しとするわけじゃない。じゃないが、この大選手は甲斐を遊びに誘ってくれた。女を抱かせてくれたこともあったんです。それがいいってんでもないんです。ところが、今度、七カ所を廻ってみて、選手に女を強請《ねだ》られるというケースに二度も出交《でくわ》したんです。

「ねえ、甲斐さん。どっかに可愛い子ちゃんいない？　世話してよ」

こうなんですね。どうですか、この態度、そろいもそろって白だの赤だのバンドマンみたいな背広を着てやがる。言うことが駄々《だだ》っ子だ。

田舎から出てきて大会社に就職し、二、三年経って悪擦《わるず》れしたサラリーマンによく似てるじゃありませんか。生活の心配がなくなって、自分をエリートだと思いこんでいる会社員が出入りの業者を苛《いじ》める態度。まさにこれです。

かつての大選手が偉いってんじゃないが、どこかに運動選手らしい豪快なところがあります。愛すべき滑稽《こっけい》がある。これがスターなんだ。スターだからこそ、追いかけて記事にするのが仕事になった。

それが当節《ちかごろ》は、結構な契約金を貰《もら》って、高い月給を貰って、しかもなお、新聞記者にポンビキさせようとする。厭じゃありませんか。甲斐五郎という老練記者が腐るのも無理はない。

お前等のような田舎漢《いなかもの》の成上りが俺《おれ》のような新聞記者を馬鹿にしたり舐《な》めたりするのは一向に差しつかえない。そこまでの分別は望まない。わかっちゃいないんだからな。しかしだな、世の中全般を舐めようとするならば俺は許さんぞ。何をやっても許されると思ったら大間違いなんだぞ。

疲労もあったでしょうが、なんともなしに甲斐五郎、忿然《ふんぜん》としていたんです。

二

眉山が消え、眼前に雲仙岳がいっぱいに拡がってまいります。

寒い。そう思うと、甲斐の左手が自然に、むかし痛めた右肩をかばうようになる。それが癖なんです。余所目《よそめ》にゃあ、肩をすぼめた貧相な恰好に見える。

「いやんなっちゃうなあ」

さっきから何遍《なんべん》もそれを言ってます。一時間半という船旅がばかに長いように感じられる。寝る気にもなりませぬ。

一昨日、博多の水炊屋《みずたきや》で開かれた座談会もそうだった。雑誌社に頼まれて、評論家連中を集めて司会をやった。

どうにも勝手なことばかり言う。他人の言うことを聞いていない。余計に喋《しゃべ》ったほうが勝ちだという、そんな感じだった。座談会にはなりゃしない。だからこそ、雑誌社が司会と整理を甲斐に頼んだんだろうが……。

いずれを見ても一時代前の名選手です。このなかの三人は評論家といったって自分で文章は書かないんです。いつでも談話筆記で担当記者がまとめる。名前を借りているだけなんですね。従って、座談会に出れば、とにかく沢山《たくさん》しゃべればいいと思っている。それがお飯《まんま》につながる。

野球評論というものは、考えようによっちゃ、どうとでも書ける。当節《ちかごろ》では自動車の運転手なんかのほうが、よっぽど精《くわ》しい。

「三原はもう駄目になった。藤本さんは商売人だ。西沢はまだ青臭い」

勝手なことを言う。われもわれもで乗りだしてくる。甲斐は頭へきちゃった。

しかしまた、なんとなくそれは哀れな光景でもあったんです。自分を含めて、すべて哀れだった。

座談会のあと、今年からコーチに招かれた評論家の契約金の話になり、ゴルフの話になる。野暮《やぼ》なことをいうようだが、かつての名プレイヤーがゴルフをスポーツとして楽しんでいるのではなかった。新聞社や雑誌社やTV局の重役のお伴《とも》だった。誰もが有利な専属契約を狙っているのである。激しい闘志が売りものだったプレイヤーが、いまでは追従《ついしょう》笑いがうまくなっている。

「あああ、こんなことをしていていいのだろうか幇間《たいこもち》じゃないか。……それじゃ俺はなんだろう」

なんともいえず憂鬱《ゆううつ》になってくる。すっかり塞《ふさ》ぎの虫にとりつかれちまった。

こんなときに限って、思いださなくてもいいことが頭に浮かんできたりします。

いまから十年ぐらい前、軟式の中等野球にずばぬけた快速球投手がいました。スポンサーがつきまして、学資は出すてんで、高校野球にひっぱられる。親爺《おやじ》は左官だか鳶《とび》職だか忘れちまったが、甲斐が取材に行ってみると、少年は八人兄弟の長男なんだな。ずらっとならんで食事をしております。見ますというと、少年の前にだけ肉と卵の皿がある。いやなものを見ちまった。

少年は二年生になったとき、肘《ひじ》を痛めまして控えの一塁手ということになりました。三年、やっぱり肘がなおらず、エースの座は廻ってきません。これじゃあ、プロからくちがかかりません。親爺はまだあきらめきれずに息子を大学にいれたんですね。息子は一年でグレちまった。練習に出てこない。少年には駄目だということがわかっていたんですね。周囲の期待が大きかっただけに、いたたまれなくなったんでしょう。二年生になる前に家を飛びだして現在も消息不明であるという。

肉と卵が余計だったんだ。それが少年の一生をまげちまったんです。

「いやだ、いやだ」

ふりはらっても、八人兄弟の食膳が目のまえに浮かんでくる始末《しまつ》です。

「それはね、食べるためですよ。食べていくためには……」

大牟田《おおむた》から列車に乗りまして、熊本駅で弁当を買おうというところで『スポーツ東京』の小場と顔が会いました。郷里の熊本で一泊した小場も宮崎へむかうんだそうです。さいわい、七十歳とも八十歳とも見える老人が前に坐っているだけで、二人は並んで腰をかけることができました。

早速、野球評論家の話になります。

「そうだろうか」

「しようがないじゃないか。お前だって俺だってそうだよ。誰だって、どこの社会へはいったっておんなじことさ。食べてゆくためには綺麗なことは言ってらんないよ。お前、すこしおかしいんじゃないか」

「おかしいかもしれない。しかし、食べるってことは……」

哀しいねと言おうとして思いとどまりました。

「島原、どうたった」

「あれ、小場さん、西鉄は見なかったの」

「見たさ、見たけど……」

「どうも気にいらないね。中西が三年契約だろう。三年目が勝負だって気がするんだよ」

「また、また、五郎さん。本当に妙だぜ。そんな意地の悪い見方をしなくたって……」

「だって、高倉と宮寺をとりかえたんだってそうでしょう。三年先になれば宮寺のほうがいいにきまっている」

「それはそうだが」

「更改の年が勝負だと思ってるんじゃないかな。ところが、俺に言わせれば本当は今年が勝負なんだ。だってね、田中勉、池永、稲尾、与田、井上、若生とピッチャーがそろっている。近鉄、阪急があがってきているし、南海、東映はたいしたことない。競《せ》りあいになれば強いチームなんだから」

「そう言やそうだが、相変らず辛辣《しんらつ》だね」

「ところで、あんたも堀内？」

「そうなんだ。電話で呼ばれてね」

「舞いもどりか。やれやれ」

「まったくどうも少年投手にひっぱり廻されてさ……」

「しかし、まわりが悪いと思うな、俺は。十八歳や十九歳の少年をあんなに追っかけ廻してさ。あれでいい気にならなかったら、そのほうがおかしいよ。誰だって天狗《てんぐ》になる」

「俺たちが悪いわけか。そうかもしれないが、俺の見方はちょっと違う。堀内には気の毒だが、事件としては、近来にない美談だと思うな。というよりは、それが巨人の強さなんだな。いつか、十三連勝したあとで二軍に落したろう。あんことの出来るのは、巨人だけだね」

「へええ。美談として扱《あつか》うのか。ま、いいでしょう。それより、やっぱり巨人は強いかね」

「強いね。ずっと見てまわったけど問題にならない。第一、選手の体つきがちがう。俺んところでは、いつでも宮崎を最後にするんだ。はじめに巨人を見ちゃうと、あとのチームが見られなくなる」

「うちも、大体においてそうだね。宮崎を見て島原で打ちあげの予定だった。それが」

「広島やサンケイなんか、朝九時半から夕方の五時までやっていたろう。練習時間が長いんだ。しかし、どうも追いつきそうにない」

「本当に巨人は強いかね。他の五球団と比較《ひかく》していうことじゃないよ」

「強いと思うな」

今年のプロ野球の最大の話題は、巨人の独走ということなんです。優勝はまず間違いないとして、あんまり他球団をひきはなして突っ走ってしまうと、スポーツ新聞のほうでも困るんです。パ・リーグが弱くなったということがあります。そこで一リーグ制の問題になる。これは実現不可能として、そうでなくってさえ、プロ野球の斜陽が囁《ささや》かれている今日、セ・リーグがつまらなくなっては、野球記者の死活問題にかかわってくる。サッカーの人気が急上昇しております。競馬ブームで、どの新聞も競馬欄を拡充《かくじゆう》しております。競馬記者の鼻息があらくなってきた。去年の暮は、どの新聞も有馬記念レースを一面で扱った。そんなことは今までに無かったことです。

「俺はそうは思わないよ」

甲斐五郎のなんとはない鬱陶《うつとう》しさも、根はそこにあったんです。生涯を野球記者に賭けている彼にしてみれば、無理のない話。

「どうして?」

「だってね、安仁屋とか鈴木皖とか、二流投手にひねられるだろう。村山にやられるのはわかるけどさ。……まあ、二流といってわるければ、横とか下とかの変則投手だろう。本当に強ければ、変則投手に何度も負けるわけがない」

「なるほど」

「感心してちゃいけないよ。巨人はどこが強いんだろう。どうして強いんだろう」

「……やっぱり、チーム・プレイかな。それと、統制力だね」

「みんなそれを言うけどね。じゃあ、巨人に大投手がいるかね」

「ああ、大投手というものがいなくなったね。これは全般的に言っての話だけど。……巨人も金田は駄目だし、城之内は球が早いことは早いが大投手じゃない」

「いないだろう。そこが気にいらないね。あれでどうして勝つんだろう」

「だから、チーム・プレイなんだよ。あんなにしっかりしたチームは初めてじゃないか」

「チーム・プレイねえ。まあ、キャンプを見たかぎりでは、あんたの言う通りだ。どの球団も巨人の真似《まね》をしている。巨人のあとを追っかけている。そこんところが、どうも」

「気に喰わないいか」


列車は八代《やつしろ》を過ぎ、人吉《ひとよし》にさしかかってまいりました。

「菊池っていうピッチャーがいたのを知っていますか」

突然、前の席にいた老人が話しかけてきました。最前に申しあげましたように七十歳とも八十歳とも見えるヨボヨボの親爺。

「さあ、そんなのいたかなあ」

両人が顔を見あわせます。

「ええ、戦前のライオンに菊矢っていう投手がいましたがね」

「そうそう。ライオンが朝日になり、戦後はゴールドスターだっけ」

「昔の話ですよ、菊矢は。昭和十三年のライオンにいましたからね。あれは、たしか八尾中だったかな」

「キクヤじゃありませんよ。菊池です。ご存じないですか。明治三十九年から四十年の選手ですから。なにしろ、まだ手甲脚絆《てつこうきやはん》で地下足袋《じかたび》でやってたんですから、キャッチャーだけでなく、みんなミットで守っていたんですからね。知りませんか。いいピッチャーだったですよ。それこそ大投手」

「ああ、あの三高のピッチャーですか？」

「そうですよ」

老人の顔がこわれるかと思うほど、いっぺんに綻《ほころ》びました。

「鬼菊池」

「そう……」

反射的に、老人の球磨《くま》焼酎の瓶と茶碗が前に突きだされました。実は、甲斐五郎、それが気になっていて仕方がなかったのです。小場のほうを見てから、ゴクリ、唾をのみこんで茶碗を受けとりました。

「ほんじゃまあ、遠慮《えんりよ》なく……」

甲斐五郎が思いだしたのは、大正二年刊、東草水、有本芳水共著の『野球美談』という書物を読んだことがあったからなんです。そこには、こんなふうに書かれています。

「鬼菊池プレートの上に坐して弥次を睥睨《へいげい》す。

鬼菊池と言えば、関西に於ける不世出の投手《ピッチャア》として、その名は獰猛《どうもう》なるスタイルと共に有名なものであった。

明治四十年、春四月、彼が大将三笠とともに、京都神楽《かぐら》ケ岡の校庭を後にして東都に乗込み来り、恨《うらみ》重なる一高軍と向陵のグラウンドで見《まみ》えた時のことである。

一高の弥次は例によって、本塁より三塁の側面に陣取り『勝ったがエエ、打ったがエエ、打ったがエエ、打ったがエエ』と猛烈なる弥次をやる。三高軍は、懸軍万里の悲しさには、弥次のために弥次り負かされようとした。

この時、プレートに立った菊池は一高軍の弥次をハッタと睥睨しながら、プレートの上にドッカリ按坐《あぐら》をかいてしまった。

一高の弥次は懸命に怒号する。しかし菊池は容易に立たない。一万の観衆は何《ど》うなることかと片唾《かたず》を飲んで見ていると、彼菊池は漸《ようや》くにして立上った。そして一高の打手に向って、矢よりも早き弾丸のような猛球を浴せ掛けた。

ストライク、二《ツー》ストライク、ストラックアウト。

一高の打手は立どころに三振する。見よ菊池の顔は蒼黒く眦《まなじり》は釣り上り、憤怒《ふんぬ》の色が歴々《ありあり》とあらわれている。

戦いは三高の優勢を持続しつつ遂に終った。かくて三高軍は夢寐《むび》にも忘るる能《あた》わざりし怨敵《おんてき》一高に向って、首尾よく去年《こぞ》の仇を報じたのである。

一高の弥次は悄然として、旗を捲いてグラウンドを去って行く。選手また下向《うつむ》いて声なく、寄宿舎の方へ去って行った。

菊池は暫《しば》し、瞬きもせず、悄然として去って行く一高選手の後姿を凝乎《じっ》と眺めていた。見よ、その眼にはかすかにかすかに涙が……嗚呼《ああ》好漢菊池鬼投手！　その両眼に浮んだ涙《なみだ》は、彼が一生に幾度の涙であったか」

「いいピッチャーでした。顔に赤痣《あざ》がありましてね。それで鬼と呼ばれたんですよ」

「ほほう」

「この菊池ってピッチャーは、ピンチになって一高のバッターをむかえますとね、味方のベンチへむかって『こいつ何番かぁ』って大声で怒鳴《どな》るんですよ。マネジャーがバッター順を答えると『よしッ』ってんで黒帯の間から、帯をしめて野球をやってたんですからね、帯の間から紙きれを出して、それを見てから、ニタアッと笑って一高の選手を睨《にら》みつけるんです。この紙に相手のバッターの弱点が書いてありましてね。菊池のカンニング・ペーパーといって有名なもんでした」

「………」

「一高の野次が凄《すご》い。石油罐に石をいれた奴をネット裏で揺すぶるんですね。すごい音がする。三塁側に白旗を何本も立てましてね。これを振りまわす。大きな音と旗でもってやってくる。三塁のところに柔道部、剣道部の連中が陣どっていまして、三塁ゴロが来ると、青竹でもって地面をひっかき廻して濛々《もうもう》たる砂煙をあげる。それでもってエラーをさせようとする。この三高のサードが木下道雄っていう美少年でね。可哀相でした」

「へえ……」

「一高のピッチャーの小西善次郎っていうのも、いい選手でした。名投手守山恒太郎の出たあとでね。もう一人黒田昌恵っていうPがいまして、これが先輩で小西を鍛《きた》えたんだ。小西に俺のキャッチャーになれって言うんですね。五間ぐらいの距離でビュンビュン投げる。捕れなきゃ胸で受けろってんですね。あとで裸になると、全身に無数の斑点《はんてん》が出来ていたという……。

あんまり練習が激しいんで、三十人の選手が次々にやめたり倒れたり、六人になっちゃった。黒田が卒業して、いよいよ小西が投手になる。一日に千球投げたってんですからね、とうとう肩をやられちまった。これ以上投げたらとんでもないことになる。大学病院がそういう診断をくだしたんですね。

そのうちに慶応との試合が来ちまった。小西はどうしても投げるってんですね。沃土丁幾《ヨードチンキ》を塗ったんだが、痛いのなんのって。寝られないんです。

顔面蒼白の死の投球だなんて書かれましたが、その試合の審判長が東大総長になった長与又郎さんです。小西の肩は破れちまって、ユニフォームは血だらけです。

とうとう小西は片輪も同然になってしまった。何カ月もどうすることも出来ない。普通ならここでやめるところだ。ところがこの小西って男が立派だった。左の練習をしたんです。さっき、あなたが言った菊池の勝った試合は二回戦なんですが、一回戦は一高が勝った。その試合は小西善次郎が左投手で投げ抜いて勝利投手になったんですよ。

時の一高キャプテン、中野老鉄山という選手がこれまた……」

老人の話は尽《つ》きるところがありません。都城《みやこのじょう》を過ぎてから『対三高戦遠征歌』を歌いだしました。

聞けば弥生《やよい》の花盛り、西嵐山や桂川、旧き都に攻め入りて、恨のいくさ試さんと、往《ゆ》け往け友よいざ往きて、あげて帰れや鬨《かちどき》を……。

Ⅳ

宮崎空港より機上の人となりました甲斐五郎、全身綿のように疲れておりますが、前日とは打って変って晴れやかな面貌《おももち》となっております。一路東京へ。その喜びのためばかりでなく、彼はどうやら現在の野球に対して、ひとつの結論を得たようであります。

野球は、競馬やサッカーよりも面白い。絶対におもしろい。冗談《じょうだん》じゃないや。

なぜおもしろいか。個人プレーがあるからです。英雄豪傑がいるからです。チーム・プレイじゃない。いまこそ、個人プレイの時代なんだ。そうでなくては、野球が亡びてしまう。人気がなくなっているのは、学生野球が弱いからなんです。大学出の花形選手がいないからなんです。堀内、鈴木、森安、奥柿、みんな高校出じゃないか。しからば、どうする。プロ野球にスターを造ることだ。英雄豪傑を育てることだ。

巨人軍は強いか？　強くない。なぜ勝つか？　王と長島がいるからなんだ。二人の英雄豪傑がいるからなんだ。これは数字でいったって自明の理だ。チーム・プレイで勝っているんじゃないぞ。ＯＮで勝っているんだぞ。

黄金時代の巨人を破ったのはどこか。それは西鉄だ。なぜ勝ったか？　中西、豊田、稲尾という英雄豪傑がいたからだ。巨人のあとを追っかけてチーム・プレイの練習をしているかぎり、巨人を負かすことはできないぞ。スターを育てなくちゃ。

ONは守備も抜群《ばつぐん》にうまい。しかし、西鉄の中西、豊田、仰木、河野という内野の守備もうまかったじゃないか。

巨人の真似をするな。後を追うな。

ようし。このデンで書きまくってやろう。甲斐五郎が、この結論に到達したのは、あの老人の話をきいたからなんです。

「おい。あのジイさん、痣《あざ》がなかったか。鬼菊池みたいな……」

隣に坐った小場が言います。しかし、甲斐五郎にとって、それはもうどうでもいいことだったんです。

ピグミー長屋《ながや》

一

どうにも怯《こ》うにもくさくさする。頭は呆《ぼう》として考えが定まらぬ。旧々《もともと》、考えなんてものはないのだ。無いものを定めようとするのだから、土台《どだい》、話が無理だ。

眼《まなこ》が霞んでくる。蓄膿症ではないかしらん。舌はじゃりじゃり。喉《のど》が痛くって痰がからむ。咳をすれば、吐き気を催す。首筋から肩にかけて鋼鉄を背負っているよう。腰が痛い。胃から腸にかけて全体に鈍痛がする。股《もも》が重くって足もとがふらふらする。

だから静養これ務めていたのだが、一向に墓々《はかばか》しくない。木の芽時というのが不可《いかん》のではないか。そうかといって寒のうちもよくはなかった。血圧が低いのだから仕方がない。

夏のかんかん照りのときがいくらかよくって秋口が駄目になる。そうこうしているうちに暮になる。この暮がまた、よくない。マア、こんなふうにして一生が終るのである。

原因はわかっているんです。すなわち、ちょいと良好《いい》ってときに飲《や》っちゃうのがいけない。それだって随分と注意してるんだ。銀座の酒場へは行かないようになった。会合《パーチー》にも出ないようにしている。気取ってるんじゃないんで、小生《わたくし》は、そういう場所に顔を出す資格が無いのだな。

何故《なぜ》かというと、すぐに浮かれっちまう。人間に酔っちまう。場所に酔っちまう。すぐにいい気になる。いい気になって止め度《と》なく飲んでしまう。これが非常に体にわるい。人様に迷惑をかける。

ですから、酒場へは行かない。会合にも出ない。
そのかわり呑《の》み屋へ行く。家で飲む。ちょいと良《い》い、元気ありというときには飲んでしまうから二、三日は駄目になる。また、その時の酒はうまいのだな。いくらでも飲める。だからいけない。
春先きというと、やれ草摘みだ、やれ花見だということになる。そういうときに限って通夜がはさまったりする。通夜のあとは、ひと通りは故人の話を誰かにぶちまけないとおさまらないような気分になるのだ。社用の宴会がある。外国へ行っている友人が一週間の休暇でひょいと帰ってきたりする。

さあこれでよいという日曜日に銀座の酒場のマダムがスコッチなんか持ってたずねてくる。金を残す女てえものはこうもあろうかと思われるくらい、でっくんでっくんふとっている。

マ「お閑静《ひずか》で結構《いい》ところねえ」
小生「甚《しど》い汗だな。帯を解いて、緩舒《ゆっくり》していきなよ。オーイ。お絞《しぼ》りを持ってこい」
彼女の魂胆が奈辺《どこ》にあるかわからぬから、警戒を怠ってはならぬ。
マ「あんまし、お見えにならないから」
流眄《りゅうべん》という奴。これをナガシメと訓《よ》む。正常なる眼でもって斜視をつかう。顔はそっぽを向いといて眼だけを斜めにする。実にどうも婀娜《あだ》っぽい。女艶《なまめ》きて美しという風情。但し、目方を半分にして、立端《たっぱ》を五寸増《ふ》やして、ついでに年齢も半分にして貰わないといけません。
小生「モロッコではないが、せめて三十年前に会いたかった」
マ「え？　何かおっしゃった」
小生「なに、こっちの話だ」

マ「三十年前なら、あんた、小学生じゃないの？」

小生「なんだ聞えていたのか」

身の不運とあきらめるより仕様がない。老人《としより》にしかモテないというのは――。

そのうちに、まあ一杯《ひとつ》ということになり、スコッチがあらかた無くなったころ、
マ「あの、これ見ておいてちょうだい。いつでも結構ですから」

で、紙片を渡される。見るというと（見なくてもわかっているが）勘定書なんです。ここんところ行ってないのだから、たいしたことあるまいとタカをくくっていると、大きにそうじゃない。誰だってギョッとするでしょう。実にどうも不思議なことがあるものだ。まるで手妻《てづま》を見ているよう。

――なおも仔細に見まするというと、三年前の某月某日分として数万円が計上されている。そんなもの、とっくに支払ってある筈だ。よしんば、払ってなかったとしても、いまごろ言ってくるというのは不届な話だ。そこで思わず「むっ」となる。この「ム」が相手に通ずるから、
マ「あ、それそれ、困っちまうんですの。こないだ、昔の帳簿を整理していましたら、ずいぶん付け落ちがありましてね。うちのチーフがだらしがないんですのよ」

そのチーフはもう廃《や》めちまっているんだから苦情の持ってきどころがない。家にジッとしていても銭《ぜに》をとられる。寝ていてダンプ・カーに突っこまれたようなもの。

小生「まあいいさ。仕方がない」

マ「あいすみません」

つまりは、これが手土産のスコッチ代と車代なんですね。

そういう訳で、わる酔いする。

マ「それはいいですから、ちと、お立寄りあそばせ」

で、帰ってゆく。それはいいからってのは、こっちの台詞《せりふ》じゃねえか。

そうかと思うと、花見だ、遠足の帰りだで若いのが集まってくる。集まれば、どうしたってお酒ということになる。
▲「ええ、おかげでもって、すっかり御馳走になっちまった。ああ、いい心持だ」
□「どうでえ、ひとつ、ここは一番、おひらきということにしちゃあ」
▲「それが宜《い》いや。どうでえ、皆《みん》な」
○「お開《ひら》きという手はないよ。まあだ、時刻も早いから」
□「時刻は早いがなにしろはじめたのは何時だと思う？　昼酒は廻りが早いからね。十二時間の余も飲んでたんじゃ、体がへたばっちまう」
○「ようしわかった。どうだい、コウ、大きい盃でモウひとつグルッと廻して、それでお開きということにしちゃあ」
グルッと廻すが、何遍にもなる。とうとう、ドンブリバチャヒックリカエシタ、ステテコシャンシャンになる。
□「いくら酒が好きだからって、もう、いい加減にしようじゃねえか」
○「喧《やかま》しいやい、篦棒《べらぼう》め。酒喰《くら》いが酒を飲んで何が悪《わり》い。手前は下戸《げこ》だから先刻《さつき》から見てりゃあ肴《さかな》ばっかり荒してるじゃねえか。追分団子まで一人であらかた喰っちまったじゃねか。ほれみろ、団子の串を縦に喰うから喉を突っつくんだ。目を白黒させてやがら」
なにをかくそう、この○印が小生なんで。酒の顔を見るというと駄目になってしまう。それを飲むというと、さらにいけなくなってしまう。

ところうが、これがまた稀代《きたい》なもんで、大酔した翌日というのが妙に淋しい。人恋しくなっちまう。するというと、多分、昨夜《ゆんべ》のあいつも淋しかろうという知恵がはたらく。電話をかけると、果して来るんだな。

むかいあったところで、飲めやしない。宿酔もいいところ。酒の顔を見るのも厭《いや》。

▲「酒の無い国へ行きてえなあ」

小生「丁度今、俺もそう思ってたところだ。アメリカに禁酒洲があるだろう。あしこへ行ってのんびりと暮してみたい」

▲「そこへ行くと、こんどは、なんとかして越境したいという。あんたてのはそういうしとだ」

小生「そうかもしれない。ところで、どうだ、カルピスでも飲むか」

▲「カルピスねえ。なろうことなら、キリン・クレールでねがいたい」

小生「贅沢を言っちゃいけない」

大きなグラスに氷をどっさりいれたカルピスがはこばれてくる。

▲「どうもこの、これが酒だというと飲めるんだが、カルピスをこれだけ飲むのはホネだな」

小生「宿酔にはビールが一番だという話をきいたことがあるが」

▲「そう言や、何かで読んだ」

小生「ビールというのは酒じゃあない。ねえ、そうだろう。あれは清涼飲料だ。あんたもそう思う？　俺もそう思う。おい、ビールを持ってこい。一本だけでいいから」

鼻をつまんで、グーッと飲む。ビールならすぐに飲めるから、これも不思議。たちまち三本飲むというと、物足りない気分になる。
▲「水割りというのはどうだろう」
小生「どうも奇妙に同じことを考えるもんだな。俺は、さっきから、ブランデーをソーダで割ってみたらと考えていたところだ。実は□の野郎が、昨日、置いてったんだ」
▲「置いてったんじゃない、忘れてったんだ。昨日、車のなかで大騒ぎ」
小生「まあ宜いや。オーイ。ウイスキーとブランデーとソーダを持ってこい」
▲「世の中に酒と女が仇《かたき》なり、か」
小生「まったくだ。どうか仇にめぐりあいたい、なんてね」
▲「この水割りやソーダ割りも結構だが、やっぱし、蒸留酒てえものは、ストレートにかぎるね」
小生「あたりまえだよ。強烈《つよ》いやつをグウッと飲む、舌も喉も食道も焼けるような、この（グッと飲む）あああああ、この感じね」
▲「（飲みながら）どうも、この、酒てものは飲もうと思えば飲めるもんだね」

これだからいけない。酒場へ行かず、会合に出ず、節制これつとめているつもりがこうなっちまう。もう酒はやめた。

頭がボーとなる。顎から上は借りもののよう。机にむかっても、一行書いては消し、三行書いては破り。

はたして小生は立ちなおれるでありましょうや。少年の日の朝の寝覚めの爽かさをとりもどすことができるでしょうか。

「そうだ。ピグミー長屋へ行ってみよう」

天啓のごとくひらめくものあり。カルピスで思いだしたんです。ついでピグミー長屋の件に移りますが、ここで一服し、ひとくち御酒《ごしゅ》をばいただかせてもらいます。

二

上野駅から東北線で二十分ばかし行ったところ。ナニ、省線でもって行かれるんだが、（あ、いけない国電か）友人の石野地蔵の奴が、うちは東北線だと言いはるんで。

国電の駅をば降りまして、線路に沿ってもどるようになる。駅前がバスの発着所になっておりまして、そこに夏は氷屋、冬は炭屋という店がある。大学イモに惣菜屋がある。炭屋とイモ屋の間を這入《はい》っていきますと、そこがまあ横丁とはいいながら繁華街。バーあり麻雀屋あり、書店もあればカメラ店もある。小間物屋もある。

横丁をくぐり抜けるというと、国道何号線とかいう大通り。踏切があって、ひどいときは二十分も開かぬという。で、その大通りを渡る。渡るとすぐに狐小路という、以前はってえと、これは市場だった。近くにスーパー・マーケットが出来てぽしゃっちゃった。そこでこいつをこまかに仕切りまして一軒一軒がバーになっております。両側がバーで真中が通路になっている。オツマミ付六十円、城北のオアシス、東北沿線随一『バー・コンチネンタル』、求むホステス、交通費支給好遇なんて書いてある。トンネルと同じだから昼間は非常に暗いよ。で、その小路も通りぬける。すると溝《どぶ》に出る。この溝には橋がかかっているから、かまわずに渡る。視界がパッと開ける。それもそのはず、またしても東北線に出るからだ。線路づたいと言ったほうがいいくらい。線路に沿った細い道がある。連翹《れんぎょう》の花ざかり。

するというと、そこがもうピグミー長屋なんです。ほら、中央線でも、横須賀線でもいい、線路際に、家のなか全部が見渡せてしまうような小さい家があるでしょう。あれだ、あれだ。

三軒長屋がむかいあって二棟。線路に対して直角になっている。

ここは、もと国鉄職員の官舎だったんだ。官舎といやあ体裁はいいが、終戦直後、土地を払いさげてもらった職員が材木や鉱力《ブリキ》を集めて掘立小舎を建てたもの。それがどういう加減か、次第につぎ足していって三軒長屋になった。いまじゃ官舎だかなんだか、わけわからなくなっている。どういう訳か、やっぱり差配《さはい》と称する人物がいて店賃《たなちん》を取りたてている。

従って、どの家にも三坪ばかりの庭があります。払いさげてもらった土地に対して家があまりにも狭いから庭があることになる。この近所にも矢鱈《やたら》っと団地アパートが建ちましたが、おかしくってあんなとこには住めぬと長屋の住民は申しております。

「あんなところ、息が詰っちまう」

庭は非常に丹精してある。さっき言った連翹《れんぎょう》の垣根がある。バラのアーチがある。地面は平らで掃除がゆきとどいている。煉瓦で囲った花壇がある。池がある。柿の木や、桃の木がある。ねえ、そう思うでしょう、線路際の家は掃除がゆきとどいているって。——もっとも、石野に言わせると、案外、電車のなかからは見えないもんだと言うんだが。

矮鶏《ちゃぼ》を飼っている。犬猫を飼っている。カナリヤを飼っている。これもどうにも不思議だが、非常に手入れが行き届いている。カナリヤといったって、きいてみてびっくりするような珍種だったりする。

昔の下町の長屋で構えが悪くて、妙な臭いが漾《ただよ》ったりするくせに、揚《あが》り框《がまち》や長火鉢がピカピカに磨きこんであったりするのがあったでしょう。あれだあれだ。よほど閑暇《ひま》なのかしら。とにかく物を大切にする精神はいいじゃないか。

さて、手前左端から申しますと、剣術の先生、表札には楠運平橘《くすのきうんぺいたちばなの》政友《まさとも》と書いてある。こんなところで剣術の稽古が出来るかというと、これが出来るのだな。この家だけは全部板敷になっています。何を勘違いしたか。この道場に蒼い眼の子供まで通っている。

「エイヤッ、トウ……」

どたんばたんとやっている。八釜《やかま》しくって近所から苦情が出るかと思うと左にあらず。なにしろ東北本線のすぐ脇なんです。こんなのは音のうちにはいらない。絶えず家内《やない》震動している。

その隣が、横丁の質屋、伊勢屋勘右衛門の妾の家。旦那様のいないときは芸能週刊誌を隅から隅まで読む。近所でも読書家で通っている。

雨でも降って退屈なときは、浪曲子守唄が出る、北島三郎が出る、骨までホーネーまでが出る、賑やかなもんです。万年青《おもと》に卵の殻を置く。南天に水をやる。

その奥が大工の鮫塚金吾《さめづかきんご》。学会のほうでは相当な古顔です。はじめ、石野地蔵は学会とは何のことかわからなかった。だんだんに創価学会であることがわかってきた。頑固一徹だが稀代の好人物。御長屋の傷《いた》んだところは片っ端からなおしちまう。だから掘立小舎が今でももってるんです。学会員だが決して折伏《しやくぶく》もしなければ選挙運動もしない。専《もつぱ》らその精神に生きようとする男。

何年か前に大水が出たときの鮫塚のはたらきは見事だった。近所の子供を引っ背負《ちよ》って二階家に避難させる。畳はすっかりあげてしまう。そいでもって自分のところは水びたし、どうにも豪《えら》い男です。

さてもう一棟の左端、すなわち楠運平道場のお向いが小生《あたくし》の友人の石野地蔵。この男、偉いんだか偉くないんだか薩張《さっぱり》わからない。そこのところが偉い。昔、小生は小さな出版社にいたんです。そのときの取引先の印刷会社の人。工員が十人足らずのドッタンバッタンの平版だけの工場。当時伍長だったのが、いま職工長になっている。

東京大学の印度哲学を出ている。昔はこういう型の男がいたんだ。セツルメントにはいったり、僻地《へきち》の小学校の先生になるような。但し、石野は、ずっとそれを持続しているのが偉いといえば偉い。欲があるような無いような——。当人に言わせると、俺《おれ》は迚《とて》も欲が深いと言うんだが、余人《よじん》には正体が摑めぬところがある。ことわっておくが共産党員ではない。

怠け者でもない。いうなれば心中赤々と燃ゆるところのある男。志は極めて高いのであります。石野の隣がカメラマン。という触れこみになっておった。近時流行のCF、すなわちTVのコマーシャル・フィルム製作会社の撮影技師ということになっていたのだが、実はライトマンであることがわかってしまった。なにもライトマンであることが悪いわけはない。隠していたということで、一遍で人気が下落してしまった。言われてみるというと、どうしたってスタジオの天井の梁《はり》にへばりついて照明器具を動かすより能のない男に見えてくるから妙なものだ。

この細君が尾久《おぐ》の酒場に勤めている。盗癖あり。ま、虚栄心が強いのだな。百貨店でいい着物なんか見ると我慢ができなくなってしまう。

初中終《しょっちゅう》、警察の御厄介になる。しかしまた、泣き喚いて助けて貰うという特技の持主でもある。

亭主は照明係である。素人にはわからぬだろうが、実に過酷な労働であるのだ。徹夜になることも亦屢々《しばしば》なりき。細君は酒場勤めである。ここに三人の女児《じょじ》あり。夜はどうなる。小学二年の長女は仲々の確《しっか》り者である。しかし淋しいことは淋しいのである。夜は、この三人の女児が声をはりあげてヒイヒイ泣くのである。

照明係の細君は、長女にソバ屋へ行って何か食べるようにと二百円ばかし渡してあるのである。しかし、あまりに悲しくて泣き叫ぶ夜には、ソバ屋へ行くことを忘れてしまうのであります。雨の日に、表へ出て、三人ならんで雨にうたれて泣きさけぶ。

実は石野地蔵の細君は、何度か、三人の女児を家に招きいれたんです。すると、その翌日は、きまって照明夫人がガナリこんでくるんであります。

「余計な干渉《かんしょう》をしないでください！」

あるとき、どうかした加減で、石野地蔵が東京大学の出身であることが隣家に知れてしまった。しばらくは不穏な状態が続いた。なんともしれず不気味であります。それまでは、こっちは撮影技師で、むこうは印刷所の職工じゃないかという腹があったらしい。

四、五日してから、照明夫人が、盛装して莞爾《かんじ》と微笑みながら、石野邸の庭に佇《た》った。

「あの、ごめんください」

「は、はい」

「あの、いままで内緒にしていて済みませんでした。やっと主人に白状させたんですけど、たくは、お茶の水大学を出ているんですって。わたくしにまで隠しておくなんて、やっぱり技術者というのは変っているんですねえ。お茶の水大学なんですって」

「お茶の水大学?」

「ええ。ホホホホ、灰左様奈良《はいさようなら》」

これ、いまだに御長屋の語り草になっております。根が正直者の石野の細君、迂闊《うっかり》、そうすると、おたくの御主人は本当は女なんですかと言いそうになっちゃった。

夫婦喧嘩が絶えませせぬ。宵のくちから三人の女児がギャアギャア、ヒイヒイ。喧嘩は早くて十二時過ぎ。ベニヤ一枚の隣だから凄絶きわまりない。

この棟の一等の奥が山坂転太《やまさかころんだ》という男の家であります。職業は刑事であります。刑事という触れこみであります。

この家に泥棒がはいった。むろん、長屋中大騒ぎであります。ところが、主人の山坂ひとり、なにやら浮かぬ顔である。泥棒がはいったといっても何も盗るものがない。這入ったのは事実であります。山坂は煙草を喫《す》わない。しかるに、泥棒の奴、悠々と一服やって帰っていった形跡がある。庭に地下足袋の跡がある。

おそらくは泥棒も浮かぬ顔であったでありましょう。山坂一家の寝顔を見て遣瀬《やるせ》ない思いをしたことでしょう。

山坂の憂鬱は別のところにありました。本庁から巡査が来る。捜査官が来る。そうしているうちに、なんだか変なのだな。遂に山坂は警察は警察でも、刑事ではなくて運転手であることがわかっちまった。長屋中、みんな落胆《がっかり》。刑事がいることが自慢でもあり、安心でもあったからなんです。

この家の娘の八重ちゃん。高校を出るとすぐに上野のキャバレーのホステスになったんです。そうしてまた、すぐに若い男と出来ちまった。男はチンピラヤクザです。八重ちゃんは家へ帰らないようになった。つまりは同棲したんですね。

すると、山坂夫人、心配する長屋中のひとに、キッパリとこう言ったもんです。

「うちの娘くらい親孝行はいやしません。だってそうじゃありませんか、結婚式をしないで結婚したんですからね」

これがピグミー長屋の連中の全《すべ》てであります。なぜピグミーというか。

ヨーグルト、ピルマン、サンクリー、ヤクルトなんという乳酸飲料があるのを御存じでしょう。

この御長屋では、一軒残らず、ピグミーをとっているんであります。贅沢かというとそうでない。

もうひとつ申しあげると、牛乳をとっている家は一軒もない。その訳も、おいおいと判明してまいります。

III

世の中に酒と女は仇なり。その女でないほうが、石野と小生の間においてあります。またしても仇にめぐりあったんであります。三十五度の焼酎。「金と女」だというひともありますが、ま、銭の話はやめましょう。

賢明なる読者諸君は、小生が何故に石野を訪ねたかを察知せられたでしょう。小生の頭脳《あたま》は病《や》めているんです。治《なお》してくれるのは石野以外にいない。ピグミー長屋に行くよりほかに道はない。

「結局、虚栄心なのね」

「小生が?」

「そうじゃないですよ。長屋の連中ですよ。それで嘘をつく。いつまでも喧嘩ばかり。なかなか、這いあがれない」

「あんたは……。あんたは何なの?」

「俺《おい》か……?」

「あんたは何を追っかけているの」

「なんにもありゃしない。ただね、自分に見えている美しい世界を、この世に実現しようとしているだけですよ」

「美しい世界って、なんだね」

「たとえば、ここに縄が飛んでいる。呼吸をとめてジッと見てごらんなさいよ。美しいじゃありませんか。生命のあるものは、生命の輝きをもっているんですよ。それが美しいんですよ。美しくないものはないんだ。ところが、実際はそういう姿をしていない」

「……」

「お隣の照明さんだって、照明夫人だって、本当は美しいんだ。絶対に美しいんだ。剣術の楠運平だって、伊勢勘の妾だって、大工の鮫塚さんだって、自称刑事の山坂さんも、みんな本来は美しい。ところがそういう姿をしていない」

お隣のヒイヒイがはじまっている。エイヤ、トウッの剣術がきこえる。きれぎれに、夜空をあおいでという加山雄三がきこえる。トントンは鮫塚の夜なべ仕事か。五分おきに、東北本線と国電がすべての音を打ち消す。

「酔っちまうな」

「そう。お酒を飲まなくても酔ったひとがいるよ。たえず揺れてるからね。いいのは地震があってもわからないことだ。……ところで、俺《おい》もね、自分自身が美しくなりきれないんだ。なろうと思ったって駄目なんだ。しかし俺はなろうとしているんだ」

「だけど、あんたは無力じゃないか。小生と知りあったときから、家を出て、工場ではたらいて、帰ってきて焼酎を飲む。それだけだろう」

「その通り」

「地上に美しい世界を実現しようと思ったって、あんた自身は何もやってない。いや、そう言っちゃいけないな。工場じゃ神様みたいな人だからな。それに、ピグミー長屋の面倒をみている。それは認めるけれど、それだけでなんのちからになる」

「まったくその通りだよ。なんとかして俺《おい》は美しくなろうとしているだけだ。そうして、俺には、いまこれだけのことしか出来ない。しかし、俺は間違っているとは思わない」

「まちがってるなんて言わないよ」

「実際、俺はもう、喰えないんだよ。四人の子供がいる。これが大きくなってきた。いまの給料じゃ喰えないんだ。喰えないという事態で、なんとかして美しい生活が出来ないものかと思っているだけだ。きみにだけ言うけど何度か給料のいい就職先きがあったんだよ。大学の教授がうちに訪ねてきたこともある。もう、友達も先生も、その意味では俺を見放してしまった。しかしね、それは俺が大学を出ていたからなんだ。憶えているかね、文選《ひろい》の竹ちゃんや、植字《ちょくじ》の広ちゃん」

「知ってるよ」

「あのひとたちと同じで暮したかったんだ。喰えないという世界で、美しい生命の輝きをみることはできないか。不遜のようだけれど、それを他人《ひと》に教えることができないか」

「………」

「俺だって、楽をしたいと思う。うまいものを喰いたいと思う。ふかふかしたベッドに寝たいと思う。若い女と寝たいと思う。事実、そうなんだ。欲の深い男だよ。業《ごう》の強い男だよ。そう思うと辛くなる。行き詰ってくる。どうにもならなくなってくる。しかし、そういうところから美しい世界を望むことはできないのか」

「………」

「女房を苦しめる。子供に悲しい思いをさせる。ごらんのように、洗濯機もない。テレビもない。冷蔵庫はピグミーの借りものだ。これがないと商売にならないからね。……俺は心細くなってくるんだ。美しい世界を見ようとして、とんでもない失策をやっているんじゃないかって。実はみんな俺のエゴイズムの犠牲になってるんじゃないかって……。だけど、どうもそうばかりじゃないと思うんだ。まだまだ、やれる余地が残ってると思うんだよ。この人生ってやつ、そう捨てたもんじゃない、そう馬鹿にしたもんでもない。ねえ、そうでなきゃ生きてゆく意味がない」

「ようし、わかった。……ところで、実は、お願いがあって来たんだ。……明日、奥さんのピグミーのお伴《とも》をしたいんだ」

「朝、五時だぜ」

「知ってるさ」

「泊ってゆく気か?」

「仕方ないだろう。そうするより」

Ⅳ

夜がまだ終っていない、朝。

暗い朝。

「おはようございます……」

それもまだ小声なんで。

石野夫人は、ピグミーを手押車に積み終ったところだ。

ピグミーに大小あって、大が十七円、小が十三円。大で二円五十銭、小で二円が手間賃になる。

七十四軒で、八十本。

ガタガタガタッ。牛乳瓶のふれあう音を御存じでしょう。あれが朝だ。

「虚栄心ばかりじゃないと思うんです」

長屋五軒を配り終って、広い道へ出たところで石野夫人が言った。

「わたしがピグミーの販売人になるってきいたときに、長屋のひとが全部とってくれるって言ってくれたんです」

小生も足に自信があるが、夫人の足はもっと早い。手押車を押すテンポというものがあるらしい。

「大水のときの鮫塚さんの話、おききになったでしょう。そういうところがあるんですよ。いくら喧嘩ばかりしていても、助けあわなくちゃいけないってことを体で知っているのね。……わたしが下の子を生んだとき、ちょっと具合がわるかったの。二週間も入院しちゃってね。そうしたら、伊勢勘のお妾さん、毎日病院へ来てくれてね、お弁当をこしらえてくれたり、下着を洗ってくれたり……」

一軒一軒、ピグミーを置く場所が指定されている。商店のシャッターの右端とか、コンクリート塀のうえとか、井戸ポンプのうえとか。寝間着のまま台所の小窓をあけて手の届く位置なんていう指定もある。

「ですから、自然な気持だったと思うのよ。近所の人がとってくださったのは」

犬が一匹、ついてきた。狐小路のトンネルを抜ける。

女物の半纏《はんてん》を羽織ったバーテンらしき男が出てくる。

それで起きるのではなくて小便のために共同便所へ行くのだろう。

国道へ出る。タクシーの中で運転手が足を上にして寝ている。

見おぼえのある女の子が二人、そこで待っていた。石野の下の子である。二人とも小学生である。

「ううん！　起してくれって言ったのに」

石野夫人は、三本持って小路に消えた。

そこから犬が三匹になり、女の子が従った。

「おす！　ミノベ、頼んだわよ」

赤いセーターを着て駈けてきた十八歳ぐらいの女が、すれちがいざまに言った。

「あれ、アカハタの配達員なんです」

国道を渡ると、川になる。空がすうっと明かるくなる。

「いつでも、ここで夜が明けるんです。灰色の帯のような雲があるでしょう。あれが、だんだんに消えてゆくわよ。とってもいい感じなの」

「こんなに、いつも早いんですか」

「ちょうど一時間。家へ帰ると六時でしょう。主人は六時半に出ないといけないから」

橋のところにバタヤがいる。バタヤも犬を連れている。

こっちについていたシェパードが、その犬に近づいていった。

「わたし、これはじめてから、体質が変っちゃったの。風邪をひかなくなった」

「ほんとにいい気持だ」

「早寝早起きが体に一番ね。それと、歩くのがいいのよ、いくら食べても、体がスッとするの」

犬が六匹になった。すこしずつ、すこしずつ夜が明けてきて、いまや、すっかり明かるくなった。

また国道へもどる。

「この仕事の前には、ミシンをやっていたのよ。知ってるでしょう、着せかえ人形がはやっているの。あれを縫うんですけれど。こまかい、めんどうな仕事でね。夜中まで根《こん》をつめてやって五、六千円稼ぐのに大変だったわ。その前が、保険の外交。化粧品の外交。電気の部品をつなぐ仕事。学校へ行ってパンを売るのもやったわ。……でも、ピグミーがいちばんね。体にもいいし」

牛乳屋と新聞屋が出てきた。かごめパンの自動車がとまってる。

石野夫人は、そこで食パンを買って、手押車に積んだ。

「いやだったのは、パン屋の小僧にウインクされたことよ。それまでは、奥さま扱いで大変だったのに……。そんなもんかしらね」

ネッカチーフをかぶり、ピグミーの制服を着て運動靴をはいている石野夫人は若く見える。

坂になり、登りつめると、曲りくねった川がまた眼下に見えてくる。

「でも、ここに引越してきてよかったと思うのよ」

小生は、石野地蔵が文京区のアパートにいた頃や、世田谷区で社長の離れを借りていた時代を知っている。

「どうして？」

「さあ、よくわからないけれど、なんだか生き生きしているように思う」

もう朝だ。日が差している。工員やサラリーマンの出勤だ。みんな、いそぎ足。

「腹がへってきたな」

「よかったら、ピグミーをどうぞ。最後の二本はうちのなの」

「そうはいかない」

「いい気持でしょう。おなかがすくっていうのがいいのよ」

「はじめてだね、こんな体の調子」

「ここんところに……」

石野夫人は、川をのぞきこむようにした。

「よく仔犬が捨ててあるのよ。剣道の楠さんて、へんなひとでね、仔犬を拾ってきて育てるんですよ。それで一年も飼うと、もう駄目なの。仔犬だけが好きなんですって」

「ホントに、変なひとよ」

上の娘が言った。

手押車を押す石野夫人、女の児が二人、犬が六匹。一列にならんで土手の上を歩いている。

生命あるものは輝きをもっているという石野の言葉がはねかえってくる。

そのうしろから、ただ意味もなく歩いている小生とは、いったい何だろう。

「石野！　人生にはまだまだやれる余地があるのか。お前の言うことは本当なのか」

真説《しんせつ》焼竹輪《やきちくわ》

一

わたくし、その気《け》が、あったんです。気《け》といったって釜《かま》っ気の気じゃない。瘡《かさ》っ気《け》でもない。強いて言やぁ、お脳の具合、そう、あれはやっぱり、脳の病いだったんだな。当人は大真面目《まじめ》なんだが……。

時は昭和二十五年の五、六月。万太郎先生が「緑濃くなりまさりゆくばかりかな」と詠みたくなるような候であると思《おぼ》し召せ。むんむんとして暑くってしようがない。

当時、わたくしは、一日三百円の小遣いが貰えないものかと、そればっかり考えていました。結婚して一年、女房はゲエゲエとやっていた頃です。わたくし、小さな出版社に勤めていました。日曜を除くと、一《いっ》カ月が約《およ》そ二十五日。これの一日三百円ですから、月に七千五百円という小遣い。これがまた到底叶《かな》わぬ夢のような額だったんだな……。なぜったって、そもそもの月給が八千円なんですから。これでもって、まもなく親子三人が暮さんけりゃならんという。

そうかといって男一匹、三百円という小遣いが目《め》ン玉ひっくりかえるようなお銭《あし》であるとも思われない。実にどうも難渋を致したもんでございます。もっとも、現在《いま》だって、暮しむきはそう変っちゃいないんでございますが。

しからばこの三百円という金額がいかにして算出されたか。それも実は判然《はっきり》としていない。ただし、そいつがワイシャツから出発していることだけはわかっている。どういうものか、わたくしは、こんなふうに思いつめていたんです。

「もし、三日間、小遣いを倹約すれば、一銭も使わないでまるまる三百円残す日を三日間こしらえたならば、ワイシャツが買えるのになあ。そういう生活が出来ないものかなあ」

左様、それは王侯貴族、もしくは大ブルジョワの生活のように思われたんです。

一日三百円。これだけはハッキリしている。してみるとオデンを肴《さかな》に焼酎を飲み、輪タクに乗って家へ帰るという費用が三百円じゃなかったのかしらん。つまり、一月のうち飲まない日を三日つくればワイシャツが買えるということだったんですね。その我慢なら俺にだって出来る。しかし、三百円は、夢のまた夢だったんです。

そこで、ワイシャツのことになる。ワイシャツとネクタイ。これ月給取りの制服なり。当今では、どうかするとスポーツ・シャツとか、夏になるとアロハで出勤する奴がいる。昔はそうはいかなかった。ネクタイなしで出勤したために馘首《くび》になるという事件が本当にあったんだ。

また、第一、スポーツ・シャツなんという洒落《しやれ》たものは無かった。あったとしても買えなかった。ワイシャツよりも高価なんですからね。アロハはもっと後のことになる。

一日三百円の三日間ですから合計が九百円。その頃の安物のワイシャツの値段が八百円から千円という訳だったんですね。これが、なかなか買えない。

背広はどうかというと、一着は浅草の古着屋で買ったもの。店の者は、戦前の上原の仕立だと言うんだがアテんならない。膝がぬけちまっていて、襟《えり》と袖《そで》と肘《ひじ》んところがテカテカに光っている。

もう一着は、高橋義孝先生が独逸に留学中に著用されたという背広。これを拝領《はいりょう》したときは嬉しかった。先生の家から、わたくしンところまで歩いて七、八分という道が、まるで足が地に着かないといった有様だった。布地もよければ仕立もいい。先生だって決して暮しむきは楽じゃなかった。それを、下さるという。

そうではありますが、仕立がいいといっても、それは先生にピッタリということなんです。立端《たっぱ》からして五寸から違う。その余のことは言うまでもないでしょう。恰幅のいいのと悪いのと、「堂々たる」と「貧弱なる」との差異は著用に及んで歴然とあらわれてしまいます。

さいわい、女房は、洋裁店でお針子《はり》をやっていた女でございます。ズボンの裾をジョキジョキとやりまして、何とか都合をつけました。いかんせん、女房の腕では上着はどうにもならない。これがダブルです。上着の裾は膝小僧に達するという。昔ふうの背広ですから襟が非常に太く長い。襟のあわせ目が、ほぼ股間の位置ということになります。

ワイシャツが買えないんですから、背広が買えるわけがない。しかしまた、背広がそんなふうですから、せめてワイシャツぐらいは自分の手でというのも、これ、人情のいたすところでしょう。

あるとき、女子の社員がこんなことを申しました。

「わたし、女に生まれて損をしたとか厭だとか思ったことはない。だけど、男の人が新しいワイシャツを着てきたときだけは、うらやましいと思う。ワイシャツを買って、ごわごわしているところへ手を通すっていうのは、いい気持でしょう」

しかり。その通りなんだ。

ともかく、ワイシャツとネクタイは、勤め人にとって無くてはならないものなんだ。衣服に関する最大関心事は、それだった。

夏ならばワイシャツは二日で着られなくなってしまう。袖と襟が垢《あか》になる。白いから非常に目立つ。編集業というものは書きものと、印刷インクのかわいていないゲラ刷りの校正ですから袖口が汚れる。しかして、接客業でもあるんです。

せいぜいが二着か三着のワイシャツをとっかえひっかえ着るんですから、非常に傷《いた》む。いまの若い衆には想像がつかぬかもしれんが私のワイシャツは背中が破れていた。そのくらい着たもんです。新品がほしいけれど買えない。買えないけれど勤めに出るには絶対に必要なものです。ここに欲求不満といったものが生ずる。かくして、わたくしの「その気《け》」があらわれはじめたんです。悲しきお脳の病いです。

必要は発明の母なりという。

あるときわたくしは、つくづくとワイシャツというものを眺めてみた。目の前で仕事をしている同僚の衣服を見ていたんです。しばらくして、ハタと膝を打った。

「ううむ。これだ！」

上着の下のワイシャツの見えている部分といえば、襟と胸と袖口だけではないか。

「してみると、ワイシャツというものは、それだけでいいのではないか」

わたくし、家へ帰って、女房に拵《こさ》えさせたんです。情けないかな、お針子《はり》を一年かそこらやっただけではワイシャツの仕立は出来ません。しかれども、袖口と襟ぐらいはつくれる。襟に女性着のフロント・ジレみたいなものをとりつける。そうしておいて、首から袖口を紐でもってぶらさげる。こうやって上衣を着れば、全くわからない。けだし、大発明であった。

ただし、困ることもあった。

「暑いですから、どうぞ上着をお脱ぎになってください」

そう言われると、どうにもならぬ。もし上着をとるならば、どうなるんだろう。襟のついた金太郎の前掛に、首から紐がぶらさがっており、その末端に腕章の如きものがあり、背中はバックレスである。わたくし、その頃からお行儀のいい青年で通るようになった。


何年か経ち、生活がすこうし楽になった。すなわち御中元に御仕立券付ワイシャツなんかを載くという時代になったんです。

あるとき、ワイシャツというものをつくづくと眺めていて、ハタと膝を打った。(これがイケナイ)ワイシャツでは襟の裏の部分とボタン・ホールのある部分が二重になっている。すなわち、ネクタイによってかくれる部分でありほす。この二重になっているところの表の方を色のついた別の布にするならば、ネクタイが不用になるのではないか。

高島屋だか松屋か忘れてしまった。売場の人は、親切にわたくしの要求をきいてくれた。別の布を、違う売場で探してきてくれた。

出来あがったものは、まことにスマートだった。ボタンは隠しボタンである。第一に、肩が楽である。ネクタイが曲ったりしない。

出社しても、誰もそのことに気づかなかった。まさかそんなワイシャツがあるわけがないと思うところが盲点になる。けだし、大発明であった。

しかるに、わたくしの愉快は二日間で消し飛んだ。

洗濯したら、ワイシャツの生地と、取りつけた布地の材質が違うので、つまり、伸縮の度合がちがうので、ワイシャツの胸の部分が波打つようになってしまったのである。

次にわたくしは、それならば、ワイシャツもネクタイもなしで総務部に叱られることなしに出勤する法はないかと考え、またしてもハタと膝を打った。「病膏肓《こうこう》に入る」というべきか。『青い山脈』という映画で藤原釜足の扮する漢文の先生だかなんだかが着ていたアレです。これは発明ではない。単に詰襟であるに過ぎないんですから。

これは快適だった。夏は下は裸でいいんですから……。困ることは、ひとつだけだった。初対面のひとは、わたくしを中国人か東南アジアの人間だと思ったらしい。

珍奇なるものを愛好する傾向がひどくなった。

友人に頼んでアメリカのテンセントストアで、透明の蟇口《がまぐち》を買ってきてもらった。嚢中《のうちゅう》三十五円なんというときは、十円玉三枚と五円玉一枚が透けて見えるわけで、己に対する妙な残酷な楽しみがあった。

その人は、携帯用の灰皿も買ってきてくれた。アメリカではどうしてそんなものが必要であるかというと、カクテル・パーティが頻繁に行われるからである。その灰皿は婦人用であって、机の端などに置く、灰皿に帽子掛の如きものが接続していて、そこへハンドバッグをかけると灰皿自体が固定するのである。

わたくしは接客業を続けていた。他家を訪問して、あがりこむという機会が多いのであります。誰も煙草を吸わないという家庭がすくなくないこともそれで知った。

「あ、きみ、煙草がないの?」

「いえ、持っています」

「マッチは?」

「ありますよ」

まだまだ物資に乏しい時代だった。

「おおい、灰皿だ。どうもうちは煙草を吸わないから気がつかなくて……」

「灰皿も持っております」

「ああ、座布団が出ていないな」

「座布団も持っています」

わたくしは、空気枕に似た携帯用座布団をポケットにいれていた。それを目の前でふくらませると、たいていの人はびっくりだ。ほんとのことをいうと、わたくし、さらに、

「コーヒーをきらしちまって……」

といって貰いたかったのです。いつでも、一人用の小型魔法瓶に会社のそばの日本一うまいという喫茶店のコーヒーをつめて持って歩いていたんですから……。

病膏肓とはこのことです。十五、六年前までの話なんですが。

＝

空前の「発明ブーム」であるという。

特許庁では、一日に四冊から五冊の厚いパンフレットを発行する。(日刊ですよ)特許公報が三冊か四冊、実用新案が一冊で、いずれも毎日、約百件ずつが許可になる。

昭和三十二年に、特許庁への出願件数が年間十七万件で世界で第一位になり、いまではそれが三十万件になっている。

実用新案の昨年度の出願件数は十一万であるが、このうち会社関係を半分とすると、残り五万五千件のうち、一人で二件提出する人もいるのだから、個人の発明家が全国で三万人か四万人いるのではないかと特許庁では推定している。

これに対して、発明学会の豊沢豊雄氏は、発明家、もしくは発明マニア、あるいは発明に関心をもっている人は、全国で五百万人から六百万人と推定している。なぜならば、出願件数三十万というけれど、実際に出願する人は二十分の一ぐらいであり、そこで六百万という数字がでてくるのである。これはちょっと乱暴な計算のようにきこえるかもしれないが、弁理士に手続きを依頼すれば一万円かかるのであり、許可になればまた一万円を必要とするといった事情があり、企業内での人員を加えれば、発明家という言葉の解釈は微妙であるが、あるいは六百万人はむしろ少なめの数字であるかもしれない。

新製品を次々に打ちだす会社の全社員が発明家という考えも成りたつし、広告代理店の人がそうだし、わたくしなど、小説家だって一種の発明家だと考えている。

そうして、げんに、私の友人には、発明家、発明家をこころざす人、発明狂が何人もいるのである。

どうしてこんな「発明ブーム」が出来《しゅったい》したかということは後で述べるとして、わたくしの大好きな「その気《け》のあるもの」の各種をご紹介しよう。これは、友人たちから聞いたものを集めたものであります。

●スパゲティ用のフォーク

スパゲティを食べるときは、フォークでぐるぐるっと巻くでしょう。これを電動式にしたらどうかという案。柄のところに電池をいれるんでしょうな。これは完成したんだ。ところが、出来あがってみるというと、汁があたりに飛び散るんですね。失敗。

似たアイディアに**電気孫の手**がある。背中が自動的に掻けるという。

●外人用の箸

外人用というところが実にいい。このあたりに発明狂の面目が躍如としている。つまり善意なんです。箸の末端（太いほう）を横木を渡してつないだものです。なんだい、それなら氷（あるいは角砂糖）ばさみと同じじゃないかという人がいたら素人だね。馴れてきたら横木をはずせるというのが「親切」なんだ。

●男子用貞操帯

パンツを脱ごうとすると、腰のあたりの両端に悪臭を放つ液体が仕込んである。男子用というのがイイのである。これを考えた人は自分では決して浮気なんかしない人だろう。

●前後にはけるズボン

ズボンのうしろ側にもチャックがついている。膝が痛んだときに前後をはきかえる。これは12チャンネルの「アイデア買います」という番組で紹介されていたな。

●三角パンティ

最近のパンティは股のきれこみが大きいので、ウエストのはいる穴と、足の出る穴とは大差がない。そこで正三角形のパンティをつくってみたところ、どこからでもはけるということがわかった。従って、毎日パンティをとりかえることなく、三日間は穿《は》けるという。

わたくし、三日目には両側の腰のところが湿っぽいようで痒《かゆ》くなるような気がした。傑作といえば傑作、珍といえば珍なるプランだと思ったが、たしか東洋レーヨンで買いあげたはずです。まっ暗なところでも間違いなく穿けるというのが妙であるらしい。

●新案ネズミとり

ネズミがうるさくって仕方がない。一匹二匹ととっていても追いつきそうにない。

そこで、一挙に殲滅《せんめつ》する法はないか。普通の鼠取器の仕掛けにちかいものであるが、つかまったとたんにネズミの胴体にゴムバンドがしまるようになっている。しかも、そのネズミは逃げられる。ただし、ゴムバンドには鈴がついている。ネズミは巣へもどる。天井をかけめぐる。かくして家中のネズミがノイローゼになり、死ぬか逃げるかで全滅するであろうという器械。

これは成功したんです。しかし、天井を駈けめぐっているうちに、鈴の音で人間のほうがさきにノイローゼになってしまった。

●蚤取りベッド

ベッドというものは宙に浮いていることはご承知でしょう。マットをはがしてみると、金網がはってある。スプリングになっているんですね。この金網の目をもっと細《こま》かくする。マットなしで、そこへ直《じ》かに、裸で横になり布団をかけて寝る。夜中に痒いと思ったら体をゆすぶる。振る。捻《ねじ》る。すると蚤は床《ゆか》に落ちるはずだ。床一面に蠅取紙を敷いておく。

●なかから電気を消せる蚊帳《かや》

上部にチャックをとりつけ、電燈をなかへたらす。これは簡単でいい考えだ。しかし、わたくし、電気スタンドを買ったほうがもっと簡単だと思うんだが。

●ナショナル便器

汲取式の便所が臭いのは、穴から臭気があがってくるからです。この穴をふさげばよい。そうして、穴があいている時間を出来るだけ短くすればよい。

陶製の便器の底に板を据えつける。この板の上に排便が行われる。ここまでは水洗式と同じである。さて、完了したならば、水洗式と同じように、天井からぶらさがっている紐をひっぱる。すると、板には滑車がついていて、そのまま前方に移動する。便器の前方下部は扉になっていて、板の移動につれて開く。

すなわち、大便は便器の外に持ちはこばれる。そのとき紐をたぐった手を離す。当然、板はもとの位置にもどろうとする。そのときに同時に扉はしまっているはずである。そうであってみれば、板の上に盛られた大便は、扉によってカメのなかへこそげ落されるはずである。

このアイディアはまだ完成していない。研究中の発明家は、便の盛りあがりかた、高さ、やわらかさを連日調査している。ただし商品名だけはきまっている。いかに松下電器でもナショナル便器までは登録していないだろうから、その点は安心している。

●携帯用洗面器

大型トランクは、蓋《ふた》の部分と底の部分で出来ている。近頃は軽金属製のものがある。蓋の部分に水をいれ、満タンにする。底の部分が洗面器である。

蓋をあける。蓋と底とほぼ直角にひらく。蓋には鏡や歯ブラシや髭剃道具などがとりつけてある。蛇口がついていて、ひねると水が出てくる。

この発案者は、たとえば高原にピクニックに行ったときなど、顔を洗うために渓流まで下ってゆくのが大変だということから思いついたらしい。

わたくし思うに、およそピクニックの楽しみのひとつは、山のなかに渓流や湧水を探り、そこで冷たい水を飲んだり顔を洗ったりすることにあると思うのだが。……そうではあるが、このアイディアは大好きだ。これぞ素人発明家の粋である。

これは、わたくしもテレビで見ました。司会者が、だけど重いでしょうとたずねると、発案者は、重いですよ、と笑った。その表情がよかった。やっと持ち運べるような重量であるように見うけられた。

そこがいい。みんな嬉々《きき》として高原の道を歩いている。この人だけが、重いトランクを持って、とぼとぼと歩いている。なんのために？　顔を洗うためにだ。顔を洗い、歯をみがき、櫛で髪をなでつけるために、だ。そこが、実にいい。

●減らない下駄

金属製の下駄をつくり、針金で鼻緒をすげる。重くて具合がわるかったらしい。非常に疲れる。わたくし、それより、痛いんじゃないかと思う。

●歩行促進器

これも、昔から、いろいろある。楽に歩こうというわけだ。靴の底にスプリングをつけ、ちょっと飛びはねるような感じになる。しかし、まっすぐ前へ進むかどうかが心配ですね。

●人間ヨーヨー

ヨーヨーの玉のところを人間にして、高いところから吊りさげる。これは五メートルから七メートルぐらい飛びあがることができる。遊園地などに置けば面白いと思う。上下ブランコですね。

●灰皿指輪

指輪に灰皿がついている。ただし、一回分の灰ぐらいしかはいらないので、一回ごとに捨てに行くのがたいへんめんどうだそうです。

●安全歩道横断器

クリスマスになると、吹くとピュッと前へ突きでる袋状の笛をくれるでしょう。あれを頭にとりつけたんです。靴の底まで管が通してあって、歩くたびにツノが出るんです。

●ゴム製の傘

折りたたみ式なんていうケチくさいものではない。傘も柄も全部ゴムである。たためばポケットにはいってしまう。つまり、空気をいれて傘の形にするんです。苦心惨憺、多額の費用をかけて遂に完成した。家族一同、見まもるうちに彼は空気をいれた。ところが、そのとき、ゴムというものはなかなか均一の厚さに出来あがらないということを発見したんです。どうしても薄いところ、弱いところができてしまう。

すると、どうなる。薄いところだけがふくらんでコブのようになる。何度やっても何カ所かがコブのようにふくれあがってしまう。一同、ふっと溜メイキをついて、おかしいやら、泣きたいやら……。

「まだ、やってるの？」

高橋計助とわたくしとが、小料理屋の厚い板を間にはさんでむかいあっていました。もう、夜も遅い時間です。

「う？　ううん……」

高橋は、とぼけたような顔で盃をほしましたが、その手をポケットに突っこみました。

「これ。こんなのはどう」

「なんだい」

取りあげてみるというと、底にギザギザのあるスプーンです。アイスクリーム用のそれのようにやや扁平《へんぺい》です。

「苺《いちご》をね。イチゴをつぶすスプーンだ」

高橋計助は、わたくしがずっと以前に勤めていた会社の同僚だったんです。彼のほうはまだ会社を動かない。五十歳を越しているはずなのに、わたくしのいた頃と同じで係長より上にすすまない。

彼も発明マニアなんです。電話による家庭教師、犬の健康保険、両面ネクタイ、瞬間冷却器、風呂用温度計（一定温度でベルが鳴る）、外国航路の船員むけのテープなど。ずいぶんきかされたもんでした。しかし、彼は一度もそれを商品化しようとはしなかったんです。特許庁へ行ったこともない。

「そのまえに、これがあるんだ」

こんどは胸のポケットから鉛筆のようなものをひきぬいた。金属製の円筒で、先端に五カ所くらい切れこみがある。

「……?」

「こいつは、苺の蔕《へた》をとるもんなんだ。あれは案外、めんどうなんでね。こいつを苺のケツに、蔕のあるところにギュッと突っこんでね、ぐるっと廻すと、きれいにとれる。とっても具合がいいぜ。……あ、そうだ」

女中にデザート用の苺を頼み、実演してみせてくれた。本当に簡単に、きれいにとれる。

「よかったら持っていかないか、両方とも」

わたくしがその会社をやめるころ、もう一人の仲のよかった同僚がニューヨークに赴任したんです。そいつが帰ってきた歓迎会にわたくしも招かれたという訳なんです。だから、その時間に二人っきりになったときには、かなり酔っていました。

「こんなに発明狂がふえたってことは、世の中が天下泰平で、おたくのような大会社は系列化が進んで官庁みたいになってさ、さきの見通しがついちまうだろう……そのせいじゃないか。つまらないから一攫《いつかく》千金を夢みるような……」

「発明狂はひどいな」

「いや、あんたのような、さ……」

「なおわるいや」

「そうか」

「お前さんは、いつまで経ってもそんなふうに考えるんだな」

「ギャンブルが盛んだろう。ところがギャンブルのやれないタイプの人間がいるんだ。そいつが発明狂になる……」

「すぐにそうやって分析するのがお前さんのわるい癖だ」

「じゃ、これはどうだろう。俺たちの年代は戦前・戦後の物資の乏しい時代を過してきたろう。いつのまにか、生活の工夫っていうミミッチイ考えが身についてしまった。俺なんか、いまだにそうだね。こわれたソケットをなにかに使えるかもしれないってんで、机の抽出しにしまったりする」

「それはそうかもしれない。それはあるさ。しかし、発明家がふえたのは、なんといってもアイディアの時代になったということなんだ。企業内でも奨励するしさ。例の味の素の容器の穴を大きくするっていうのも、社員の考えたもんだっていうじゃないか」

「俺はそうは思わないよ。化学調味料が伸びたのは、インスタント・ラーメンのおかげじゃないか。……それに、企業内の発明なんて興味がないね。提案制度というのも狙いは愛社精神を育てるほうにあるんだろう。アイディア時代なんてのも、週刊誌の見出しだけで実態がない」

「そんなことないさ」

「いや、俺に興味があるのは発明狂だけだ」

「横光利一の小説にあるような」

「そこまでいかなくても、もっと、ミミッチイやつが面白い」

「………」

「人間の善意みたいなものさ。発明狂は、だいたいにおいてお人好しだろう。オセッカイだろう。……それは善意なんだな。それでいて、言っちゃ悪いがおろかしいところがある」

「おろかしいか」

「馬鹿とはいわないが、おろかしいところがある。そう言ってわるければ、子供っぽいんだな」

わたくしの知っている発明狂は、みんな若く見える。

高橋計助も例外ではありません。誰が見たって、まだ三十代の終りにしか見えないんです。髪も豊富で黒いし、歯も丈夫だし、色艶《いろつや》がいい。

「そういうところは、あるかもしれない」

「善意なんですよ。子供っぽいんだ。そうしてそれが欲得につながっているところが、おもしろい」

「………」

「ほら、いつか、自動車のなかにぶらさげるオルゴールというのがあったろう」

「そんなの、あったっけ」

「いやだな。あったじゃないの。あんなに夢中になっていたくせに」

「そうだっけ」

「あれがおかしいんですよ。ほら、自動車のなかにぶらさげるマスコットをオルゴール仕掛けにするという」

「ああ、ああ。あれは実験に金がかかるんでやめちゃった」

「あれが、つまり、おかしいんだ」

「どうして?」

「その案がいいとか悪いとか言うんじゃないんだ。そんなことは俺にはわからない。だけどね、普通の人間なら、まず自動車を買うことを考えるんだ。どうやったら自動車を買えるかってね。あるいは、教習所へ通うんだ。ところがきみたちは……」

「きみたち？」

「いや、失敬。……俺だって、その気《け》のあるほうだから許してくれよ。……ま、いいや、あんたのような発明狂はだね、まず、自動車を運転している人を喜ばせようとするんだ。楽しませようとするんだ。だから、善意なんだよ。……ところが、これがオセッカイなんだな」

「自分の楽しみだけだよ」

「そうじゃない。あんたは自家用車を運転している人を外から眺めてるんだ。こんちくしょう、俺だって、あのくらいの車、買ってみせらあ、とは決して思わない。なかに乗ってるひとの便宜を考えちまう。しかし、それは実は先方にとっては迷惑なんだな。……これはちょっとひどかったかな」

「まあ、いいよ」

「迷惑であるかもしれない。俺だって車を持ってないからわからない。……多分、そうだと思うよ。自家用車にはマスコットがぶらさがっている。あれが音を出したら、さぞ楽しいだろうと、こう考える。……ところが運転している人は神経がいらだっているんだな」

「だから、オルゴールなんじゃないか」

「違うよ。余計な音なんかうるさいだけだ。もし、楽しい音がききたかったら、ラジオがあるじゃないか」

そのとき、わたくし、やっと気がついたんです。高橋計助だけでなく、友人の発明狂は、みんな出世が遅れているんです。それが歯がゆくてならなかったんです。だから、強い言葉になっちまったんです。

出世をしようとしない。その会社のなかで人を押しのけてでも伸びてゆこうとしない。そうかといって転業など、さらさら考えない。月々一万円ぐらいの内職をしようとも考えない。白状すると、わたくし、こういうタイプのサラリーマンが好きなんです。好きだから歯がゆくって仕方がない。酒ではもうもの足りないという状態になっていました。ウイスキーを瓶ごと貰って、ストレートです。

「そうじゃない。発明家ってのは、そうじゃないよ。第一に、手さきが器用なんだ。それにズボラなんだ。怠け者なんだよ。だから手をはぶこうとして何かを考える。そのために、実際は便利なものを、わざわざ廻りくどくする傾向があるんだ。たとえば、ここに灰皿があるだろう。この灰を捨てる手間をはぶこうとする。あの、ぐるっと廻って吸殻《すいがら》や灰が下に落ちる灰皿があるだろう。あれはあれで立派なアイディアなんだ。しかし、あれはどうしたって大きくなって場所をとる。それに、灰皿ってものは美しくなきゃいけない。カット・グラスなんかが一番いいにきまっているんだ。……いちばん肝腎なことは、灰を捨てて洗う手間なんかほんの十秒たらずでできるっていう根本的なことを忘れているんだよ」

「だから、善意なんだよ。オセッカイなんだよ。善意なんか捨てちまいなさいよ」

「そうとばかりは言えない。好奇心があるんだ。犬がゴミ箱をあさるようなね。……それと、発想がまるでちがうんだ。着想かな。お前さん、植木鉢の底に穴があいてるのは何故だと思う？」

「水がたれるようにしてあるんだろう」

「そう考えるのが普通の人なんだよ。あれは地熱を吸いあげるための穴なんだ」

「まさか……」

「いや、そう考えるのが発明家なんだ。逆に考えるんだよ」

「おひとよしで、オセッカイなんだ。取らぬ狸の皮算用なんだ」

「じゃあきくが、いったい、アイディアとは何かね。広告屋なら知ってるだろう」

「アイディアとは組みあわせであると教えられたね」

「ほらごらんなさい。だからいけない。アイディアとはね、アナロジーなんですよ。類推ですよ。……いいですか、便所へはいったとする。誰でもここで何かを考えるんですよ。このトイレット・ペーパーに何かを印刷したらと考える。たとえば、お前さんたちだったら、何かの広告につかったらと考える。こんなのは初歩の初歩なんです。トイレット・ペーパーと広告を結びつけただけなんですからね。単なる組みあわせにすぎない。……よござんすか。便所に坐ったら、犬の尻のことを考える。……ね、犬はケツを紙でふいたりしないでしょう。固い、きれのいい糞をするでしょう。これが類推なんです」

「喰いものを変えるわけか」

「だから素人は困る。……管から押しだすということで、歯磨やマヨネーズに考えを及ぼす。ところが、歯磨やマヨネーズのチューブにはネジ蓋がついているでしょう。犬の尻にはそんなものがない。しかし、きれいなんだ。それならば、チューブからネジ蓋をとる方法はないか。こんなふうに考えるんですね。……すると、あるんです……」

店の女が暖簾《のれん》をとりこんで奥へひっこんでから三十分以上経ったろう。

若主人一人だけが残って板の奥で競馬新聞を読んでいた。

「結局は駄目なんだ。善意ばかりで、おひとよしで、オセッカイで……。発明狂は、みんなそうなんだ。何かを創るんじゃなくて、一攫千金を夢みるだけで、なかなか実行しない。結局はゼロなんだ。……それに、どいつもこいつも愛妻家ばかりで」

「愛妻家？」

ねむっていると思われた高橋計助が顔をあげて赤い眼をひらいた。

「俺の知ってるのは、みんな、そう。細君にデレデレしている」

「ここにまた、ひとつの類推がある」

「またですか」

「いいですか。機械にはツメモノをするでしょう」

「パッキングね」

「そうですよ。ここからの類推だ。うちのカミさんは、六人の子供をうんだ」

「へえ。あれからまた二人つくったの」

「余計なことを言うな。……そうすると、どうしたって広くなるでしょう」

「なにが？」

「だから類推ですよ。とにかく六人も子供をうめば広くなるんだ。アメリカなんかじゃ縫うっていうけれどね。……非常に広くなる。そこで機械からの類推をはたらかせる。ね、ツメモノをするにはどうすればいいか。感触の似たものはないか。そうしてまた容易に取りだせるものはないか。

……そう考えていって焼竹輪に到達する」

「焼竹輪……？」

「そうですよ。あの皮をむくんですよ。皮をむいたやつをあったためる。これでいいでしょう。アイディアひとつで家庭が幸福になる。まさか、あとで食べたりはしませんがね」

「………」

「しかし、どうも、この頃、不景気のせいか竹輪の穴が大きくなってねえ。タクワンだっていいんですが……」

そう言ったまま、高橋計助は、板の上で腕を組み、額をのせた。もう軽い鼾《いびき》だ。

「高橋さん……」

わたくし、どうやって送り届けたらいいかを考えはじめたんです。困ったことになった。

「そうですかねえ、焼竹輪ですか。皮をむいて、あっためる」

わたくしは、ハタと膝を叩きました。

「そうすると、あなたの奥さんは、高橋オデンなんですねえ」

真白《ましろ》に細《ほそ》き手《て》

一

わたくし、駄目なんです。また出たんです。鬱病《うつびょう》が……。ウツのほうなんです。ずっと子供のときから、そうだった。先天性梅毒ではないかと思っていた。なぜかというと、オヤジが自慢話に、学生時代に新宿の遊廓《ゆうかく》から二十日間ばかり通学していたということを喋《しゃべ》った。あれから、どうもいけない。いいですか。子供にそういう話をしちゃいけませんよ。どうも、駄目なんです。梅雨どきがいけない。こうなったら、何も出来ぬ。

というところへ、電話がかかってきた。

「今日の二時からです。ぜひ来てください」

その前々日。車に乗ったら、運転手と野球の話になった。運転手は、わたくしが、ときどきスポーツ紙に野球評論を書くことを知っていた。

その自動車会社で野球部をつくったというんです。いつか、見に来てくれないか。よし、行こうということになった。わたくし、プロ野球も、高校野球も、草野球も大好きなんです。

「コーチに来てください」

「いや、コーチなんかできやしない」

「じゃ、お遊びに……」

実をいえば、そんな具合だったから、渡りに舟という塩梅《あんばい》でもあったんです。体を鍛えなくてはいけない。うんと運動し、うんと喰らい、たくさんねむらないといけない。わたくし、そう思いつめていたんです。

炎天を歩いて二十分。そんなに遠くはないんですが、途中で休憩したから、そうなった。とても歩けない。前の晩は、一睡もしていなかったんです。……仕事じゃない。仕事をしようと思って、一行も書けず、ハナクソほじって惘然《もうぜん》としていたんです。状態が、まことにわるい。そうかと思うと、二日間、寝たり起きたりという具合になったりする。これは重病人だな。

だから、炎天を歩けやしない。そこを歩く。市営球場との中間点あたりにベンチが置いてあった。製菓会社が寄付したもんなんですね。ぐったりと、そこへ腰かけた。むろん、その前がお菓子屋さんです。牛乳を一本もらった。

「はあ、ふう、へえぇ……」

ひとやすみして、コーラの冷《つ》べたいやつを十二本、手に提げられるようにしてもらって、球場へやってまいります。

いやあ、驚いたな。自家用車の新品の凄いのが十台ばかり、ずらっとならんでいる。どこのブルジョワ・チームなのかと思ってしまう。あとでわかったんですが、そこは商売柄で、一人が一台ずつ持っているんです。いい車をいい条件で買えるということもあるんでしょうね。

「ああ、センセイが、来た……」

なかの一人が目ざとくもわたくしをめっけました。野球帽をかぶってサン・グラスをかけていましたから、そばへ寄らなければわかるまいと思っていたんだが……。

ばらばらっと二、三人が駈け寄ります。

「センセイ、いいところへ来た」

冗談じゃないよ。高田馬場の堀部安兵衛じゃあるまいし、こんなセンセイが来たって役にたつわけがない。

「ぜんたい、どうしたの？」

「急に試合をやることになって、人数が足りないんです」

「足りないったって、ひいふう、みい……、十人いるじゃないか」

「一人は審判に出さなくちゃいけない。それに、もう一人は、三時から出番なんです」

「ああ、仕事中にやっちゃいけないよ」

「ですから……」

「しかし、変だね……練習だと言うから、球拾いでもやろうと思って、スパイクだけは持ってきたんだが」

「そのつもりだったんです。ところが、H市の観光バスの連中と試合をすることになっちまってね、なんとなく……」

「だって、はじめてなんだろう、ユニフォームを着るのが」

「ええ。今日のお昼に全部そろったんです」

「そりゃ、無茶だ。練習もしたことがなくて試合するなんて」

「そうなっちまったんだから仕方がない」

わたくしだって、そう思う。……そう思うけれど、なんとかして逃れたい。とても、野球の試合に出場できる身的状況ではなかったんですから。

事情をきけば無理のない話です。野球部をつくり、ユニフォームをあつらえたのは試合をやりたかったからです。キャッチ・ボールなら空地でも出来る。打撃練習ならバッティング・センターがあります。

野球部をつくり、やっと金を集めて、諸道具、ユニフォーム一式がそろった。球場を借りた。試合の相手もきまった。イザというときに、一人足りない。これは、わかるんだな、この気持は……。

「誰もいないのかね」

「全員に電話したんです。非番の人間に残らず連絡したんですが、駄目だったんです」

若いのが潮垂《しよつた》れて言う。

「ゆうべ俺は徹夜したんだ」

ええ恰好するナ！

「………」

「立っているだけで精いっぱいなんだ」

「………」

「だから、いい空気を吸いにきたんだ」

「………」

なんと言ったってこたえない。黙《もく》して語らずという構え。

「それじゃあ、突ったっているだけでいいかね」

全員、満面喜色。

「おおい。センセイが出るってよう」

「仕方がない」

実を申せば、わたくし、問答をかわしているうちに、妖《あや》しい感情が芽ばえてきたんです。そう、なんと表現したらいいか、たとえば不安と恍惚《こうこつ》といったら、いちばん幾《ちか》いかな。野球の好きな人なら、それがわかるでしょう。とにかく、どんな試合だって「ゲームに出る」というときは、そんな気持になるもんです。「ゲームに出られる」というのは大切なことなんです。

つくづく、わたくし、自分という人間がスケベだと思う。無思慮だと思う。同時にまた、これがいいところだとも思っているんです。これがわたくしの身上とするところのものなんです。無思慮こそ、わがイノチ。どうせ死ぬる筈の生命だったんだ。よしや、三多摩の市営球場の白き埃《ほこり》のなかに横転して起《た》たずという運命が待っていようとも……。

「どうして、KUMOSUKEという名前にしなかったのかね」

三時から出番という選手のユニフォームを借りて着ようとするとき、すでにして、わたくし、浮き浮きとしていたんです。

そりゃ、会社の野球部の試合に出ることはあるんですよ。あったって、せいぜいが代打用員。老体をいたわってくれるのは有難いが、本当は、全イニングに出たいんです。そんなもんなんです。背番号60を貰ったら、それでおしまいなんです。

ところが、本日、選手が八人しかいないという。千載一遇《せんざいいちぐう》なんだ。ねえ、わかるでしょう。諸君、この気持。

「クモスケ?」

「きみたち運転手だろう。だから雲助」

「ああ、それなら、その話も出たんです。だけど、野球のチームだから、英語でいきたかったんです」

胸のマークは、会社名になっている。

「英語でいけばいいじゃないか」

「会社の名前なら宣伝にもなりますから」

「それはそうだけど、雲助のほうがいいね。雲助なんて簡単だよ。雲はWINDだろう。……あ、そうか。助がわからないね。そんなら。エエト……」

ここで諸君は、おやっと思うでしょう。それが当りまえだ。こんにち、雲がCLOUDであるくらい、気のきいたのなら、小学生でも承知している。

どうしてこんな間違いをするか。わたくしの哀れな脳細胞は、次のようにはたらくんです。雲ときくと空になるんです。空となると風が吹く。そうなると、なんとかして、風に縁のある言葉を探す。"Gone with the Wind"これでいい。従って、雲はWINDになるんだな。

わたくし、自分でも、そう満更《まんざら》、頭が悪いばかしじゃないと思っているんです。しかるに中学のときからずっと劣等生なのだな、六十人中五十七番で残りの三人は長期欠席者なんて学期もあった。どうしてこうなるかというと、雲と風のデンなのだな。雲は風なりと思ってしまう。……ねえ、雲と風ってのはよく似てるじゃありませんか。（ト泣ク）出来た出来たで試験場を出てしまう。五分後に、ゾーッとして総毛《そうけ》立ってしまう。やっぱし脳梅毒ではないかと思ってしまう。まあいいや。モーパッサンだってそうだったんだから。

なにが、いったい、センセイかね。

「センセイは、じゃ、ライトで8番」

「ラ8、か」

守備位置につく。

見渡すというと、上半身が裸体で、鉢巻という選手がいる。せっかくユニフォームをつくったって何もなりゃしない。帽子をかぶり、アンダー・シャツを着け、ユニフォームを着てストッキングをはき、しかも裸足《はだし》という選手がいる。あいつは百姓やってたから、あれでいいんですという話だった。なんとなく汚れていて貧相に見える選手がいる。とてもユニフォームの仕立おろしとは見えない。

わたくし、これはとてもいいことだと思っているんです。運転手のような過酷な労働に耐える職業。坐ったままで神経をつかう商売。こういうひとは、何か別の運動をやらなければ疲れがとれない。数学者が疲れるとヴァイオリンを弾くようなもんです。

一方、守備位置についたわたくし。一心不乱に打球が飛んでこないことをば念じております。しかるに、我が念《おも》い神に届かず。矢鱈《やたら》に飛んでくるのだな。とんでくると、

「ああ、ああ、ああ……」

とか、

「はあ、はあ、すう」

なんて言ってしまう。なさけないったら、ありゃしない。

往年の上野公園球場二千の大観衆をうならせた紅顔可憐《かれん》の名外野手、いまいずこ。背走することニ十メートル、くるりとふりかえって球を摑み、勢いでもって金網の塀のところまで走っていったもんだった。

捕《と》れないんです。わずか二、三歩うしろの高くあがった飛球に対して足が動かぬ。前方五メートルの小飛球に対しても同様。まして、一、二塁間をライナーで抜いた当りをどう処置する。突っこめばハーフバウンドになる。うしろへさがってもワンバウンドで頭をぬかれる。

「あああ、ああ」

です。これは、軟式では、もっと突っこんでショートバウンドで押えねばならぬ。わかっているんだが体が動かない。ベンチへ帰ると、

「いまのライトフライはむずかしかった。あれはプロでも捕れない」

など、くちぐちに慰めてくれます。もう終ったんだなあ、わたくしの野球技も。

しからば打力に生きるのみ。肩がおとろえ、足がいうことをきかなくなっても、バッティングだけは残るもんです。

第一打席。一球二球、ボール。三球目の外角高目を叩くと右邪飛。風に乗って塀を越えた。四球目、肩口からはいるカーブを見おくり。ははあ、カーブも投げるんだな。してみると、2―2となってはもう一球カーブだろう。五球目、真中から外角低目に逸《そ》れんとするところジャスト・ミートすると投手足下を抜けて中前へ。

やんや、やんやの大喝采。流石《さすが》はセンセイの声に気をよくして、なにまぐれだよと言いながらも

一塁上に仁王立ちの気分は悪くない。

二打席目。根元に当った三前軟ゴロ敵失に生き、二連安打、一敵失で生還。このころになると、目のあたりボーと霞んで見えぬようになる。三打席目。焦って外角ボールの球に手を出して、一邪飛。

その間、滑稽なことも多々あったな。

我が軍の若き俊敏なる七番打者。三遊間に快打して、一塁に疾走するも、塁前六尺にして転倒。やっと球をおさえた遊撃手の送球にアウト。われわれの野球なら、三遊間深いところで遊撃手がファンブルすればセーフにきまっています。

ところが誰も助け起しに行かない。

「ころんだよ。誰か行けよ」

と、わたくし。

「そうじゃねえんで……」

「へ？」

「ありゃ、へたりこんだんです」

「……」

「やつは、水揚げが足りねえもんだから、朝の五時まで運転していたんです。……ですから全速力で走っちゃいけねえって言ってあったんですが。あんなに本気になって駈けちゃいけない。若いもんだから、つい……。おおい、アウトだ。はやく帰ってこいよ……。だから言ったじゃないか」

四回の裏。

H観光の大型バスがとまった。空っぽだから、わたくし、てっきり敵軍選手のおむかえの車だと思っちまった。

事情はどうやら次のようであったらしい。観光バスだから、東京まで客を送り、定められた時刻までに車庫へ戻ればよい。ところが運よく甲州街道が空《す》いているかして、だいぶ早く帰ることが出来た。

この市営球場は、とてもいいところにあるんです。涼しい風が渡る。まことに広い大通りに面している。めったに車も通らない。そこでひとやすみということになった。

同じ会社の非番の連中が野球をやっている。ところが、ユニフォームを着ていると、それがわからないんですね。

バスには運転手と車掌が乗っている。車掌といえば女です。両軍から猛烈なる弥次が見物にむかって飛ぶ。

「ようよう、いろおとこ！」

それでも気がつかない。まさか、そこでナニしようというわけではない。そんなら、もっといいところがいくらでもある。ただの小休止なんだけれども、若き男女が客席に二人で坐ってるってのも目につくもんですねえ。気になって野球が出来ない。

もしこれを小説ふうに書くならば、運転手と車掌が愛しあっていたことにしてもよい。そうだとすれば、同僚十五人の前で、うっかりラブシーンを展開してしまったことになる。遂に気がつかなかったらしい。どうですか、この三多摩地区の牧歌的なる風景。わたくし、こんなにこころよく笑ったことはない。そのバスは五分間で走り去りました。猛烈なる弥次に耐えられなかったのかもしれませんが――。

わたくしの第四打席。七回裏、ということは草野球では最終回なんです。二死満塁。

それだけならいいんです。二点リードされているんです。この正念場で、8番に打順が廻ってきちまった。

日は落ちかかり、炎天下で乾ききったグラウンドに埃が舞いあがり、両軍選手以外に人がいない。

身を低くして構える敵内野手の影が地に長く這っています。死闘七合、ついに雌雄を決するの時が迫っております。


「センセイ、頼みます」

「いや、俺は駄目だ」

打力に自信があっても、もはや、体力がない。バットを振る気力がない。

「そんなこと言ったって仕方がない」

「いや。もう駄目だ」

「じゃあ、どうするんです」

「あの審判をやっているひと、あれはおたくの選手だろう」

「………」

「あれを出したらいい」

「あれは駄目なんですよ」

「どうして？　俺が審判をやろう」

「だめですよ。ルールはくわしいんだが、テレビで見るだけで、野球をやったことがないんですよ」

「困ったなあ」

「たのみますよ……」

「これはどうだろう。おたくは無線車だったね。無線で誰か強打者を呼ぶ。このあたりを流しているのをつかまえれば、五分とかからないだろう」

敵にとっても大事な場面です。内外野および控えの選手達が投手板付近に集まってなにやら相談。バッテリーはもくもくと投球練習を続けております。それもその筈。8番打者といえども、第一打席で、外角低目にはいる曲球をものの見事に中前にシバクという巧打を見ていたからです。

「センセイ！」

「なんだ」

「卑怯じゃありませんか」

「そうじゃない。疲れたんだ、ほんとに」

「そのことを言ってるんじゃない。さっきなんて言いました。仕事中の人間はやっちゃいけないって言ったじゃありませんか。その精神に生きようと思って、ありがたい御言葉だと思ったんです。……それが草野球の花なんじゃありませんか？」

かすかに涙《なみだ》が滲《にじ》んでおります。こうなったら、退かれない。

「よっしゃ！」

第一球。肩口から落ちてまいります曲球。わたくし、これがヨミのなかにはいっていた。王にせよ、スチュワートにせよ、ジャクソンにしても、また南海のケント・ハドリにせよ、長距離打者は低目に強い。その逆を衝《つ》いてくると思った。然り。平常のわたくしなら勢《きお》って三邪飛か捕飛に終るところ。

この曲球を読んでいた。腰がひらかず、軽く踏みこんで、素直にバットが出たことを、いまでも不思議に思う。読み筋通りだったから、得たりかしこし、充分にひきつけておいて、カーブの曲りっ鼻をば、

「南無三宝《なむさんぼう》！」

とばかりに打振るバットに快音あり。打球が真芯に当るときは、バットとボールの重量が無になるという。まさに、それだった。

「やったぞ、センセイ」

打球は、投手の右肩口をライナーで抜け、必死に飛びつく遊撃手のグローブをわずかにかすめるようにして一直線に左中間の野に転々とする。見ン事、絶好の逆転打！

「センセイ、走るんだ」

「あ、そうか」

わたくしが一塁でアウトになったら、こちらの負けです。やおら走りだしたときに、前走者なる彼《か》の男、二塁ベースの三、四メートル前で転倒いたしました。水揚げが足りぬので午前五時まで稼いでいたという、例の七番打者です。この男が生還せぬかぎり、逆転にはなりません。

「起《た》てよ、疾《はし》れよ！」

ベンチは声を限りの声援です。

苦痛をこらえて立ちあがり、ビッコひきひき三塁めざして、〽倒《こ》けつ、転《まろ》びつ……。

これを見たわたくし、奮然として、一塁を蹴って二塁にむかいます。だって、球はまだ左中間の野にあるんですもの。前走者が三塁に達すれば、同点でなお二、三塁という場面になります。しかるになんぞ、一、二塁間で足が縺《もつ》れました。引退の年の大毎田宮選手なんかによく見られた状況。前の走者が転倒したのと同じ場所で、もんどりうって倒れました。口の中に砂埃がとびこんできたのを記憶しております。次に見たのは、蒼空と、やや赤味を帯びた積乱雲です。わたくし、気を失ったのです。それでも、もし跛《びっこ》の前走者が三塁に達する以前にタッチされれば、それも負けになるなと、うすぼんやり、考えていたんです。ああまた悲惨、惨の極。


気がついたときに、わたくしの廻りに人垣が出来ていました。

「動かしちゃいけない」

「貧血だろう」

「心臓かもしれない」

「あ、血が出てる。俺《おら》、もう見てらんない」

きれぎれに、声がきこえます。

そのとき、荒くれ男の間を割るようにして這入《はい》ってきた一人の少女《おとめ》がいました。

「あたしに、担《かつ》がせてください」

鈴を振るような声。

どんなふうになったのかわからない。わたくし、少女の背に、負《おぶ》っつぁりました。やわらかいもんだねえ。
そのへんで、また失神したのです。わたくし、一心に、ある歌を思いだそうとしていたのです。少女の体から、クレゾールの臭いがただよっていたせいでしょう。

真白《ましろ》に細《ほそ》き手をのべて
流るる血潮《ちしお》洗い去り
まくや繃帯白妙《ほうたいしろたえ》の
衣《ころも》の袖《そで》は朱《あけ》に染み

わきて凄きは敵味方
帽子飛び去り袖ちぎれ
斃《たお》れし人の顔色《かおいろ》は
野辺《のべ》の草葉にさも似たり

二

次に気がついたのは、病院のベッドの上でした。左の足頸がズッキーンと痛みます。わたくし、自然に少女《おとめ》の姿を探していました。

首をまげたその位置に少女がいました。

「試合、どうなった?」

少女はだまって、背後を指さします。そこに花束があり、『祝。初陣、大勝利』のリボンがさがっています。わたくし、多分、負けたと思っていたんです。してみると、ドサクサにまぎれて、跛の走者は本塁までたどりついたんでしょう。

「あなた、看護婦さんでしょう」

「………」

「担《かつ》がせて、といったんでわかった。それにクレゾールの臭いがした」

「そんなことありませんわ。いま、クレゾールなんかつかっていませんもの。いい薬用石鹼が出ていますから。……さあ、もっと寝なくちゃ」

そう言って布団の裾をたたきます。患者のわがままを小気味よくはねかえす、あの、ナース特有の言葉づかいです。

「それに、マニキュアをしていない。深爪だしね。それが看護婦である証拠じゃないか」

「よくご存じですね」

「ここの病院?」

「………」

静かに首をふり、本郷にある病院の名を告げました。

「お名前を教えてください。生命の恩人なんだから……」

「高石かつ枝です」

「わたくしの病気はなに？　左の足頸が痛いんだけれど……。アキレス腱《けん》？」

「捻挫《ねんざ》ですわ。四、五日でなおるでしょう」

「すると、一カ月ぐらいでゲームには出られるかね」

「………」

「素振りぐらいは出来る？」

「何を言ってるんですよ。足は、たいしたことありませんわ。……でも、よわっていらっしゃいますね」

高石さんは、ベッドのなかに手をいれて、わたくしの手を握りました。正確に言えば、脈を診《み》たのです。

「よわってる？」

「脈がすこしおかしいわ。よわっています。あなた、お酒をたくさん召しあがるでしょう。そうでなかったら、夜のいそがしい、頭をつかう商売でしょう」

「さあ、どうかな。酒は飲むけれど」

「いけませんわ。お酒がわるいんじゃないんです。そのために、疲れるのがいけないんです。……だと思いますわ。そのほかに、悪いところ、ないんですもの。医局員《せんせい》がそう言ってました」

「そうかもしれない」

「さ。ゆっくりおやすみになってください。あたし、帰りますから」

「ちょっと待ってください。……どうして、あなたがあの場所にいたの？」

「………」

「見物人は、誰もいないと思っていたんだけれどねえ」

「ちょうど、通りかかったんです」

「そうすると、あの団地に住んでるの？」

「そうです。夜勤が終って、宿舎で五時間ばかり寝て、デパートで買物をして、帰ってきたところだったんです」

「夜勤？」

「ええ。夜中の十二時半までです。あたしだって疲れていましたわ」

「申しわけない」

その病院から、この町の団地まで、たっぷり一時間半はかかる。重労働だ。

「でもねえ、あたハちって駄目なんです。ほんというと、見て見ぬふりして通り過ぎようと思ったんです。めんどうですものね。でも駄目なんです。そう思っても、気がついたときには、体のほうが動きだしていたんです。いつだってそうなんです。本能的に、そうなってしまっているんですね。だまって見ていることが出来ないんですよ。ひとのいのちに関することですものね」

「凄いちからだったね」

そうとでも言うよりほかはない。かたじけなさに、涙があふれてくる。聖職だ、使命感だというより、この本能のほうが貴いよ。

「あたハち、手のちからはないんですよ。手はいつでもきれいにしておいて、その手はなるべく使わないようにしてますからね」

「わたくし、六十五キロあるんだよ」

「足腰が強くなるんですよ。手術のときは重い酸素を持っているんですからね」

「厭《いや》じゃないかね。どこの誰ともわからない奴《やつ》を負《おぶ》ったりして……」

「患者さんは、物体と同じなんです。そう考えなければ、こんな商売やれやしません。自然に、そうなるんですよ」

「今日はお勤めはないの」

「夜勤の翌日は休みです。というより、今日の勤めはもう済ましてしまったんです」

「あ、そうか。今日、八時間はたらいたわけだからね」

「………」

「きみは、いい看護婦だね。立派だよ。助けてもらったから言うんじゃないけれど」

「厭な言い方をなさらないでください」

「………」

「そういうのって大嫌いなんです。婦長さんや主任さんはそう言いますけれどね。……立派な看護婦になれって。……ですけど、あたし、そうは思っていないんです。立派な看護婦になりたくないんです。……また、なれもしないんです。勉強しませんからね。それでいいと思っているんです。そりゃ、婦長さんや主任さんを尊敬していますよ。とてもいい方なんですもの。だけど、あたし、ああはなりたくない」

「………」

「婦長さんになるには、管理職試験があるんです。あたしなんか、とても受かりそうもないわ。それでもいいんです。……あたしねえ、いい女になりたいんです。いい看護婦になるより、いい女になりたいんです」

「やさしい女?」

「そう」

「その通りだ。きみの言う通りだ」

「それに、看護婦、看護婦って言わないでちょうだい。婦のつく商売にロクなものないわ。掃除婦に、賄婦《まかないふ》に、慰安婦に……」

III

わたくし、野球をする人が好きなんです。しっかり働いて、野球技を楽しむひと。世の中にこんなに好きな人種はいない。こんな偉いひとは他にいない。同様にして看護婦が好きなんです。みんながみんないいと言っているのではない。だけど、看護婦という職業を大事にしたいと常々考えているんです。

なぜかというと、女でなければ出来ない職業というものを大切にしたいと思っているからなんです。これは大切なことなんです。それに、床屋にしろ、アンマにしろ、美容師にしろ、他人の身体に触れる職業は、もっと高給を支払われて然るべきではあるまいか。なかでも看護婦です。ひとの生命をあずかるものです。日本では、死体の始末でさえ、看護婦の役目になっているんです。

午後になってから、目がさめると、高石さんがいました。

「ありがとう。ほんとに済まない」

「心配だったものですから」

「今日もおやすみ?」

「とんでもない。今日は準夜です。準夜というのは、午後の六時から、午前一時まで」

「それじゃあ、まだすこしは、ここにいてもいいわけですね」

「ええ、まあ……」

わたくし、何か、あったかいものが躰《からだ》のなかを通りぬけたような気がしました。女房は実家へ帰っていて留守でした。わたくしにだってチャンスはある。ひとなみの甘美なる夢もあれば劣情もある。単なる物体ではない。

「きみは、いい女だね」

「ああ、厭だわ。昨夕《ゆうべ》は、あたしも言い過ぎました。やっぱり、あたしもいくらか興奮していたのね」

「いや、いい女だよ。ところで……」

気になっていたんです。団地に住んでいるということ。婦長になるための試験について迷っているということ。それに、どうして宿舎にいないで、往復三時間もかかるこんな所にいるのか。それじゃあ、体がたまらない。その訳をきいてみました。

「あなた、あたしを幾歳《いくつ》だと思ってるの」

「そうだね。二十歳《はたち》か二十一歳」

はじけるような笑いが病室に谺《こだま》して、高石かつ枝は真赫《まつか》になりました。

「ちがう？」

「看護婦は、世間のことを知らないから、いつまでも子供っぽくて若く見られるってことがありますけれどね。それにあたしは、小柄だから若くみられるようですけれど、それにしても……」

「いくつなの？」

「高校を出て、それから、三年制か四年制の看護学院や看護大学を卒業して、国家試験に合格《うか》って、やっと正看になるのよ。……いやだわ、あたし、三十二歳よ」

「じゃ十年選手だ」

「そうよ」

「結婚してるわけだね」

「とても早かったの。学校時代に結婚しましてね。旦那は、センセイと似た仕事なの」

「センセイはよしてくれよ」

甘美なる夢はすぐに壊れる。

「私大の助教授なの。ですから、ときどき原稿書きの内職がありますの」

「へえ」

「ねえ、センセイ。あたし悪い女じゃないかしら」

「どうして？」

「悪い女房なのよ。だって、旦那さまのお世話ができないでしょう。どうしたらいいかしら。その御相談もあったのよ。看護婦をやめたほうがいいかしら。……それとも」

「やめちゃ、いけないな」

「どうして?」

「だって、人手不足なんだろう。オヤジが入院している病院できいたことがあるぜ」

「それはそう。厚生省の要望によると、患者四人に対してナース一人ということなんですけれど、現実は、十六人に一人の割ね。昨日の夜勤なんか、患者さん七十二人をもっていて夜勤の看護婦が二人なんですもの」

「それに、結婚してる看護婦ってのも、大事なんじゃない?」

「それは絶対ね。あたいみたいに結婚してるのはすくないんです。結婚していなければわからないことだってあるんです」

高石さんが看護婦になったのは、やはり、婦人の職業として立派なものだと思ったからだった。それに齢《とし》をとってもいよいよ輝きを増す職業だと思われたからだ。また、家庭の人になったとしても役立つ技術であった。十年前の初任給が七千八百円。現在では、これが最高であるが初任給が二万九千円という病院もある。いま、高石さんの月給は四万円。仕事の内容からいってその過酷な労働から考えて、わたくし、いかにも安すぎると思う。疲れるから自動車で帰ることが多い。やめたほうが家計のうえでプラスになるという言葉は嘘ではないだろう。

かりに、準夜のときの仕事の内容をみると、六時に出て、チャートの申しおくりを受ける。今日の処置、患者の問題点を探る。

七十二人で七十二冊とすると、それだけで一時間はかかる。日勤の処置をみる。注射、投薬など。病棟《びょうとう》を廻って患者の状態を摑む。翌日の手術の準備をする。新しく入院した人に規則などを説明する。一時間ごとに病室を見て廻る。医局では禁煙である。コーヒー・タイムもない。そこへ救急車が三台も来たらどうなる。そうでなくても急患のない日は、まず無いといっていい。

誰だって、病気になったら気持よく看護されたいだろう。ニッコリ笑って死にたいだろう。だから、看護婦の給料を現在の二倍にも三倍にもアップすべきだというわたくしの持論に反対する人はいないはずだ。目下の急務である「人手不足」解決もこれ以外にない。

看護婦は、医師に対する奉仕ではなくて、看護学という分野を確立すべきだという意見がある。それもその通りだと思う。待遇改善のためにアカハタを振るひとがいる。如上の持論をいだくわたくしはこれもよしとする。

しかし、立派な看護婦になるのではなくて、わたくしは、いい女になりたいという高石さんが好きなのだ。女として立派になりたいと彼女は言う。そうであってはじめて……ということは、そういう看護婦がふえてきたときに、看護婦のベースアップの問題が、わたくしの持論ではなくて、社会通念にちかいものになると思う。というのは甘い見方か。

助けてもらった高石さんに、わたくしは何が出来るか。

「あの、病院ではなくて、会社に勤めている看護婦がいるでしょう」

「ええ、とても多いんです」

「あれなら。紹介してあげられるのだけれどね……」

かりに、月給が同額だとしても、勤務はずっと楽になるはずである。夜勤がない。共稼ぎなら、そのほうがいいにきまっている。

「十万円とか十五万円とかの支度金でひきぬきにくる会社があるんです。ペイもずっといいんです。でも、あたし、厭なんです」

「なぜ？」

「なぜって……。うまく言えないんですけれど、あれは、そう、看護婦として本筋ではないような気がするんです」

「本筋？」

「……いけない。どうもいい言葉が見つかりませんけれど、たとえば、病院にいて大きな手術があると、医者《せんせい》と、あたハち、婦長以下のチームでもって、それにぶつかるんです。頭がキーンと冴えてくるような、しびれるような……。それが看護婦の生き甲斐なんです」

「………」

「体が楽だとか、給料がいいとかじゃないんです。もっと別な……」

「プロの誇りか」

「そうかもしれませんわ。手術でなくても、難病がありますわね。それにチームが取りくむんです。そこんところに、なんだか劇《ドラマ》があるような……そこが」

「わかった。言いたいことはよくわかる」

「すみません」

高石かつ枝は、魅力的ではあるけれど、立派な看護婦ではないかもしれない。彼女の言う通り、いい女でも、わるい女でもないかもしれない。しかし、いい女になろうとしている。

そんなことはどうだっていい。夜勤の明けに自宅付近を通りかかり、倒れて血を流している男を見すごすことが出来なくて、彼女の言葉によれば本能的に体が動いてしまったという、それだけで充分じゃないか。

「あたし、自分の病院へ行きます。ここの病院には友達がいるんです。よく頼んでおきましたから。石渡ぎんという看護婦です」

高石かつ枝の白い顔は、このようにして消えていった。黄色のワンピースの裾をひるがえし、一陣《じん》の風とともに去っていった。

アポッスル

一

暦《こよみ》のうえでは梅雨《つゆ》にはいってすぐの水曜日であると思っていただきたい。

暑い。なんともむし暑い。

今年は東京では珍しい大雪が降りました。四月になってから雨続き、これを菜種梅雨《なたねづゆ》というんだそうだ。そういう年は空《から》っ梅雨になるという。

その通りになっちまった。カッと照りつける。風が無い。そこらいちめんに湿気という奴がたちこめている。温気《うんき》が混凝土《コンクリ》の道路から湧き起ってくる。なんにしても、この空《から》っ梅雨というのが何か禍々《まがまが》しい感じでございます。ロクなことはない。第一に水不足。農家の方が難儀をしております。これが困る。デートに誘われてクマっちゃうのとは訳《わけ》がちがう。我等の生活を土台ごと揺がせようという態《てい》のものであります。

「時により過ぐれば民の歎きなり八大竜王雨降らせ給へ」

天に祈るよりほかはない。

空《から》のつくものにいいことはございません。空嘘《からうそ》、空女《からおんな》、空《から》っ風、空籤《からくじ》、空景気《から》、空元気《から》、空騒《から》ぎ、空《から》自慢、空《から》世辞、空《から》手形、空念仏《からねんぶつ》、空振《からぶ》り、空回《からまわ》りなんという……。いいのは若鶏《わかどり》の空揚《からあ》げぐらいのもんで。

水曜日の午後三時。神田駅にちかい喫茶店で、佐倉啓造と待ちあわせたんです。水曜日というのはこちらの選んだ日であって、むこうにも都合のよいはずなんです。

ここで、ハハンと気がついたら、貴君《あなた》は相当な遊び人《にん》だね。

水曜日とは何か。これ、ギャンブル・ホリデイなんです。中央競馬、公営競馬、競輪、競艇《きょうてい》、オートト、いっさい行われない。つまり、公認された博奕《ばくち》は全部おやすみ。これは全国どこへ行ったってそうなっているんです。なぜそうなったかということはわかりません。きっと、お上《かみ》の思し召しなんでしょう。

いま、日本の博奕人口は三十万人であるという。さっき言った中央競馬以下の公認ギャンブルの全国入場人員の総計を日に均《なら》してみると三十万という数字が出てまいります。これが博奕をやる人なんです。このなかで、国営もやれば草競馬もやる。競輪も結構、競艇、オートもわるくないという人が何人いるでしょうか。これが困った人達なのだな。

中央競馬は、土・日・祭にしか開催しない。土・日で、スッテンテンになる。金曜日までの勢いはどこへやら。絶対イタダキという顔をしていたのに——。

こういうのから電話がかかってくる。蚊細《かぼそ》い声なんだな。妙になつかしいような、うらぶれたような、人恋しそうな。

「おい。……ドライブしねえか」

「だれ？」

「俺だ、俺だ」

「ああ、お前か。……あ、そうそう、昨日は御愁傷さまでした。テレビで見ていたよ。レバーシロー、ハツコマ、テバカメはいずれも着外」

「………」

「ツクネホマレ、アスパラも惨敗。シロイカダは向う正面で落馬。あれは気の毒だったな。勝てそうだった。……お前は焼鳥屋みたいな馬ばかり買うからいけない」

「行かねえか」

「なに?」

「ドライブだよ」

「ドライブ?」

「高速道路でね。羽田へむかうやつだ。いい気持だぜ」

「……ああ、わかった。大井だろう。いやだよ。あたしは草競馬はきらいだ」

「そんなこと言うなよ。わからないから、かえっておもしろい」

「遠いから厭だ」

「なに、新宿から高速道路にあがっちまえば二十分だ」

「いやだよ。わりいけど」

「つきあってくれ。馬の臭《にお》いをかがねえとおさまらねえんだ」

「馬の臭いより、聖徳太子の臭いだろう。その気持はわかるけど、いい加減にしたらどうだ」

「頼む! 遠いのがいやなら、京王閣につきあってくれ」

小生《わたくし》、つきあっちゃうから不可《いけ》ないのだな。強い男になろう。何度そう思ったか知れやしない。今年になってからでも、そう決意したのが三度ではきかない。すぐに決意は壊《こわ》れるんですね。情にいっそ、言ってしまえば、プロの小説書きを目指すような人は、この、「会社を辞めるか辞めないか」という問題で、そうとう悩むんですね。

脆《もろ》いといえば聞えがいいが、要するに意志薄弱なんです。イイコになりたがるんですね。

いったい、会社勤務があり、その他に締切仕事のある小生は時間に縛られている面がありますのでこれは除くとして、こういう連中は水曜日をどうやって過すんだろう。

麻雀、花札、賽子《さいころ》なんかがありますが、小生は、これは人種が異ると考える。室内博奕と野天とでは人間が違ってくる。内《イン》と外《アウト》の差がある。それだけではない。室内では、勝つも負けるも仲間同士です。室外では、いわば他人ばかりだから、ここのところが大きにちがってくる。

三十万人の博奕人口。この人たちが水曜日をどうやって暮すか。毎日を博奕で暮している人たちの神経は、かなり荒廃したものでありましょう。しかしまた、水曜日に茫然《ぼうぜん》として暮すときの面貌にも可成《かなり》やりきれないものがあるんじゃないでしょうか。小生には想像がつかないのです。

半袖、薄水色の開襟シャツ。綿ギャバの太いズボン。ナイロンの靴下。蓬髪《ほうはつ》。こっちを見るときに目だけが絶えず笑っている。シャツのポケットに手帳と万年筆。だから、その部分だけ、垂れさがっている。

佐倉啓造は、そんな恰好で、三時きっかりに喫茶店にはいってきました。

冷房のききすぎているところと、そうでなく温気《うんき》のよどんでいる席とがある。煙草売場の女が会計を兼ねていて、そこでチューインガム、チョコレート、なんとかいうスタミナドリンクも売っている。中央が仕切ってあって、そこに汚れた香港フラワー。縮《ちぢ》みのシャツに腹巻きの男が、静かに餡蜜《あんみつ》を食べている。相客はそれだけ。

「やあ、やあ……」

「すまない。忙しいんだろう」

「いや、原稿は書き終ったところだ。五時頃ゲラ刷りがでるけど、それまでは暇《ひま》なんだ」

佐倉はスポーツ新聞の記者です。運動、文化、芸能と編集は三部にわかれていて、運動部がさらに、野球と、相撲・陸上競技などのスポーツと、ギャンブルの三課に分類される。佐倉はギャンブルのなかの競馬担当です。

水曜日には木曜日の紙面をつくる、当日はいっさいのギャンブルが行われないから、何か当面する問題点を衝《つ》くような原稿を書くか、座談会をひらくかして紙面を埋めなければならない。ほかの日なら、浦和、千葉、前橋、浜松、小田原、松戸、桐生、取手あたりへ散らばってゆく部員が集まっている。

テーマがきまり、原稿を書き、部長のOKが貰えれば水曜日は楽な勤めになります。反対に、原稿にクレームがつくと、書き直しはめんどうな仕事であり、十時頃まで机を離れることができないようになってしまいます。

「なに？　なにを飲む」

「そうだな」

「あたしは、いま冷たいコーヒーを頼んだところだ」

佐倉はむずかしそうな顔をして、壁に貼ってあるメニューを見ています。慎重なのではなくて、そもそも彼は食物や飲みものに関心がないのです。

「ええと、コーヒーはさっき会社で飲んだから……。そうだな、きん玉《たま》でいいや」

「………」

「俺、氷きん玉をもらうよ」

「キンタマ?」

「そこに書いてあるだろう。きん玉って」

「どこに? あ、氷きんとき、氷ぼたん、氷しら玉……。きん玉なんてあるわけがない」

「そうかな」

「わかったよ、お前、きんとき、ぼたん、しら玉って横に書いてあるのを縦に読んだな。最後の文字だけを縦にひろって読むからいけない。なるほど、きん玉か」

「なんだっていいよ。……氷ぼたんっていうのはなに?」

「氷ぼたんは氷イチゴだ」

「あ、それそれ。それでいいや」

「おかしな奴だな」

「……ところで」

何の用だというように首をまげました。

「いつか誘導馬の話をしてくれたのはあんたじゃなかったっけ。品川から芝浦の屠殺場《とさつば》まで専用の引込線があって、そこの駅っていうのか家畜荷卸場っていうのか、ともかくそこまで来ると、馬は悧口《りこう》だから殺されるのがわかってしまう……といったような」

「………」

小生《わたくし》、その話をどこかの酒場できいたような気がしていたんです。かなり酔っていたせいもあって、誰にきいたかという記憶がない。どうしても思いだせない。屠殺場の話だから、新聞社の社会部の人かもしれない。引込線の話だから国鉄の人かもしれない。馬の話だから動物学者かもしれない。競馬の好きな人かもしれない。そんなように順ぐりに当ってみたんです。

「動かなくなる馬がいるそうじゃないか。暴れるのもいる、そこで……」

「俺だよ。間違いない。新橋のバーだった」

「そうか。……よかった」

「なに？　それがどうしたの？」

「書きたいんだ。その話、書けるような気がする」

文筆業者の辛いところが、小生、すこしわかってきたような気がするんです。本名で書くようになってからマル六年になります。マスコミが異常に発達していますから、戦前の文筆業者の十五年ぶんぐらいの分量を書いてしまったことになる。正直言って、もう書くことがない。そんな気になっちまっている。ほんとうはそんなことはない。無いと思ったところから出てくるもんだそうです。不勉強だからいけないんだ。しかし草臥《くたぶれ》ているのも事実です。だから、藁《わら》をも摑みたいという気持になっています。

「小説になるかね」

「なりそうな気がするんだ。もっと調べてみないといけないが」

「………」

「こういう話じゃなかったか。ともかく家畜用の駅に、牛、馬、豚、羊なんかが運ばれる。そのなかで馬がいちばん悧口《りこう》な動物だ。馬だけが何かを察知する。従って、駅に着いてから歩かなくなったり、あばれたりする。そこで誘導馬が必要になる」

「先達《せんだつ》ともいうね」

「そうか。その誘導馬が、まあ慰め役になるんだな。気の立っている馬をしずめて、先頭にたって畜舎まで誘導する。ところが、誘導馬も何回かそうやっているうちに、自分の役割に気づいてくる。厭気がさしてくる。厭世気分《ペシミスチック》になるんだな」

「わかるらしいね。罪ふかい役割に気づくんだね」

「そうなると、もう誘導馬の役をなさなくなる。仕方がないので、誘導馬も屠殺場に送りこまれる。そうして、二代目が必要になる。齢とった世馴れた馬がその役に当る。ところがその馬もやがて……」

「まあ、そういったわけだ。よくおぼえているじゃないか」

「哀れ深い話だからね。……あるとき、どういう手違いがあったのか、駅についた若駒があばれだした。屠殺場の門を出て、品川から新橋方面へかけて一目散に駈けだした。殺されるはずの何頭かの馬と誘導馬とが群をつくって朝の銀座通りへ暴走する」

「すこし違うけど、まあいいや」

「誘導馬は、わかっていたんだ。わかっているから反逆を企てた」

「そんな小説みたいにいくもんか。勝手に話をこさえるからいけない」

「だいたいは、これでいいだろう」

「ま、いいとしよう。それで、俺にどうしろというの」

「あたしね、誘導馬が若駒をひきつれて、粛々と歩いてゆくところを見てみたいんだ。それを見たら、何か感ずるかもしれない。書けるかもしれないという気がしてきたんだ。特に誘導馬の目とか態度とか」

「相当にあんたも罪深い商売なんだね」

「その通り。人非人《にんぴにん》稼業だ」

「よし、わかった。まず俺が行ってみよう」

「一人で……」

「そう。調べてみよう。調べてメモをとってきてあげる。そのうえで、自分の目で見たいと思ったら一緒に行こう」

「それじゃあ、わるいよ。あたしのほうの仕事なんだから」

「いいですよ。屠殺場に知っている人がいるんだ。正確に言うと東京都立芝浦屠場っていうんだけど」

「友達?」

「そうじゃない。二度ばかり取材に行ったことがあるんだ」

「おかしいね。競馬記者と屠殺場は関係がないだろう」

「そうなんだ。関係はない。だけど、俺は入社してすぐに馬のことを猛烈に勉強したんだ。そういう時期があったんだ。競馬記者としては当然のことなんだけどね。馬が産まれるところから死ぬところまで調べてみたいと思ったんだ」

小生は佐倉のこういうところが好きなんだということに、あらためて気づきました。

「ちょっとわかるね、その気持は。しかし、競走馬は屠殺場へはめったに来ないだろう」

「そう。肉が固いからね。一千万円の馬が目方にすると十万円になっちまう。でも、たまに大井から来ることもあるらしい」

「じゃあ、頼んだよ」

「……ああ、今週中に調べてくるよ。すぐ電話するから」

「……ええと、話はちがうけど、アポッスルはどうしてる」

「……」

「アポッスルの喜美子さんだよ」

「半年前に会っただけでね」

「駄目なのか」

「だめだね、依然として駄目だ」

アポッスルというのは、競走馬のなかでも最も気性の荒い血統であります。競馬ファンならご存じでしょう。

そういう女に佐倉は惚《ほ》れちまったんです。

「いい加減あきらめたらどうだ」

「俺もそう思うけどね。事実、昔とくらべればずいぶん薄らいではきた。しかし、三カ月ごとぐらいに、突如として、猛然と慕情《ぼじょう》が湧いてくるんだ。どうにも仕様がない」

「会ってはくれるんだろう」

「電話をすればね、必ず出てくる」

「おかしいね」

「これ、見てくれ」

佐倉はズボンの裾をまくりました。向う脛《ずね》に蒼黒い痣《あざ》があります。

「ひどい」

「その半年前に、彼女のアパートへ送っていったんだ。期するところあったからね。強引に部屋へはいろうとしたんだ。やっちまうつもりだったからね。そうしたら、いきなり蹴っとばされた」

「凄《すご》いアポッスルだ」

二

その後、佐倉からはなんの連絡もありませんでした。自分で調べてメモをとってきてくれると言われた以上は、こちらから電話をするのがなんだか具合がわるかったんです。


小生が佐倉と知りあったのは酒場です。名前はスポーツ紙で知っていました。その後、競馬場で会うこともありました。ときどき、クラシック・レースの指定席券を送ってきてくれたりしました。そういうときは、必ず小生の席へたずねてきてくれ、あまりいそがしくないときには、府中の小料理屋で食事をしました。

はじめ、小生は佐倉の年齢からいって世帯持ちだとばかり思っていました。
三十四、五歳になっているでしょうか。
あるとき新宿の酒場で二人で飲んでいて、小生が佐倉を車で送ってゆくことになったのです。別れるときに菓子折を渡しました。それは会社宛に送ってきた某講演会の謝礼だったのです。中身はビスケットだろうと見当をつけていました。案外にも佐倉は嬉しそうな顔をしませんでした。食物にはあまり関心がないことは知っていました。受けとることは受けとったのです。

「ありがとう」

そうは言っても、無表情で元気がなかったのです。それはそうでしょう。四畳半のアパートの一人ずまいに、ビスケットの大箱があっても却《かえ》って侘《わび》しさを強調するだけのことです。それで気づいたんです。

府中と船橋に一室ずつアパートを借りています。東京競馬のあるときは府中に、中山競馬のときは船橋に泊るようにしているらしい。どうせ一度は会社へ帰るんですから、競馬場のそばに住まなくたっていいようなもんですが、そうもいかない。調教を見るという仕事がある。調教の開始は午前四時です。どうしたって近所に住んでいないといけない。府中は都心と較べて三、四度は気温が低いんです。冬の午前四時には、しゃがんじまうくらい寒い。競馬場なら零下十度ぐらいになるんじゃないか。

札幌でも調教を見る。北海道の競馬は夏ですが、アノラックを着て行く。ホテルで午前二時半に起してくれるように頼んだら、当分は変な目で見られたという。そうでしょう。二時半にアノラックを着て出るんじゃ何商売だかわからない。雨が降っても調教は行われますからね。

競馬記者でも調教を必ず見に行くという人は案外に少ない。たいていは競馬新聞という専門紙のトラックマンと契約を結んでいて、データを買っているんですね。こういうところも、小生、好きなんです、佐倉記者が――。

夏になると、新潟、福島、函館、札幌と渡りあるいて、九月にならなければ東京へ帰ってこられません。

その他のことで、佐倉啓造について知っていることを申しあげますと、競馬のために、故郷の田畑と家を無くしてしまったという噂のあることです。両親や同胞《きょうだい》がどうなってるのか、故郷が何処かということは知りません。

噂ですから、真実《ほんと》かどうかわからないんですが、彼と博奕をやっていると、その噂を信じたくなるのです。

とりわけ札さばきがきれいだとか、賽のふりかたが玄人《くろうと》っぽいとか、そういうことじゃないんです。まあ、張りかたですね。それが鋭いんです。ツイてきたとみれば、さ、さっとくる。それでいて、いつのまにか、ふわあっと負けてしまう。博奕を張っているんです。小生の感じ方でいえば、その鋭いときだけが彼が賭けている時なんですね。博奕を張っているんです。目つきがちがう。そうして必ず勝つ。それ以外のときは、博奕をおりてしまった人の顔なんですね。だって、そうでしょう。博奕に勝とうと思ったら、メの出ないときは張らなければいいんですからね。それを張ってくるのは、もう博奕からおりてしまった証拠です。勝とう思っても勝てないが、負けようと思えば負けられるというのが博奕の鉄則です。

おそらく、佐倉も小生に対して同じようなことを感じているでしょう。同類の匂いを嗅《か》ぎとっているはずです。

小生、佐倉とサシで博奕を打っているときがいちばん気が楽なのです。不思議に思われるかもしれない。競馬のために家屋敷を喪《うしな》った人と博奕をするのはおっかないと思われるかもしれない。が、しかし、これちっとも不思議ではないのです。

我等両名は、もう博奕のためにカッとするようなことはないのです。絶対にカッカッとくるようなことはない。あれはもう、とっくの昔に終っちまったんだな。

「七つ下《さが》りの雨と四十過ぎての道楽はやまぬ」なんていうでしょう。あれですよ。佐倉も小生も、博奕は二十歳そこそこで通り過ぎてしまったんです。だから安心なんです。

負けようと思えば負けられるという鉄則を思いだしていただきたい。小生、勝ってくるとそんな気分になる。ふわっとしてしまう。佐倉もそうです。お互いに相手の気持がわかってしまう。これじゃあ、厳密にいえば博奕にならない。博奕というのは相手を斃《たお》すことです。斃すか、斃されるか。そのことに、もう興味がない。ただし、佐倉と小生とでは、メを読む原則が逆になっています。佐倉はツラッパリです。小生はヌケ。ツラッパリというのは、丁《ちょう》、丁と出ればもうひとつ丁に張ってくるという型です。小生は、丁と出れば次は半だろうという型。これが基本になっています。佐倉だって丁にばかり張ってくるのではない。三度続けて丁と出れば次は半に少額だけ賭けてくる。これを腰掛けという。しかし、根本は丁を狙っているのです。追っかける型なんです。アポッスルの喜美子のことにしたって同じことだ。小生の場合で、三度続けて丁が出たとする。そこで一度我慢する。もし四度目も丁だったとしたら、次に半に有銭《ありがね》残らず……。いや、博奕の講釈はやめましょう。あれはもう終ったんだ。

インテリやくざなんて厭な言葉だけれど、便宜上使わせてください。そういう連中は、昭和三十年代の初めまでは、二流三流の出版社に勤めるよりほかになかった。佐倉もそうだったし、小生もそうだったんです。

大学時代から続いていた競馬狂いがいけなかったのか、経営が悪かったのか、佐倉は一年で馘首《くび》になってしまいました。

「グレちまったんだな」

他人事《ひとごと》のように言う。たしかに正面《まとも》ではなかったかもしれない。しかし、どこかに優しさというか、純粋なところがあったはずだと小生は思う。すくなくとも、その頃の不良少年は、いまのナントカ族のように肩を張って歩いたり、流行語を連発したり、服装《なり》に凝《こ》ったりはしなかったんです。種類が違う。佐倉は馬が好きだったんです。それは、その後の彼につきあってみて、よくわかりました。

いろんな職場を転々としたようです。そうして、オリンピックのはじまる前年に、いまのスポーツ新聞社に就職したんです。その年は、どの会社でも運動部員を大量に補強したときいております。小生が佐倉とつきあうようになったのもその頃です。オリンピックが終って、佐倉が競馬担当になったのもきわめて自然なことでありますし、幸運といっていいかもしれません。馬が好きで、競馬という賭博を卒業している男は、会社にとっても好都合でしょう。

どの職場で佐倉が萩原喜美子と知りあったかということは知りません。

喜美子は萩原病院の三女です。萩原病院は戦前は上流階級の患者の多い内科の病院として有名でした。どう考えても、佐倉と喜美子の組みあわせは無理でした。佐倉の経歴ということもありましょうが、小生が見ても、どことなく佐倉はそういう娘とは不似合の感があるのです。
七、八年前に、佐倉は喜美子の父に会って結婚を申しこんだことがあったそうです。彼の言葉を借りるならば、結果は裏目と出たようです。もし、小生が喜美子の父であったとして、彼の経歴をきき、容貌、服装を実見するならば、やはり考えてしまうでしょう。のみならず、喜美子も、佐倉の行動を知って軽蔑するようになったそうです。

「とにかく、派手な女でねえ。ボーイ・フレンドも多勢いるんだ。俺はそのなかの一人なんだ。……酒は飲むし、オイチョカブはやるし……。だけど、電話をすれば必ず会ってくれるし、酒をつきあってくれる。もっとも、タイミングがむずかしいけれどね。月に一度ぐらいならね。それが三カ月になると、むこうの機嫌がわるくなる」

それが次第に、半年に一度というふうになってくる。

「俺、もう忘れちまったと思っているんだ。実際、ほかに女がいないわけじゃないしね。もうすんだと思っているんだ。……ところが、たとえば記者席で双眼鏡でレースを見ているとするね。ほら、小柄な牝馬で追込みの鋭いのがいるだろう。ああいうのが、直線にはいってから、どこから出てきたのかというような勢いで飛びだしてくるだろう。そうすると駄目なんだ。突然、慕情が湧いてくる。どうしていいかわからなくなってくる。……牝馬じゃなくてもいいけどさ」

萩原喜美子は、もう三十歳を越しているけれど未婚です。いま、土建会社の社長秘書。

「それでも、ダービーになると電話で馬券を頼んでくる。あれは出走馬がだいたいわかっているだろう。気の強い女だから本命は買わない。六番手、七番手の馬だね。だけど喜美ちゃんに頼まれると、その馬を対抗ぐらいに印をつけちゃうね。それで、俺の予想した馬より、そっちのほうを応援しちまうんだ」

「酔生夢死」という言葉があるでしょう。あれなんだ。「無為徒食」でもいい。あれ的心境なんです。どうもいけない。

それに、不運がつきまとう。「不如意」と号したいくらいのもんだ。

ツキアイが多すぎる。しかしまた宣伝製作という派手な会社に勤めているうえに、文筆業なんだからそれも避け難い。

これじゃあいけない。図太くなろう。神経をふとくしなけりゃ生きていかれない。

愚痴《ぐち》っぽいようだけれど、のべつに電話がかかってくる。それもツマラナイ要件なんだ。来客多数。事務的に処理できない性分《しょうぶん》だから、ただただ疲れる。そうやって飲んでしまう。ある程度、用事を片づけて、さて机にむかうと、読者からの手紙がのっかっている。有難い話なんだけれど、返事に半日もかかると、もうぐったりしてしまう。

例の女性焼殺事件の犯人、久芳光の性格を「最初から計画的にやったのだとすれば、犯人は異常性格者だ。こういう犯人は常習犯的で詐欺師的傾向が強く、一面冷たく利己的な人間ではないかと疑われる。しかし、殺してから恐怖心が湧いて火をつけたのだとすれば案外気の小さい男ではないか」

「意思が弱く、精神病質者で、女性関係に責任を持たないチャランポランな男とみる」

なんて分析されると、全部小生にあてはまるように思われてくる。

だめだ、だめだ。もっと強くなろう、などと考えるうちに日はずんずん過ぎてゆく。

Ⅳ

七月初旬の月曜日の朝、八時。徹夜になって、朝刊を読み、ビールでも飲んで寝ようと思っていたところへ、佐倉啓造から電話がかかってきた。

誘導馬の取材の件で、神田の喫茶店で会ってから一カ月以上経《た》っている。

「よう。すぐに来ねえか」

「どこにいるの」

「芝浦だよ。例の件で、いま聞いてみたら、馬は十時だっていうんだよ」

「屠殺？」

「そう。いま自動車で出てくればまにあう」

「困ったな。徹夜してね、いまから寝ようと思っていたところだ」

「いいから出てこいよ」

「明日じゃいけないか」

「だめだね。明日っから、俺、新潟なんだ。それから福島へ行って北海道へ廻るから当分帰ってこられない」

「また、ずいぶん、急な話だな」

「すまない。俺、忘れちゃってね、頼まれたことを。……ごめんなさい。とにかく、すぐに来ないか」

「よし。支度する」

ジャスト、十時。

芝浦屠場の正門の前で佐倉が立っていた。東京都中央卸売市場食肉市場、つまり魚河岸と同じだと思えばよい。

油照り。曇っていて風が無く、暑い。じりじりしてくる。

ゆるやかに、厚ぼったく、重く、だからこそ強烈な臭いがたちこめている。その臭いの質を私は表現することができない。不吉な臭いといっておこうか。神経過敏の人は、それだけで嘔吐《もど》してしまうだろう。その臭いのなかへはいってゆくことができないだろう。

いったん都の事務所へ這入った佐倉が白衣を着た係員と共に出てきた。

「おい、駄目だった。……遅かったんだ。三分で済んでしまったそうだよ」

私は馬が屠殺され、放血され、頭部を切り落され、内臓を出し、皮を剝ぎ、電気鋸《のこぎり》で背から二分されて枝肉となるところを見たかったわけではない。佐倉は何か勘違いをしているらしい。

私が知りたかったのは誘導馬のことであり、もし見られるとしたら、荷卸場から畜舎まで運ばれる有様だった。そこまでで充分だ。

「そんなことはありませんね」

係員は笑いながら、きっぱりと否定した。

「誘導馬というのはいないんですか」

「そんなもの、いませんよ」

「しかし、こんな話をきいたことがあるんですよ。馬は悧口だから、殺されることがわかってしまう。そこで介添役《かいぞえ》が必要になる。引込線の駅から畜舎まで運ぶためのね。そのうちに誘導馬も自分の役割に気づいてしまう。言うことをきかなくなる。だからその誘導馬も屠殺される」

「そういうことはありませんね。動物心理学者にでもきいてみるといい」

「変だなあ」

「そりゃ、なんだかおかしいな、ぐらいには思うかもしれない。だけど前の馬が屠殺された解体室に、だまってはいっていきますよ」

「いつか馬が暴れたことがあったでしょう」

「ああ、若駒でしたね。めったにないことですけれども」

「……」

「仔馬《こうま》もいますからね」

「仔馬というと、当歳馬《とうさい》ですか」

「そうです」

「しかし、仔牛なら値打ちがあるかもしれないけれど、仔馬は意味がないでしょう。育てたほうが得なんじゃないですか」

「さあ、農家の生活状況によりますからね。いま馬はあまり役に立たないんです。機械化されていますから。東京では馬のいるのは競馬場と乗馬クラブだけです」

これでは小説にならない。

「馬の畜舎を見せてくれませんか」

佐倉が勢いこんだような口調で言った。ともかく馬を見たいらしい。

「いないんですよ」

「いない？」

「ええ、今朝、三頭ついて全部屠殺しましたから」

佐倉は残念そうな顔をした。殺される運命にあることを知っている馬の表情を私に見せて、自分の意見を実証してみたかったのかもしれない。

「それじゃあ、仕方がない」

そう言って場内にむかって歩きだした。


名刺を渡したので、係員は私の職業を知った。そこで、場内《なか》を案内してくれることになった。

床はどこも一面の膏《あぶら》だった。豚だけが泣き喚《わめ》いていた。

「はいってみますか」

羊豚生体検査所の前で係員が言った。牛は棍棒《こんぼう》で撲殺《ぼくさつ》する。馬は屠殺銃である。豚は電気屠殺である。電気でショックをあたえ、動脈を切って血を流してしまう。その電殺室へはいれるらしい。

「いや、結構です」

そうしてはいけないと思っているのに、私は顔を顰《しか》めている自分に気づいた。

血の臭いか膏の臭いか肉の臭いかわからないけれど、なまあたたかい風が時折鼻を撲《う》つ。そのなかを、係員、仲買人、原皮業者、獣医、検査官などが激しく動いている。マイクにのった牛枝肉の競《せ》りの声がきこえてくる。

牛馬畜舎の所で、私はもう一度、誘導馬について質問した。

「なにかで読んだ気もするんですが」

「まちがいですよ」

言われるまでもなく、引込線の駅と畜舎までの距離はほんのわずかである。

「新聞の囲み記事かなにかで」

「何年か前にはいたかもしれませんが」

その位置から、遠くでかがみこんで動かない佐倉の姿が見えた。

近づいてみると、そこは牛馬解体室の入口であって、十時に屠殺された三頭の馬の皮が置いてあった。一頭の大きさがちょうど座布団の大きさと厚さにたたまれていて、鬣《たてがみ》がそのうえに乗っかった形になっている。

「栗毛だな」

その一頭の鬣に佐倉は手を触れていた。裏側の肉の色も血の色も、まだ鮮やかである。


およそ三十分で、そこを出た。

「アポッスルが死んだんだよ」

ふいに、佐倉が言った。

「………」

「喜美ちゃんが死んだんだよ」

「……いつ?」

「さっきだ。今朝の五時四十分だ」

「そばにいたのか」

「うん」

「どこの病院?」

そんなことでも訊《き》くよりほかに仕様がない。体が弱いことは知っていた。肺結核であるようにきいた記憶がある。

「自分のところでね。……といっても、兄さんの病院でね。芝にあるんだ。あそこも親爺《おやじ》が死んでから駄目になっちゃってね。小さな病院なんだ」

「ずうっと付き添っていたの?」

「金曜日の晩から……」

「土日の競馬はやすんだんだね」

「うん」

「よく病院へいれてくれたねえ」

「喜美ちゃんが俺を呼べって言ったらしい」

萩原家には出入禁止になっていたはずである。

「そりゃ、どうも……」

「ずっと手を握っていたんだ」

その感触がまだ残っているかのように両掌をさしだした。

「じゃあ、寝てないんだろう」

「うん。俺、朝は強いんだ。馴れてるから。……それで、病院を六時頃出たんだと思うんだ。どうもよくわからない。頭を冷やそうと思ったのかな。ふらふら歩いているうちに、ここへ来ちゃった」

「……」

「ほんと言うと、俺、馬の死ぬところって見たことがない。さっきの人のところへ取材に行ったことはあるけれどね。しかし屠殺は見ていない。見たいと思ったこともなかった。……そうしたら、あんたに頼まれてたことを思いだしてね。ほんとに忘れていたんだなあ」

佐倉の頭はたしかに混乱していたのだろう。そうして、自分に対するもっとも無残な仕打ちにむかって自然に足が動いていったのだろうと思われる。

「わるかったな。変なことを頼んじゃって」

「そんなことないよ。わるかったのはこっちだ。忘れていたんだから。……あの、喜美ちゃんね、昨日の夕方にちょっと意識を恢復《かいふく》したんだ。そのとき、誰もいなかったから、こんど退院したら結婚してくれるかって言ってみたんだ。そうしたら……」

「どうした？」

「かすかに首を振ってね、つまり、厭だっていうんだな」

「……ううん、やっぱり、アポッスルだ」

「アポッスルだね、あいつ」

「しかし、うん、と言われたら、もっと辛いかもしれない」

私は佐倉の肩に手を置き、その顔をのぞきこんだ。もし、賭博常習者の水曜日の顔をうんと煮しめたらこんな顔になるだろう。

「俺ね、さっき屠殺場の人の言ったこと、絶対に信用しないよ。馬って、そんなもんじゃないんだ。これで二十年間、馬とつきあっているんだからね。……馬は、死ぬってことがわかっているんだ。そりゃ敏感なもんだからね。馬はちゃんと自分でわかっているんだ、死ぬってことが――。だからね、絶対にいくら言われたって、俺はね……」

パン屋《や》の青春《せいしゅん》

一

すでに立秋。雑誌の月号でいえば十月なんだけれど暑いんだな。

どうにもこうにも調子がわるい。頭が悪いんです。頭が悪いったって、わたくしのはタダゴトじゃないんです。ボーとしてどうにも動かぬ。せつなくなって脳天を拳骨《げんこつ》でもって殴るんです。白痴《ばか》を売りものにすると思われるのは厭だからこれ以上は言わないけれど、頭が悪くって文筆業というのは辛いよ。とても辛いんだ。涙が出てくる。

そこへもってきて、今年は厄年《やくどし》なんです。大正十五年生まれの二黒《じこく》の寅《とら》です。わるいことばかり発生する。こころみに高島易断の運勢暦を見てみましょうか。八月の運勢はこうなっている。

「笛吹けども踊らず、弁慶の立往生か、ほぞを噛まずにほぞを固めよ、失意と妄心《もうしん》は破鏡を招く、世は廻り持ち、苦は楽の種《たね》と知るべし、家中子供に争論や災禍あり、人により縁談に関し親族と争う事もあり、なかでも寅の二黒の人は特に凶兆が多く、失敗を招き易いので慎重な行動が肝要なり」

ほうら、先方は先刻お見通しなんだ。ここまできめつけられれば言うことはない。さればと思って九月を見れば、「初《はじめ》の情、今の仇《あだ》となるか、世の常なれど人を見て法を説くべし、軒を貸して母屋を取られる事有《あり》、諸事逆目となり易し、褒める人に油断すな、密事の表面化に苦悩あり、また持病の再発や色情の不和事用心」

こうなんです。ともかく、早く今年が終らないといけない。

博奕《ばくち》は取られっぱなしで、冴《さ》えるということがない。全くもって出銭が多い。そこへ税金がきて、根こそぎ持っていかれる。実は今年は厄年ということもあって仕事をセーブしてみたんです。ところが、税金という奴は、去年の実績を対象とするんですね。従って辛いことになる。女房の機嫌がわるくなる。わたくしにだって家を守ろうとする本能がある。やっぱし、仕事をふやさないといけない。去年までは自称「国立《くにたち》のお助けじいさん」で少しは人様のお役に立つこともやったと思っていたんだが、今年は反対に助《す》けて貰わないといけない。これはわたくしだけではなくて同業諸先輩も、きいてみるというと似たりよったりの内情です。税金ときいただけで顔面蒼白、あわてて洗面所へ飛びこんで嘔吐《もど》すという重症患者さえある始末。

税金の話をしたって誰も同情してくれない。わたくしにしたって、そう。自分も四苦八苦しているくせに、他人の話になると滑稽《こっけい》を感ずるんだな。実際に、軽井沢に別荘をもち、自家用車が三台あるという生活をしているくせに、一昨年の都民税を支払っていないという大先輩がいるんだな。これはまあどう考えたって滑稽ですが、よくよくうかがってみると止《や》むを得ない事情があるんですね。その話も長くなるからやめる。

サラリーマンだってそうなんです。四十五歳、月給二十万円という部長さんがいたとする。そうすると税金をひかれた手取額が十四万円ということになりましょう。このひと、なかなかのヤリテ。相撲の社会の言葉でいえばオコメがきれる。部下のめんどうみがいい。功績あって、待望の重役に抜擢《ばってき》される。月給三十万円となる。すると、どうだ。累進《るいしん》課税という制度があるから、手取りが十八、九万円。つまりは、四万円か五万円の増収にしかならぬ。しかるに、月給二十万円の部長さんと、三十万円の重役さんとでは、生活がまるっきり違ってくる。殖えたが殖えたにならぬのです。ああ笑っちゃいけない。若い人だっていつかはその運命に陥るんですから。重役さん、出張があれば新幹線の二等車で小さくなっている。大阪へ着けば社員寮に泊り、浮かした金で辛うじて面目を保つ。これじゃあ気持が萎《な》えてくる。「雨だ泥濘《ぬかり》だどろどろ道だ／こねて滑《すべ》って昨日も今日も／ぬれたごろ寝のかり枕」という討匪的《とうひてき》な生活が続く。そうこうするうちに一生が終る。ああ厭だ。

今年はとうとう海へも行かれぬ。「湘南へどっと繰り出す二百万人」という、その二百万人のなかへもはいれぬ。今日《きょうび》、夫婦が老人と子供を連れて海辺のプールへ行くとすれば一万円仕事でしょう。一万円といったって容易に得られる銭ではない。世の中すこしどうかしていやしないか。ああ厭だ。

ほんとうを言うと、わたくし、金なんかどうだっていい。まあ暮せればいい。海へ行かなくてもいい。書けないのがいけない。書けないからヤツアタリしてるんです。

町へ出る。むこうから仕事師が赤い顔してやってくる。いい機嫌。きいてみるというと、出がけにワン・ショット（一撃）やってきたという。ワン・ショットというからには焼酎《しょうちゅう》でも二級酒でもない。それは非常にいい。しかし仕事師は仕事師らしい言葉をつかったらどうだ。こうまで平均的に画一的になっていいものかどうか。おもしろくない。

炎天で野球の試合を行う。相手はソバ屋のチーム。わたくし、躰に似あわぬ長距離打法。左足がひらく。外角球に泳ぐ。左投手のシュートは、からっきし打てぬ。ソバ屋チームの捕手、南海野村のスタイルで打席にいるわたくしに話しかける。「あんた左肩がはいりすぎる。もっと脇をしめて」。しかたなしに「うるさいな。長嶋と同じなんだ」と答えると、すかさず「しかし、長嶋には動物的なカンがありますからねえ」。TVの野球解説者と同じことを言う。ああ厭だ。

暑いから会社の帰りに一杯飲む。銀座とはいえど片田舎である。経営者、マダム、バーテン、ボーイ、女給さんをはじめとして、すべてこれ地方出身者。廻りの客もすべてそう。宛然《さながら》余所者《よそもの》に御厄介になっている感じ。田舎の人が悪いとは言わぬ。しかし、出稼ぎに来ている人は、どこかに、こう「天下を取る」という面魂を秘めている。それが暑っくるしい。「身をたて、名をあげ、やよ、はげめよ」という概《がい》がある。それは大いに結構だ。しかしだな、酒場にかぎったことではないが、遊び場の経営者や従業員や女衆は、どっかに尽《すが》れたところがないといけない。あまりにも計算ずく、あまりにも意欲的。だから修羅《しゅら》の巷《ちまた》。おそろしくて心やすらかに飲むことができない。

大阪の芸術家に、関西人の特色をきいてみる。「それはテレルちゅうことをせえへんというこっちゃ」。万事につけて関西流が支配している。「照れることをせえへん」ひとたちに包囲される。金が出来ると、マンションに住み、車を買い、ヨットを買い、別荘を建て、ゴルフをはじめ、女をつくり、外国旅行をする。それが「天下を取る」ことなのだろう。ああ厭だ厭だ。

II

今年は悪いことばかり。我が師と頼むひとが二人亡くなった。兄は事業を縮尻《しくじ》って逐電《ちくでん》中。流行語でいえば蒸発した。弟は食堂を手離して逼塞《ひっそく》中。うえの妹、家屋敷を建築会社に騙《だま》しとられる。したの妹は亭主が交通事故を起して、同じく別荘を手ばなすという有様。

友人たちも不幸続き。

わたくし、厄年なのに川崎大師へ行かなかった。そこで、女房が「災厄消除・福寿増長・身代り不動星守」という御守を郵送でとりよせる。大明王院という。この御守を肌身はなさぬ。「身代り」だから、周辺に不幸を招いたのではないかと考えたくなる。

朝、倅《せがれ》が泣きっ面《つら》で帰ってくる。散歩に出て、ちょいとした隙《すき》に自転車をとられたという。倅の交通機関だから忽《たちま》ち困る。泥棒にとって自転車ぐらい都合のいいものはない。

「あんた、どうして盗《と》られたのか、よく反省してごらん」

と、女房。

「さあ」

「ようく考えてごらんなさい。どこが悪かったか。反省すべきところは反省し、つぎの失敗に備える」

「おいおい。そんな下士官が兵隊を苛《いじ》めるような言いかたは、よせ」

と、わたくし。

「ほうら、子供にだけは甘いんだから」

「よし。今日は大掃除だ。全員集合」

ぎりぎりの締切の日なんだ。書くことがないから庭へ出る。雑草を拗《むし》る。銭苔《ぜにごけ》をとる。掃く。徹底的にやる。裏へ廻って、ガラクタを整理する。材木だの竹だの燃えるものは焚火《たきび》にする。以前から気になっていたんだ。

台所のわきに、腐った牛乳の瓶。漬物の樽《たる》の中身も腐っている。その他、中元でいただいた各種箱類。穴を掘って捨てるべきものは捨て、燃すものは燃す。危険物は、そとのドラム罐へ。……全身の汗と悪臭。

「ついでに下水掃除だ」

郡部で下水工事が完備していないからすぐにつまる。吸いこみがわるい。毎日二度は風呂にはいって湯を流すから、そこのところが温泉のように湯垢《ゆあか》がついている。竹竿をふたつに割ってゴシゴシやる。眩暈《めまい》がする。

「こんどは池の掃除だ」

池の水を搔《か》い出し、鯉と金魚を盥《たらい》に移し、束子《たわし》でこする。これが重労働だ。腰も肢もガクガクする。ホースで水をかけ、洗う。

「なにも、こんなに忙しいときにやらなくったって……」

「そうはいかない」

麦稈帽子《むぎわらぼうし》をかぶっているから、その下にびっちゃりと汗がたまっている。かけごえをかけて擦《こす》る。

「俺はね……俺は、こういう、でめんとりみたいな仕事のほうが好きなんだ」

「デメントリ？」

「東北のほうじゃそういうだろう。労働賃金のことをデメンというのだ。田の草とりのような頼まれの賃仕事だ。……そのほうが似あっているのだ」

風呂にはいり、庭も池も、体もさっぱりしたが、なんだか全身が火照《ほて》っている。手も足もガタガタで、万年筆がもてない。そりゃそうだろう。あれだけ働いたんだから。

仕方がないから、また焚火。家中の塵《ごみ》を燃すんだから大事《おおごと》だ。夜中の十二時までかかった。たおれるようにして寝る。まったく、自分でも白痴《ばか》だと思う。これじゃ原稿なんか書けるわけがない。

三

七月も末の某日、伊豆高原への団体旅行に招待された。そんな具合だったから、家にいてもどうにもならぬ。ありがたくおうけすることにした。

一行、二十五、六人というところだろう。小説家、画家、カメラマン、ジャーナリストなどが半分、銀座の女が半分という団体。いったいそれがどんな仕組みになっているのか、どういう仕掛けがあるのかもわからない。話にきく大乱交パーティかと思ったが、そうでもない。案外につつましやかである。

そういえば、そういう企てがあることを聞いた覚えがあるようだし、賛同したような記憶もある。そのときも酔っていたので、はっきりしたことはわからない。とにかく、なにがなんだか分らない。アシつき、アゴつき、オンナつきというのだから、主催者はたいへんな出費であったろう。

伊東から下田へむかって数駅目で下車。駅前に車が七台ばかり。番号のついたタクシーだかハイヤーだかを連ねて行くのは、どう考えたって告別式の後のよう。

海岸で泳ぐ。そういうことも知らなかった。女連はみんな海水着をもっているのに、男は二人だけしか持ってないというのも妙。

やがて、高原の華麗なるレストラントへ車の列がむかう。それが豪奢であればあるほど狐につつまれたような気分になる。

あたりは別荘地帯。とても別邸など買う余裕のないわたくしとしては、いよいよ落ちつかない。申しわけのないことをしているような気分。つまり場ちがい。そうかといって、せっかくの御招待なんだから、しょんぼりしているわけにはいかない。また、銭がないくせに一人で燥《はしや》ぐのも変。

ハイウエイに沿って、木立の間に目ざす小宮殿の如き宴会場が見えてくる。レストラントの正面、屋根のうえに横書きの大看板。そのうしろに、豆絞《まめしぼ》りの鉢巻をした中年の男が小手をかざしてこちらを眺めている。

「いったい、何奴《なにやつ》だろう」

わたくしの車は先頭。しかも助手台。よく見える。

その男、車の列を認めた。下にむかって何かを叫んだ様子。

「敵艦見ゆ！」

とでも言ったのだろう。

とたんに、男、鉢巻をとった。そうして大看板のかげにかくれた。なにをするのだろう。不思議な人物。

車が着く。おりたときに、俄然、音楽。あれは『ビヤ樽ポルカ』かなんかだったろう。ギターとアコーディオンの二人合奏による熱演。そのとき、天上より五色の紙吹雪《ふぶき》が降ってくる。……降ってくる。ただし、芝居のようにはいかない。かたまって降ってくる。握り飯のようなものが、頭の上でパッとひらく。それからまた間隔をおいて、パッ。パッ、パッ。

「こりゃあ、いい」

わたくし、上機嫌になる。やっとわかったんです。先刻の男のやっていることが……。かれ、紙吹雪を撒く役だったんです。物見の者でもあったんです。

近頃、こんなに笑ったことはない。この演出がいいじゃないか。善意むきだし。一所懸命。客来《きた》ると見てとって、すぐに捩《ねじ》り鉢巻をとるところがいい。真底から謙虚なんだ。看板のかげにかくれれば見えないなんてことを考えない。

そこで、大いに飲む。大いに愉快。


「いやあ驚いたね」

その夜、伊東の旅館の一室で、捩《ねじ》り鉢巻で紙吹雪を撒いていた男とむかいあっていました。宴会場は二階にあったんです。いい心持でビールを飲み、小便《しょうべん》におりてゆくと、その男が待っていたんです。

ニヤニヤと笑う。その顔にたしかに見覚えがある。

「……?」

「上条《かみじょう》です」

「……」

「忘れましたか?」

「いや、おぼえているよ」

多分、わたくし、目をいっぱいに開き、口をぽかんとあき、だらしのない顔付きになっていたと思う。

むこうは、客の名簿を読んでいた。そのなかから、わたくしの名を発見していた。

わたくし、記憶力がわるい。見おぼえのある顔ぐらいはわかっていても、名前を思いだせるのは、ごく稀《まれ》なんです。それが上条だけはハッキリわかった。それには、わけがあるんです。

二十年前の思い出が、もろもろの匂いが、いっぺんに目のまえにひろがった感じ。

一行と別れ、わたくし一人、伊東に泊ることになった。みんなには内緒。さんざんにひやかされる。

「俺は、日曜日の日帰りの海水浴なんかしたことがないんだ。はばかりながら……」

「嘘をつけ。伊東で可愛い子ちゃんと待ちあわせているんだろう」

「そうじゃない。一人で芸者をあげて、按摩をとって寝る」

「帰ったら奥さんに電話するぞ」

「かまわないよ。なんとでも言ってくれ」

十九歳のとき、わたくし、出版社に勤めたんです。その出版社、ほんとうは印刷会社だったんです。正確に言うと、印刷会社の社長が、やや道楽の感じで出版社もはじめたんです。当時、終戦直後は、なんでも売れた時期。文化の匂いがしていたらよかったんです。

だから、同じ棟《むね》にある印刷会社の工員さんともすぐに親しくなる。

「カミジョウって怒鳴られたんだろう」

「……え?」

「戦前の話さ。小学校を出て、印刷会社の使い走りをしていたとき、いきなり、カミジョウってどなられたっていう……」

「そうでしたっけね」

「いやだね。忘れたのか。俺はね、頭がわるいくせに変なことだけ憶えているんだ。カミジョウといわれて、とんでいったら、いきなりドロボーと言われた」

「ああ、ああ……」

上条吾一の少年時代。神田の印刷所に勤めて間もない日。

印刷所の人は、活字を言うときに、必ず音と訓とをくっつけていう。すなわち、上はカミジョウ、下はシモゲ、木はモッキ、本はモトホン、日はニチビというように。

普通の小説などにつかわれる活字は、四千字から五千字であるという。国語辞典が六、七千。漢和字典となると一万五、六千。このうち、もっとも使用頻度《ひんど》の高い活字が百三十三字で、この活字のはいった箱を大出張という。つぎが小出張。数字や年月日、印《しるし》ものが袖ケース。あまり使われない活字のケースを泥棒という。なぜかというと、昔は、そういうケースは二人で共有していた。よそのケースからとってくるから泥棒という。もっとも最近は第二出張というらしいが。

これで、カミジョウもドロボーも、わたくしが上条吾一を記憶していたわけもおわかりいただけたかと思う。

「あれは技術がいるのかね」

「なに?」

「文選の技術を学ぶコツみたいなもの」

「ないね。はじめは使いっ走りさ。活字を買いに行ったり、紙を買いに行ったり。……なにしろ小学校を出たばかりだから」

「ぶん殴《なぐ》られておぼえるのかね」

「殴られたりはしなかった。だけど意地の悪いのがいるんだ。昼ちかくなると、三銭だしてお惣菜を買ってこいという。いくらその頃だって三銭じゃ何も買えないや。泣く泣く自分で二銭だして、五銭にしてコロッケやサツマアゲを買ってくる。パン屋ってのは、わりかしインテリなんだ」

「パン屋?」

「活版屋《かつぱんや》のことをパン屋というんですよ。インテリになって小理窟を言う。だから殴ったりなんかはしない。変り者で理窟っぽいのが多い。三銭だして副食を買ってこいというのがいるかと思うと、だまって、かげで五銭わたしてくれたりするのがいる。それを喋《しゃべ》ったりすると機嫌がわるくなる」

「ふうむ」

「それで、その技術だけどね。昼休みにみんながやすんでいるときに練習するんですよ。文選《ひろい》の練習をね。まあ、盗むわけだ」

「ああ、思いだした。あんた、ひろっているときに頭で調子をとっていたね」

「……」

「あれはリズムがあるんでしょう。頭をふりながら……」

「そうですかね。気がつかなかった」

裸電球の暗い所で、上条が残業していた姿を思いだす。

「それから、手つきがよかったね。拾ってケースにいれるときに、掌をかえすようにする。踊りを踊っているようだった」

「よしてください」

「いや。なかなかキレイだった」

「そんなもんじゃないんですよ。なにしろ、指にアナがあくんですからね」

「穴が……」

「仕事がたてこんでくるとね。冬なんか活字がつめたいでしょう。それに、新しいとトンガッているでしょう。知らないうちに穴があいている」

「活字が新しいと?」

「そう」

「活字に新しいも古いもないじゃないか」

「いまはそうだけれど」

それでまた思いだした。活版屋は、まず文選工がいて活字をひろう。それを植字工《ちょくじ》が組む。組みあがったらゲラ刷をとる。校正がかえってくる。赤のはいったものをサシカエる。赤字係なんていうところもある。再校、三校で、校了になる。これを紙型にとり鉛版とする。不要になったケースから活字を一字一字もとの場所にもどす。これを「モドシ」という。なかなかに厄介な作業だ。

あれは昭和二十四年だったと思う。会社が鋳造《ちゅうぞう》の機械を買うという噂がひろまった。つまり不要になった活字は一回ごとに潰してしまって、新鋳活字を造る。するとモドシ作業がいらなくなる。従って、そのぶんだけ人減《ひとべ》らしが行われるのではないか。わたくしにも工場内の動揺が感ぜられた。

ある夜、上条吾一が、焼酎の四合瓶をもって、わたくしの間借り四畳半の部屋へやってきた。組合をつくりたいという。檄文《げきぶん》ならびに労働協約の文書を作製してくれという。それだけのことを頼みにくるために、上条は酔っぱらってからでないと来られなかったらしい。それをわたくしがどこまで手伝ったかということは忘れてしまった。断ったのかもしれない。

しかし、上条がわたくしの部屋を訪ねたということだけが洩れてしまった。わたくし、社長に呼びつけられて、こっぴどく叱られた。印刷会社のほうの人間だったのなら、まだよかったのかもしれない。

「余計なことをせんといてほしい」

社長の額に青筋が走っていた。それっきり廻転椅子をまわしてむこうをむいてしまった。わたくし、長い間、うつむいたまま。

それは社長のわたくしに対する愛情であったのかもしれない。一人前の出版業者に育てたかったのかもしれない。裏切られたように思ったのかもしれない。

しかし、わたくし、二十二歳。月給八千円。女房と二人で北向きの四畳半の暮し。一度堕胎《おろ》した。

辛かった。しみじみ、大きな会社にはいりたいと思った。そのころ、大会社には組合があった。赤旗ふって威勢がよかった。むこうも月給は安かったかもしれないけれど、団体の圧力というのがうらやましい。

わたくし、泣いた。あやまった。詫びをいれた。しかし、心底から詫びたんじゃない。わるいことをしたとは思っていない。組合をつくるのは当然の権利だった。上条との友情があったっていいじゃないか。別会社ではあるけれど、労働者という同志じゃないか。わたくしがあやまったのは、明日の米のためだった。明日の煙草だった。残念ながら、着物も布団も売りつくした女房の顔が浮かんだからだった。

そのころから、わたくし、すこしずつ、ひんまがっていった。挫折《ざせつ》とか転向とか、おおそれた話ではない。もっとちっぽけなゴミみたいな事件である。しかし、社長とは気まずくなった。社長業なら、誰でも、裏切り、不平不満、団結をきらう。わたくし、まもなくその会社を退く。そうやって、ひんまがっていった。方向がまがっただけではない。心のどこかが捩《ね》じくれた。社長がわるいのではない。自分に愛想《あいそう》が尽きたのだ。

そのことを上条は知らない。上条を責める気はない。かれ、相談に来ただけだ。

「あのあと、あたしもすぐやめたんです」

「あのあとって?」

「あんたがやめてから、一ト月ぐらいで」

「知らなかったね。へえ、どうして?」

上条、顔を赤くする。

「まえからひっぱってくれる人がいてね」

印刷三社といわれるなかのひとつの社名をあげた。

「へええ。そりゃよかったじゃないの」

「さあね。いいかどうか。パン屋なんてのはどこへ行ったって同じことでね。中小企業もいいとこよ。ほんとうの手工業。……信じてくれなくてもいいけれど、あんたがやめるって話をきいてイヤになっちゃったんだ」

わたくし、つくづく運のわるい男だと思う。惚れてくれるのはこういう男ばっかし。それにしても、あの事件がきっかけで、上条は大会社へ、わたくしは、以後六年間、ちっぽけなところばっかり渡りあるくようになったのか。その間、失職が一年ある。

そうだとすると、あらたな疑問が湧く。

「まだ、定年じゃないだろう」

「あたりまえですよ。来年で五十歳」

「なぜやめたの？　あんないい会社」

「体こわしちまってね」

「どこがわるいの。元気そうじゃないか」

「小学校出てすぐパン屋になったでしょう。兵隊に行ってるときを別にして三十七年やってるわけよ」

「鉛毒か」

「そうじゃない。目ぇやられちまってね。目のわるい文選なんてどうにもならない」

「だって、ほかの職場に移してもらったら」

「あたし、パン屋が好きなんだ」

わたくし、じんとくる。その気持、よくわかる。

「俺もそうなんだ。どうも、グラビヤもオフセットも好きになれない。写植ってのも大嫌いなんだ。活版はいいねえ。だんぜん力強いもの。サシカエってのもいい感じだ」

「あれがつらいの」

「わかるよ。その苦労してる感じがいいんだ。融通のきかないところがいい。それに明朝《みんちよう》の活字ってのが大好きなんだ」

「あんまり言いなさんなよ。悲しくなる」

「目のわるいのが見張りの役か」

「ちぇっ。ひどいことをおっしゃる。自動車ぐらいは見えますよ」

「俺、わかっていたんだぜ。あんたが鉢巻をとって看板のかげにしゃがむところ……」

「………」

「あれ、ちょっとよかった。団子みたいな紙吹雪だった」

「じっと握っていたんだもの。それに汗でしょう。それでも、箱にはいっていたやつをちぎっては投げ、ちぎっては投げ」

「素人っぽいところがいい」

「紙吹雪の専門家なんていないでしょう」

「それで……いま、なにしてんの」

「まあ、ああいうことか、秋になれば蜜柑《みかん》とりだとか」

「デメンとりだな」

「ここは女房の里なんですよ。伊東の生まれでね。だから、まあ、なんとか……。あの、女房、知ってるでしょう。浜子っていうんだけれど」

「知らないね」

「戦争未亡人で会計やってるのがいたでしょう」

「ああ、ハマちゃん。あのひとが奥さんなの。いいのを貰ったね」

「おっかしな話なんですよ。未亡人だとはきいていたけど、ルビ付きとは知らなかった」

「………」

「子供がいたんですよ」

「それじゃあ、瘤付《こぶつ》きだろう」

「それも三人なんですよ」

「ええ？　とてもそんなふうには見えなかったね。娘みたいだったけど」

「総ルビなんだ。せめてパラルビならよかったんだけど。齢もあたしより上でやがんの」

その顔は、しかし、幸福そう。

「へええ。じゃ、あんたの子は？」

「これも三人。あわせて六人。……五人でいいと思ったけど、破《や》れを見こんで」

「じゃ、瘤取り爺さんね」

「花咲爺ですよ。客が来ると花吹雪」

夜がふけてくる。酒もきれた。

「帰らなくていいの？」

「さっき、うちへ寄ってきたから。……あんたと一緒だって言ったら、女房も会いたがっていた」

「ふうん、ハマちゃんねえ」

またしても印刷インクと油の臭いがただよってくる。

「あんたねえ、ひとつだけ言っておくけど、字はキレイに書いてくださいね」

「そのつもりだけど、いそぐときは……」

「あたしも拾ったことがあるから知ってますよ。まあ、いいほうでしょう。誤字、脱字は多いけれど」

「まいったな」

「文選《ひろい》の誇りってのを知ってますか」

「………」

「この原稿は読めませんから返しますとは絶対に言わないんですよ。みんな強情っぱりですからね。読めないってのを恥とするんですよ」

「そこまで考えたら書けやしない」

「それはそうでしょう。それでいいんですがね。あたしたちね、いまは八時でしょうが、ひところは七時の出だった。それで明るいうちに帰ったっていう日は数えるほどしかない。それくらい激しい商売なんですよ」

「申しわけない。俺も夜中に原稿をとどけにいったことが何度かある」

「だから、それはいいんですよ。そういう商売なんですからね、おたがいに。……だけど鉛筆で書かれたら光っちゃって読めないってことぐらい知っていてもらいたい」

「わるい、わるい。あやまる」

「きたない原稿があるでしょう」

「知ってるよ。俺の現役のころでいうと、久生十蘭とか橘外男とか」

「癖だから仕方がない。ですけど、こう、出張ケースがあって、その前に一列に何人かがならんでいるでしょう。一発すごいのがはいってくると、能率がガタ落ちになるんです」

「どうして？」

「読めないから、両隣りのひとにきくでしょう。だから、一人だけでなくて、両隣りの進行がおくれる。これがひとつの班になっていると、キャップが困ってしまう。あたしだって係長までいったんですから」

「わかった、わかった」

「小説家は、まだいいんですよ」

「………」

「困るのは学者」

「業績になるからね。それに誤りがあると致命的だから、なおしが多くなる」

「やいのやいの言われて、ゲラ出すと、さあ今度はもどってこない。やっと返ってくると書きこみとヒッパリとタコアシで真っ赤」

「わるかった。あやまる」

「図表があるでしょう。統計みたいなの。A５判一頁の面倒なのは熟練工がやっても半日はかかる」

「………」

「活版で斜めの線が組めると思ってんの」

「なんとも、申しわけなし」

「円なんかもありますからね。そりゃ、トンボやトリイの名人もいますけれどね。それで、やっと苦心してつくってゲラを出すと、この図表一頁分トルなんていう指定があったりする。涙がでますね」

「………」

「それがですよ。堂々と労働科学を論じていたりする」

「すまない。ひらあやまりにあやまる」

「活字で生活しているひとが活字のことを知らなすぎる」

「………」

「それでも、自分で組んだ書物が売れたり評判がよかったりすると、いい気持なんだから馬鹿みたいだ」

「その点に関しても、ひらあやまりにあやまる」

「それから、エロ小説を書かないでもらいたい」

この男、昔から酒癖がわるかった。やっとそれを思いだした。

「すこし俺も勉強しようと思っているんだ」

「ちっとはいいけれど、あんまりヒドイのは困る。むりやり読まされる人間がいることを承知していてもらいたい」

「しかし、アレは文選は喜ぶんじゃないの」

「冗談じゃない。このごろはモノタイプが多いんです。若いお嬢さん方が二十人ぐらい机をならべているんです。気分がわるくなって卒倒する娘がいる。失神派というらしいが、本当に娘が失神する」

「なんとも済まない。もう助けてくれ。あんたは酒がなくなってから凄くなるな」

Ⅳ

わたくし、生活をあらためようとしている。早朝、といっても六時だが、近所の大学のグラウンドへ行って一周する。

日頃の行いがわるいから、すぐにへたばる。吸って吸って、吐いて吐いて。スウスウ、ハアハア。これが乱れる。

トラックというのは、やや楕円《だえん》の形。これが一直線に見えてくる。思われてくる。一直線は無限である。たかだか一周四百メートルなんだけれど、行けども行けども一直線。曲っている感じがしない。

わたくし、銀座の酒場の女なんかと一緒に伊豆高原へ行く。ドンガラドンガラ行く。かれ、上条吾一、花咲爺。ちぎっては投げ、ちぎっては投げ。……これ、ちょっと、なんだか、変。

わたくし不勉強まるで駄目。萎《な》えちまっている。すぐに浮かれる。あのときもそうだった。酔って、お行儀わるくなる。だいたいが人前に出ちゃいけない男なんだ。資格がないんだ。吸って吸って、吐いて吐いて、この円は、実に一直線。

あのときが青春だったのだろうか。まったく、ちっぽけな奴。むこうむいている社長と泣いているわたくし。態《ざま》あねえや。

上条吾一。組合をつくろうとして必死だった。ちょっと酔っていた。ハマちゃんと恋愛していた。やる気になっていた。ちょっとよかった。いま花咲爺。ちぎっては投げ、ちぎっては投げ……。

北海暮色《ほっかいぼしょく》

一

書けない。……といったって、いろんな局面《ケース》があるんで。

書くことがあるのに書けない。書きたいことがあるのに調子が出ない。というのもあれば、そもそも書くものがないってのもある。どっちかって言えば、小生《わたくし》、後者のほう。そこへもってきて、頭脳《あたま》が茫《ぼう》としている。

この状態、なかなか他人様《ひとさま》に説明出来るもんじゃない。おそらく、わかってくださるのは同業者だけでしょう。書くことがないってひとも何人かいらっしゃるはずだ。

ある先輩作家で、こういう先生がおられる。朝、机にむかう。一字も書けない。それが何日も続く。お子様が小川へ行って、オタマジャクシをすくっていらっしゃる。それを洗面器で飼う。お子様は小学校へおいでになる。洗面器をそばに置いて、先生、机にむかわれる。やっぱし、書けない。何日か経つ。ひょいと見ると、オタマジャクシに手が出てくる。足が出てくる。やがて蛙になっちまう。そのときの切ないような気持。小生にはよくわかるように思います。

ああ、セツナイのだ。セツナクて机を叩くのだ。髪をかきむしるのだ。

頭が煮えている。脳が煮えている。いっそのこと、小生、脳煮《のうに》と号したいと思っている。ノーニエ山口というのはどうだろうか。

喉《のど》がかわく。小生、講演会に行くと、水差しの水を半分ぐらい飲んじまう。無性に乾くのだ。終ると、ぐったりして立っていられない。ウイスキーのストレートを飲むと治る。そのかわり、翌日がひどい宿酔《ふつかよい》。

多尿であります。酒場で飲んでいると、二時間に七回ぐらい小便に立つ。これではオシボリが損だと店主は歎く。行けば出るんだから不思議です。

全身に倦怠感《けんたいかん》あり。百枚書いたこともあったのに、このごろは、一行書いて、タメイキ。あとの文句が出そうで、出てこない。それでもって、生意気にも週刊誌二本の連載という。これじゃあ、セッナイ。

腫物《はれもの》ができる。蚊やなんかにやられたところをひっかくからいけない。化膿《かのう》する。

手先、足先がしびれてくる。

視力がおとろえてくる。野球のTV中継見ていて、投手も打者も捕手も二人ずつになってくる。お月さまも、いつもふたつ。第一に、目がかすんできて、原稿用紙の文字がめえなくなるんだからしどい。辞書を見るには何年も前から天眼鏡をつかっている。

こんなふうでは、寝る一手だ。朝から机にむかっていて、ノーニエがひどくなるから、午後二時には寝てしまう。するとどうなる。やっぱり駄目。頭、ぼうっとしている。一説によると、昼寝が過ぎると、全神経が夜の状態になるのだそうだ。だらっとする。原稿なんか書けるわけがない。ハガキ一本書くのも厭。そこで小生考えた。いっそのこと、もうすこし寝れば、全神経が朝の状態になるのではないか。さすれば、少年の朝の寝覚めの爽快。頭脳キーンと冴えわたり仕事はかどる。そう思って寝足すのだ。するとどうなると思う？　本当に朝になっているのだ。十六、七時間寝こけて翌日になっているのだ。しかも、頭は依然としてノーニエ。これいったいどうなっているのか。それが続く。だから、書けるわけがない。

あるひと、お前はいいよ、書けない書けないということを書いて原稿料を貰っているのだから、なんてことを言う。このひと、推理のひと。言われたって仕方がない。その通りなんだから。なんだけれども、窮状を察してくれない。嘘だと思ってるらしい。ズルイと思ってるらしい。こういうものを書けば、必ず投書がくる。電話がかかってくる。いわく、贋札《にせさつ》を書くな。読者を馬鹿にするな。

そうでなくたって評判がわるくなる。

推理作家はそうはいかない。仕掛けというものがいる。伏線をはらないといけない。事件解決と思ったら、最後にドンデンがくる。これは大変だ。まったく、小生、心底から尊敬する。どだい、こっちは頭がわるいのだ。人間の出来がちがう。

それに、推理作家には、いいひとが多い。小生は、みんな大好き。優しいひとばかり。

私事にわたって恐縮ですが、八月二十一日に親爺《おやじ》が死んだ。梶山季之のような年来の友人や、川端康成先生のような親類同様のおつきあいをいただいている方は別として、お悔みに来てくださったのは推理作家だけ。

結城昌治、佐野洋、三好徹、生島治郎など、読者おなじみの方々ばかり。申しわけなし。小生宅は、東京駅から快速電車で五十分、バスで十分という片田舎なんです。「国立《くにたち》のお助けじいさん」もカタぁねえや。毎日、泣いてばかり。いえ、親爺は、なが年の重症の糖尿病。七十歳は、いわば寿命。仕方がない。そうじゃあない。友の情けに泣いていたんです。毒舌は、もうやめた。

ただし、一言だけ、言わせてもらう。どうして推理作家はペンネームをつかうのだろう。それもスマートなものばかり。いかにもいい男という印象をあたえる。実際に美男子ぞろいなんだけれど、錦上花《きんじょうはな》を添《そ》えんとする概《がい》がある。そこがわからぬ。

結城昌治は本名田村幸雄。この命名は都筑道夫だといわれているが、都筑さんだって本名は松岡巌という立派な名前。だいたいが結城《ゆうき》は高級衣料であって、紬《つむぎ》とか絣《かすり》でよかったんじゃないか。紬ノ文吉とか絣ノ仙太なんてのもわるくない。

佐野洋は、たしか丸山一郎であったはずだ。『現代評論』という同人誌をやっているときに、シャープな名前に憧《あこが》れたもんだった。佐野洋は「社の用」であるという。新聞記者時代、小説は書いても会社の用事はおろそかにせぬという決意であったときく。

三好徹は河上雄三である。銀座裏の麻雀屋では、カワカミさんときいただけで震えあがっていた。

生島治郎は、結城さんの命名であって、本名小泉太郎。絵島生島というのが、女形《おやま》じみている。治郎は、耳漏《じろう》だか痔瘻《じろう》だか忘れた。

＝

なんだかだ言ってみるが、やっぱり書けない。調子でぬ。

二黒《じこく》の寅《とら》は厄年。どうにもひどい。

二月に山本周五郎先生が亡くなり、続いて敬愛していた伊藤熹朔オジサンが亡くなり、七月に恩師吉野秀雄先生が斃《たお》れ、八月に親爺が死んだ。この先きまだなにが起るかわからない。

親爺の闘病日記を読んでみる。

「今日、糖出ぬ。やはり運動がよかったのか」

「十《プラス》なり。ややよし。九月整調にもってゆく」

「シノテスト、マイナス。われ遂に闘病に捷《か》ちたり」

「久しぶりにお粗相。生活の乱れの祟《たた》りか。頑張って勝ちぬくぞ」

「昨日、餅を喰ったが糖でぬ。全快ちかし」

遺品のなかから、このシノテスト（糖定量試薬）出てくる。尿を試薬に注ぐと変色する。これを色調表に照らして尿糖の出方を検査するわけだ。

ためしてみる。

……われ、愕然《がくぜん》とす。

尿糖五パーセント。十《プラス》が四つ。つまり、父が一喜一憂していた、憂のほうの一番わるい結果が出ているのだ。

小生、すでに重症の糖尿病であったのだ。

「たいへんだ、たいへんだ……」

女房、マッサオになる。

「あんまり長生きされても困るけれど、あんまり早く死んでもらっても困る」

これ、倅《せがれ》の発言。

これじゃあ、疲れるのも無理はない。脳が煮えるのも当然だ。

だから言ったじゃないか。自慢じゃないが、一年半も前から、書けない書けないと書いてきたんだ。嘘を言ってたわけじゃない。俺は重病人なんだと宣言していたのだ。こんな重病人が書けるわけがない。

仕方なく、小生、笑った。

「たいへんだ、たいへんだ。厄年だぁ！」

狂ったと思われるかもしれぬ。狂っているのかもしれない。しかし、どんな事態でも、それを面白がってしまうというのが、小生の処世方針なんです。

「しかし……」

糖尿病になるとどうなる？　アノほうは駄目になる。無気力になる。酒は、むろん、駄目。ウイスキーはいいというのは俗説で、カロリーが高いからいけない。父のように失禁する。脳卒中、高血圧、眼底出血、心臓、腎臓の危機がせまる。

精神的な疲労がいけないというが、それなしで原稿が書けるものか。

「すると、小生の残りの人生は……」

暗黒です。アノことと、酒と、小説を小生から奪ったら、あとに何が残るか。

生島治郎に電話する。

「ははあ。やっぱり出ましたか」

このひと、優しいのか冷酷なのか、わけわからぬ。固茄《ハード・ボイルド》は、だから厭だ。

「困るのだ。もう俺んとこ、金はないのだ。俺がたおれたら、困るのだ」

「糖尿は遺伝だから……」

小生、はなはだ、ヤケクソ気分。目がくらんでくる。あんなに寝られたのは昏睡であったのかもしれぬ。

〽人が落目になるときは、頼む木蔭に露洩れるゥ……。

戦後の二十二年。どうせ拾った命じゃないか。そうは思っても、情けなや。愕然からまだ抜けきれない。

〽歩む街道数あれど、国定忠治は通せんぼ、無理に通ればまた罪が、益々深くなるばかァりィん……。

実は、シノテストのアンプルを編輯子にお見せしたんです。てんで相手にしないんだな。ビクともしない。血も涙もないんだな。

よし。ようし、わかった。甘えちゃいけないんだ。余生を安楽になどと願ってはいけない。小生だって、前大戦に参加した男なんです。二等兵ですが。ママヨ……。

〽ままよ草鞋《わらじ》の切れるまで、地獄に向うも生れ星、行けるとこまで行こうじゃないか。

つづいて、国定忠治、ヤケを道連れに蝦夷《えぞ》入り旅日記となりますが、喉《のど》がかわきますので、番茶を一杯飲ませていただきます。

III

夜の夜中の電話。

「もしもし。モシモーシ」

「………」

「もしもぅし……」

蚊の泣くような声。

「ああ。はいはい」

「あたしです。わかりますか」

「………」

「ああ、起きていてよかった。どうしようかと思った」

「アサ、か」

「へい」

「帰《けえ》ってきたのか」

「………」

「帰ってきたんなら、土産を持って昼間たずねてくればいい。いま、どこにいるんだ」

「………」

「なに？　もっと大きな声で言ってくれ」

「サッポロ」

「嘘をつけよ」

「ウソなんか言ってやしませんよ」

「札幌からの電話がこんなによくきこえるわけがない」

「ちょっ！　いやんなっちまうな。どこからかけたって音はおんなじだよ」

「じゃあ、まだ帰っていないんだな」

浅太郎は製薬会社の営業部員。小生が世話をして入社させた男。学歴がないので準社員という待遇。置き廻りというのか、全国の小売店に製品やら見本やらを持ってまわる仕事。旅廻りが専門です。

ビタミン剤は夏場が勝負であるという。北海道を制覇《せいは》するぐらいの勢いで六月の半ばに出かけていったんだが、まだ帰っていないとすると大事だ。九月のはじめです。

「ぜんたい、何をしてるんだね」

「………」

「仕事はすんだんだろう」

「さぶしくてねェ」

「えっ？」

「淋しくて、淋しくて」

またしても声がちいさくなります。

「何を言ってやがるんだ」

「旅の夜風が身に沁みるんでやんす」

「帰ってきたらいいじゃねえか」

「それがね……」

「それがどうしたんだ」

「いっぺん、兄貴に札幌を案内したいと思ってね……」

「兄貴はよしてくれ。もう足を洗ったんだから。……それでまだ札幌に残っているというのか」

「へえ。……いい娘《こ》がいますぜ。ススキノってんですがね。池内淳子もいれば、大空真弓もいる。木暮実千代の妹みたいなのもいる。これがまた、みんな純情ときている」

「………」

「唐黍《とうきび》がいい。夏場がうまいってのは、ありゃ嘘でね。これから出てくるのが本物だ」

「お前、いつから道産子《どさんこ》になっちまったんだ」

「ひえっ？」

「唐黍といわねえで、トンモロコシと言いない」

「ルイベがあり、ヒズがある。ホッキガイ、メフン、アスパラ、ダンシャクもそろそろ」

「………」

「兄貴の好きなイカサシなんて只《ただ》みたい。魚屋の前で笑えば、だまって呉れる」

「………」

「札幌競馬もまだ開催中。シバフジ、タイギョウ、ヒロヨシ、ニットエイトと大物ぞろい、ごひいきのニホンリーダー。東京優駿《ダービー》で落したアポオンワードが絶好調で、脚質を変えて逃げにでた。天皇賞を狙ってファイトまんまん」

「……」

「日高牧場のイキのいい三歳馬を見てやってくんないか。明日の朝発《た》てば北海道三歳ステークスにまにあう。去年はリュウズキで、その後の活躍はご承知の通り。今年はキタノダイオーだ。こいつを見なきゃ、話にならない。綿糸町まではとっても買いに行かれないでしょう。それにアラブのカネチョー」

「……」

「森安の兄ちゃんも会いたがっていた」

「ウソを吐《つ》け！」

「嘘じゃないよ。昨日も厩舎《きゅうしゃ》で……」

「うるさい」

「だってふんとに……」

「だまれ！」

「……」

「いいか、アサ。本当のところを言っちまえよ」

「……」

「なんだって、俺を札幌くんだりまで呼びよせようとしているんだ。なぜ俺がお前に会いに行かなきゃならないの？」

酒も女も、うまいものもモウ駄目になったとは言えない。

「……だって」

「だってもヘチマもあるものか」

「だって兄貴に会いたいんだもーん……」

その声によわい。なべ・おさみにそっくり。

「まだ言ってやがら。……いいか。お前、ほんとはお立ちがならねえんだろう」

「………」

「百《ひゃあ》なしなんだろう」

「………」

「グリコの看板なんだろう」

「……すまない……。図星だ」

「俺は厭だぜ」

「………」

「おめえはもう以前とは違うんだ。歴《れっき》とした会社員なんだ。サイドベンツのビジネスウエア。ワイシャツ着て会社のマークのはいったネクタイピンをつけたら、立派なホワイトカラーなんだ。……仲盆やってたときとは訳がちがう」

「………」

「会社に言いなさい、会社に。経理に前借を頼めばいい。規則ってものがあるんだから。札幌には支店もあるんだろう。……この社会にだって義理もありゃあ人情もあらあ。アイネクラインゲゼルシャフトと言ってね（このあたり、自分でもわけわからぬ）」

「……それがもう駄目なんで」

「なんだって？」

「七月から、十万円ずつ両三度……」

「借りたのか」

「………」

「しようのねえ奴だな。そういえば、このあいだ、山形部長に会ったんだ。どうですかってきいたら、板割君もよく働くけどどうもってニヤリと笑ってた。ドウモが気にいらねえからむかっ腹をたてていたんだが、やっぱり、そうか」

「………」

「勘太郎叔父さんもそう言ってたぜ。早く身を固めないのが不可《いけ》ねえって。いい若い者が抜き身でいるかららってね。おさまる鞘《さや》を探してくれって……。おい、きこえてるのか」

「………」

「なんだってそう銭《ぜに》をつかっちまいやがったんだ。出張手当だってあるんだろう」

「来てみりゃあ、そのわけがわかる」

「ふざけるなよ。いいから訳を言ってみな」

「………」

「とにかく、俺は厭だぜ。つべてえようだけれど。……それに、体の調子もわるい」

「薬なら、いくらだってあります」

「いやだよ」

「………」

「厭と言ったら厭なんだからね」

「タノム」

「いやだ」

「………」

「お前、いまどこにいるんだ」

「グランド・ホテル」

「馬鹿野郎。なんだってそんな高価《たけ》えところに泊っているんだ」

「そのわけも、来てくだされば、おいおいにわかってくる」

「じょうだん言ってる場合《ばやい》じゃない」

「本気なんだ」

「ホテル代も払えねえんだろう」

「………」

「とにかく厭だ。この糞いそがしいのに」

「………」

沈黙の三分間。かすかに涕泣《すすりなき》が伝わってまいります。

「この電話代だって安くはねえんだろう」

「………」

「なんとか言ってみろ」

「……一通話、七百二十円……」

「泣き声ださねえで、はっきり言えよ」

「……」

また、五分。受話器にむかって片手で祈っている様が目に浮かびます。

「わかったよ」

「……」

「明日の朝、九時二十分の日航に乗る」

「……」

「いいから、もう泣くな」


〽北多摩郡《ごおり》をうしろに捨てて、羽田空港《エヤー・ポート》を出でしより、旅は憂《う》いもの辛いもの。まして日陰の旅合羽。スチュワデスなる麗人《れいじん》の、無理に造った笑顔にも、心怯《おび》える糖尿患者《かたわもの》。締切破りの兇状が、安全ベルトに身を締めて、空気枕を抱いて寝るゥん……。

Ⅳ

千歳から札幌までの道が意外に距離があります。二年前に較べると、見違えるほどに家数が多い。工場誘致に成功したようです。この道の両脇なら、自然に宣伝になる。

迎えにきた浅太郎は、ずっと黙ったまま。その無言がかえって彼の喜びを伝えているようであります。

小生、北海道へ来ると、いつでも思うんですが、一尺下は凍っているような気がする。夏だってそうなんです。

「団体が多いんだな。飛行機のなかは招待旅行ばっかりだった」

「………」

「工場がやたらに出来たせいだろうか」

「北海道は広いよォ……」

ふうっと、浅太郎、いきをついた。その一言が、彼の二カ月半の行動半径を物語っているように思われました。妙にしみじみとする言葉です。

「そんなに広いかね」

「招待旅行ったっていろいろあるけれどね。こういうのがあったそうだ。あたしの泊っているホテルじゃないけどね、耕耘機《こううんき》を造っている会社がお百姓さんを招待してホテルへ泊めたんだそうだ。エレベーターをはじめて見るっていうお客さんばかりなんだ。廊下で平気で立小便するそうだ。それが超一流のホテルの廊下だぜ。非常階段に雲古《うんこ》するのもいる。わからないんだな。……つくづく、北海道は広いと思った」

〽やあっとせえ　よいやな
（ああソレソレ）
女という奴は卑しい奴だよ
ガモッコ鵜《う》呑《の》みする

男という奴は馬鹿ぁなやつだよ
のまれてハナたらす
〽おらえの父さん、鰊《にしん》で損して
鰯《いわし》で銭《ぜに》こ　儲けた
おかちゃ喜んで砂浜　走《は》ったば
アンビサ砂いれた
おとちゃ知らねででっかな笠まら
ずぼらと入れたば
はぁぁッ……ツンツの皮むけた

三味線と太鼓。踊る女に唄う女。その他、妓《おんな》多勢ということになってしまった。民謡酒場とでもいうのでしょうか。野卑なる唄と踊りとが奇妙に小生のその夜の気分に適合《マッチ》するんです。

「あれが、その女か」

「へえ」

「ちっとも池内淳子に似てねえじゃねえか」

いましも踊りつつ唄う女、むしろ、不敵とでもいえる面魂《つら》。ときどき、小生に流眄《りゅうべん》をくれる。この目つきに、浅太郎のやつ、まいっちまったんだな。

齢の頃なら、三十五、六歳。掛け合いで唄っているんだが、相手が唄っているときに、廊下に通ずる唐紙あけて膳のものを運ぶように合図するなど、その余裕たっぷりが、いっそ憎々しい。

「あたし、本きなんだ」

「……わりいこといわねえ、ありゃよしたほうがいいぜ。相当に強《したた》か者だ」

「こんな気持になったの、あたし、はじめてなんだ」

両方の膝を立て、その上に首を乗せるようにして早くも涙ぐんでいます。

「あの女に、貢《みつ》いじまったのか」

「………」

「恰好よく見せようと思ってグランドに泊っているのか」

「そういうわけじゃないけど……」

喰いいるようなその眼。もういけない。

「結婚を申しこんだのか」

「………」

「はっきり言ってくれないと話がつけられないよ」

「……うん」

〽やあっとせ　よういやな
（ああソレソレ）
いやだいやだは女の癖だよ
うそだば　すっぱってみよ
一尺もすっぱれば三尺も寄ってきて

ははあ、それでも本当に厭だべか
（はいッ！）
やっとせえ　よういやな
（ああソレソレ）
男というもの
ものにたとえて申そうならば
青菜のユデモノだ
（ああソレソレ）
いれるときにはしゃっきりすれども
はめるときにはクンニャクニャ
（はあッ　ちょいなあ）
隣のじっちゃあ　隣のばっちゃあ
この世の名残りさ一発ぶっぱじめた
（ああソレソレ）
はいっっ　気のゆく最中に
なんぼいいんだか　孫うッ！　水もってこい！
（はいッ、はいッ）
やっとせえ　よういやな
（ああソレソレ）

落ちつけ　落ちつけ
しっかり落ちつけよ
あんまりいそげば　ほんものはずして
たたみのへり突っついたあ

歌は、えんえんとして続くんであります。夕暮の気配で、唐黍《とうきび》を焼く匂いが座敷にまでただよっていたのが、いまや、とっぷりと夜の帳《とばり》につつまれたんです。病む身にして無力感に打ちひしがれた小生、無意識に妓《おんな》のつきだす徳利に盃をむけるんであります。ダンシャクにトラピスト・バター。ケガニ、スジコ、カズノコ、アスパラ。背を丸くした浅太郎、これが泣いているんです。

V

ちいさい酒場。徳利がすでに五本。女は飲まないというので、はや、その場の情勢を察せられたでしょう。ええい、ママヨ。ままよ、草鞋《わらじ》の切れるまで……。

「多美子さんと言ったっけね」

「はい」

例の流眄《りゅうべん》女史。その夜おそく、ここまでひっぱりだしたんです。

「浅太郎の気持はわかったんだろうね」

「……」

「なにか都合のわるいことでもあるのかね」

「いいえ」

それとなくききだした女の身のうえ話。きけばきくほど浄瑠璃《じょうるり》哀れに出来ております。

昭和五年、留萌《るもえ》の生まれ。七人兄弟の長女。父は二十七年に肺結核で死亡。ソロバン一級の免許あり。化粧品店に勤めていたが、叔母が旭川で小料理屋をやっていたので休日に手伝いに行ったり、家からの使いで出かけたりしているうちに、市役所所員と恋愛結婚。小姑《こじゅうと》多く、夫は長男なので母親のめんどうを見なくてはいけない。その母親、肺結核で寝たっきり。そのうち夫も結核に感染。一年間保養していたが、後、半日勤務に出るようになる。次第に、夫、焦りがみえるようになる。長男としての責任感から、役所をやめ、新式ストーブの会社をつくる。療養中に知りあった男にそそのかされたのだった。旭川の家を売り、札幌に出てくる。社長社長とおだてられているうち、金をつかい果し、工場は潰れ、家へ帰ってこないようになる。バーのホステスと同棲。

多美子の妹が薬局に嫁にいっており、自分がつかうんだからと結核の特効薬大量に持ちだし、バーの女にばらまいて、金はなくても夫は結構もてていたようだ。

ときどき、家に帰ってきて、多美子が親類から借りた金のこらず持っていってしまう。家中探して現金ないときは悪口雑言、彼女を足蹴にして出てゆく。

彼女、市役所に退職金あるはずと思い、妻にはいくら貰えるかと掛けあったところ、夫が出頭しなくては出せぬという。ようよう夫を探しだし、役所に同道したが、そのときはさすがにバツ悪かったのか七万円よこす。その七万円で、義母と子供二人、一年間暮したこともあった。

多美子、幼稚園の役員となる。夫が全くアテにならず、さりとて役員である手前、月謝未納は具合がわるいので働きに出る決心をする。

さいわい、近所に大衆酒場が開店した。店員を応募しているが、どうしても店にはいること出来ず、八回ばかし店の前を往ったり来たり。結局は就職したが……。

するうちに、どこできいたか夫が迎えにくるようになり、いつしか家にもどってくるようになった。

毎日、迎えにくる。帰りに、屋台のヤキトリ、ラーメンを食べる。多美子、仕合せが戻ったように思ったが、意外、夫はそうなってみると大変な嫉妬《やきもち》だった。バッグのなかに客の名刺があったというだけで、殴る蹴る。零下十五度という町を逃げることも度重なる。

ある夜に、朋輩《ほうばい》の家に逃げたが、三日目に思い直して家に帰る。ところが、義母が許してくれない。

「亭主は部屋の隅で泣いてるんですよ。そういう男になっちまったのね。それで、わたし、また決心したんですよ」

その夜はどうやらあやまって、泊めて貰ったが、翌々日、風呂敷包みひとつ持って家を出る。約半歳。市電のなかでバッタリ、夫に会う。お茶だけ飲ませろ、厭よの押問答で、ついにアパートへはあげなかった。そのころはバーに勤めていたのだが、またしても夫、店の前で退《ひ》けるのを待つようになる。関係はもどさなかったが、子供可愛さのあまり、金でなく、下着類、菓子、帳面、鉛筆など渡すようになり、やや余裕ができてからは、もっと金目のもの、直接送るようにした。

ある日、こらえきれずに、小学校へ子供をたずねていった。

「そうしたら、どうでしょう。子供が石を投げるんですよ。ええ、上が女で、下が男の子なんですけど、きっと、義母《かあ》さんが、あいつは悪い女だ鬼だと教えこんでいたんでしょうね。……あたし、その場にしゃがんで泣いてしまった。逃げる気なんて、これぽっちもなかった。……あたしね、そのときはじめて死んでしまいたいと思った。力が抜けてしまったのよ。生きてゆこうという気持がなくなったのよ。……どうか、母さんを殺してちょうだい。あんたたちに殺されるなら、母さん、それでいいのよ。……それがいちばんいいんだわ、さ、ぶってちょうだい」

それから三年経って、現在の店に勤めるようになった。


「あの歌ねえ、誰かがつくるんですか」

「……」

「あの、変な歌だよ」

「ああ、秋田音頭ですか」

「あれ秋田の歌なの？」

「その替え歌なんです。あれ、御不浄のなかで考えるんです」

「どのくらいあるの？」

「わたしは、三十くらい知ってるわ。ひとつを一分くらいで歌って、だいたい、二十分ぐらいで次のお座敷へ廻るの。でも照れくさくってねえ、お酒を飲まないと歌えないんですよ。わたし、ほんとは飲めないんですが」

「そうだったのか」

小生、間違っていました。ナガシメ女史のふてぶてしいような態度、あれは、いっぱいの恥ずかしさのあらわれだったのです。

「わたし、いっぺんだって、正面むいて歌ったことがないんです。どうしても出来ないんです」

唐紙をあけて廊下にいるボーイに話しかけたり、酒の用意をしたり。あの流眄すらも、実はそれだったのです。

「わるかった」

「え？　なんです？……太鼓叩いている女のひとね、あのひとも可哀相なひとで、逃げた亭主をぶん殴るような気持で太鼓たたいているんだそうです」

「で、どうなんだ」

「……？」

「浅太郎の話だよ」

「わたしね、見合いをしたことがあるんですよ」

「そんなことはどうでもいい」

「まあ、きいてちょうだいよ。ラーメン屋の主人なんですけどね、四つ齢上で凄い酒飲みなの。万事がスローテンポでね。……でも、わたし、結婚する気になったのよ。小学校一年の女の子がいるの。アパートぐらい借りて住もうと思ったのに、ぜんぜん、その元気ないのね。小さいビルの一階がラーメン屋で、三階に住んでるの。行ってみたら汚い一間っきりで、その女の子が寝てるのよ。それ見て、厭になっちゃった」

「………」

「もう一人は五十歳でね、不動産業者なの。ハタチの娘をかしらに子供が五人。奥さんに死なれたのね」

「いいじゃないか」

「それが凄い田舎っぺえなのよ。はじめ、パーク・ホテルのなかの中華料理店で見合いしたんですけれど、儂《わし》ゃあ、ギョーザとサイダーでいいって……」

「なるほど」

「わたしね、廻りのひとに言われると、すぐにその気になっちまうのよ。仲人から、とっても似合いの夫婦だっていわれたんで結納《ゆいのう》まで貰っちまったの。ところが、デートするたびに、嫌悪感っていうの、いやになるのね。たとえば喫茶店で会うわね。コーヒーがくると、ずるずるって音たてて飲むの。熱いんで、こんな顔してるわ。それでも、そのまま一気にぐうっと飲みほしてしまって、ふうってタメイキつくのよ。とうとう断ったら、ずいぶんみんなに叱られたわ」

「その話、わかった。浅太郎はどうなるんだ」

「わたしね、男の人を駄目にしちゃうのよ」

「………」

「そういう女なのよ。みんなオカシクなっちまう……」

「……だから?」

「………」

「本当のことを言ってくれ。いいか、怒るなよ。男がいるんだろう」

「お世話になっていた人はいたわよ。だけど、ほら、さっきの話で、結納まで貰ったときに別れちまったのよ」

「だから本当のことを言ってくれって言ってるんだよ」

「……」

「男と別れたのは本当だろう。……現在の話なんだ。……いるんだろう？」

「好きな人が出来たわ。そのあとで。……そのひとも変になって会社をやめたわ」

「……」

「それから、とっても若い人に好きになられて困ったこともあったわ」

「そうじゃない。現在、いるかいないかだ」

「……」

「遠くから来たんだ。いそいでいるんだ」

小生、現在、世話になっている男ありと睨んだ。そうでなければ、若いのがいるはず。ひょっとしたら、それはモトの亭主であるかもしれない。なんといって浅太郎を納得《なっとく》させるか。それを考えていたんです。

「駄目なのよ」

「……」

「わたし、誰でも駄目にしちゃうの」

「幾許《いくら》いるんだ。男と別れるとしていくらあったらいい」

「……」

ソッポをむいて、よその客のほうに流眄をつかう。

「駄目なのか。どうしても」

「……………」

小生の耳もとで、三味線と太鼓と唄がガンガン鳴りだしたように思われた。

〽よういっとうな　ああソレソレ
厭なった　厭なった
店の勤めが　厭なった
(はいッ　はいッ)
隣の太郎ちゃん　嫁とった
向いの花ちゃん　ムコとった
多美子二階で
はあッ　はあッ　ふうん
蚤《のみ》とったぁい！

唐茄子《とうなす》や

―

弱ってくると寝相が変ってくるという。ナニ、こりゃあたくしだけのことかもしれない。あたくしはそんなふうになる。

両腕をまげまして胸のところへもってくる。手が顎《あご》へくる。指は結んでニギニギの形。両肢もまがっています。首も背中もまがっています。つまりは、手足も頭も臍《へそ》をめざしてまるまっている形。多分、母の胎内にあったときはこんな恰好《かっこう》ではなかったかと思う。

「起きなよ。起きなてんだよ」

「………」

「何時だと思ってるんだよ」

「エエ?……」

あいたつもりの目が見えない。糖尿は目へくるという。あたり全体が霞んでしまって、ボーとしている。目脂《めやに》なんですね。睫《まつげ》と睫《まつげ》とからませて。

「ほんとに、お前《まい》さんていうしと、どうなっちまったんだろうねえ」

朝は割かし早く目がさめるんです。これだけ寝てりゃあ当りまえだろうけど。

新聞が玄関の硝子戸《がらすど》の隙間からポトリと落ちる。そのポトリで目をさます。それからまあ二時間ばかし寝て、起きるというと朝飯《めし》です。飯ったって米の飯《めし》じゃない。南瓜《かぼちゃ》です。南瓜を砂糖ぬきで煮たやつに南瓜の味噌汁。これを新聞を読みながら喰うんです。朝・毎・読・東京に報知・サンケイ。たっぷり一時間半はかかる。するってえと、ねむくなってくる。午前十時半という頃です。で、寝ますね。

ポトリで目がさめる。正確に言うと、そうじゃない。がらっと開いて、ポトリ、がら、です。これ夕刊の音なんですね。夕刊だから錠前がかかっていない。ポトリ、また、ポトリ。ああ、君よ知るや、この切なあい思い。術《すべ》もすべなさ。胎内にいる姿で、ポトリを聞くんです。かくや歎《なげ》かんせむ術《すべ》を無《な》み。

朝刊から夕刊まで寝転《ねこけ》ちまった。あたくしという人間、そうなっちまった。最後のポトリで、やおら、起きあがって、また南瓜です。夕刊読んで、また寝るんです。

一日が、新聞と南瓜しかない。貧すれば鈍《どん》するというが、二度の食事時間が楽しみになってくる。しかしながら、喰ってみれば、なあに、南瓜は南瓜です。ちっともうまくない。

「いま、何時?」

「六時二十五分まえ」

あたくし、女房のこれ、厭《いや》なんだ。結婚する前からそうだった。なぜ素直に五時三十五分と言えないのか。いまさら文句を言ったってはじまらない。二十年間、それで通されてしまったんだから。

「そうすると、最初のポトリをきいてから、また寝たのか」

「なにを寝呆《ぼ》けてんのよ」

「読売は、もう来たか?」

「さ、起きてちょうだい。御膳《ごぜん》が出来てるんですから」

「よるは、なに？」

「精進揚げ」

「やっぱし、南瓜か」

自分で言いだしたんだから仕様がない。糖尿病には南瓜がいいという。なぜかというと南瓜の名産地には糖尿病患者が極めてすくない。北海道とか宮崎ですね。してみると、南瓜は膵臓《すいぞう》に良いということになる。インシュリンがあるんだな……ということを何かで読んだ記憶がある。

さらば、南瓜を喰って喰って喰いまくり、全身これ黄色の鬼となるならば、糖尿病は全快するに違いない。これ、あたくしの論理です。なにしろ〝進め一億火の玉だ！〟で育ったんだから、考え方がどうしたって直線的になる。

「あんたってしとは暗示にかかりやすいんだから……」

へへッと笑った。

「暗示なんてもんじゃない。己《おれ》は、ものごと論理《ロジ》カルに考えたいんだ」

「……ときに、ご相談があるんですがね」

「ナニ？」

たらちねの胎内スタイルで身構える。病人はひがみっぽいんだ。税金に親父《おやじ》の葬式で、あたくし、参ってるんです。銭《ぜに》ゃあ落っこっちゃいねえや。金の生《な》る木は持《も》ちゃおらん。そこへ、この病いです。嵩《かさ》にかかって女房まで攻勢に出ようとするのか。相談というのは悪い話にきまっている。またしても出費か。アドレナリンが全身をかけめぐる感じ。

「南瓜の精進揚げはつくったんですがね。今晩は食べないでいただきたいの」

「……？」

「行ってらしてよ」

「どこへ？」

「銀座でも新宿でもいいから」

「どうして？」

「……あんたねえ、そうやって縮《ちぢ》こまってばかりいてどうするの」

「……」

「あんた、駄目になっちゃう」

「もともと駄目なんだ」

「それは知ってますよ。……でもね、そうやって長生きしたって仕様がないじゃない」

「妻子のためだ」

「そうじゃないわ。ねえ、昔のように、パアッと派手に遊んでらっしゃいよ」

「パアッと派手に……」

どう考えたって、そんな遊びをした覚えがないのだが、言われるとそんな気になる。あたくし、暗示にかかりやすいのだ。

「ふとく短く生きたらいいじゃないの」

「鋳掛《いか》けの松か」

「そうよ。ダス・イスト・アインマールじゃないの」

「しかしながら、禍《わざわい》は妄《みだ》りに至らず福は徒《いたず》らに来《きた》らず、という。つまりこの病いは、大酒飲んだ祟《たた》りなんだ」

と、言ったって、あたくし、内心はもうその気になっている。

「そうかもしれないけど、このまま潮垂《しょつた》れてどうするの」

「パッと派手にね」

「そうよ」

「先だつものは？」

「これ、ここに」

一万円札が一枚。これで派手に遊ぶわけにはいかないが……。

「いいんだね」

「まかしてちょうだいよ。さ、支度、支度」

お尻《けつ》をぽんと叩かれて、よろよろと、黄色鬼、家を出るには出た。

＝

「え、ごめんくださいまし、誰方様《どなた》も前をば失礼いたします」

木の室《むろ》でございます。それでもって室内は非常なる高温になっております。蒸気衝撃《スチームショック》という。これで全身の毛穴を思いっきり開かせておいて、こんどは冷水のシャワーによりまして肌を引締めるんです。何回か繰りかえすと脂肪がとれストレス解消、疲労回復、宿酔《ふつかよい》、高血圧に卓効ありという。

これが、森と湖の国。芬蘭土《フィンランド》からやってまいりましたサウナであります。あたくし、体に良いといわれるものは何でもやってみようという気になっている。絵看板につられて、ふらっとはいっちまった。

むっとする熱《あつ》さでございます。思わず腰を屈《かが》めますというと、椅子になっている。これがまた熱い。ま、早い話、人間を茹《うで》ちまうという仕掛けなんです。

動くというと熱いから、じっと耐えているんです。そうはいったって呼吸《いき》をしないわけにはいかない。熱気が鼻腔《びこう》に集中してまいりますから、思わず、

「タハッ!」

手拭をあてがいますというと、これがすでにしてカッサカサに乾いている。熱いんですね。

「うむ。これは……」

周囲の客に、ぎょろっと睨まれた。平然たるもんですね。

「お前ら、みんな石川五右衛門の子孫なのか……」

口に出さねど、そんな感じです。見渡してみて驚いたな。客が若いんです。屈強の若者というところ。今日《きょうび》、御時勢が変っちまったんだ。豪儀なもんだ。こいつら健康のためじゃない。むろん、それも健康の一種であるが、美容なんですね。脂肪を取り去ってスマートになろうという。

それにしても、入場料は大枚千八百円です。あたくしにしたってギョッとしたな。いったい、こいつら幾ら稼《かせ》いでいるんだ。二十三、四歳という、月給取りにしたって、まだ駆けだしじゃねえか。忌々《いまいま》しい奴等だ。

サウナルームに忍苦し、冷水にどぼん、これを繰りかえしているうちに次第にいい心持になって

まいります。またしても、ねむうくなってくる。ここで寝てしまっては一大事だと思うから、タラーリ、タラーリ、湧き出る汗に耐えております。

そこをば出まするというと、レストルームにて湯茶の無料接待がある。暫時休憩を致しておりますと、按摩部屋《マッサージルーム》へ呼びつけられる。

ざっと見渡したところ、手術台の如きものが三十ばかり。一室でありまして、すなわちオープンスタイルという。国家試験を通過いたしましたるところの、汚《けが》れを知らぬ乙女がマッサージをしてくれます。いたれりつくせりの設備となっております。

「はい。おっぺして……」

で、俯《うつむ》けになる。ここなら眠ったって差しつかえない。トロトロっと致しまして、かれこれ十分はねむったんでありましょう。

ふいっと眼を開きますというと、最前に御案内申しあげましたようにオープンスタイルでございます。何やら柔道の乱取りが行われているよう。

「えい、やっ」

「うむ」

「はいっ!」

「痛い」

「まだまだ……」

「ぎゃ」

「これでもか」

「参った」

まさか参ったとは申しませんが。

女子が攻勢に出まして、男性は受身の無抵抗。何やらセックス・カードめいたスタイルがあるかと思うと、相撲の河津掛けの恰好がある。柔道の押えこみがあるし、グレコローマン・フリースタイルの格闘がありまして後背から伸《の》し掛からんとする。そうかと思うとクラシックバレーの型がある。勿論、男女の立場が顚倒しております。胯座《またぐら》に首を突っ込んで、アン・ドウ・トロワとばかりに持ちあげる。

「ぱっ、ど、どう！」

男は苦悶の表情。

あるいは男の片肢を持ちあげて、帆掛船の形。帆柱に肩をかけまして、

「せえのっ！」

裂帛《れつぱく》の気合諸共、折り畳もうとする。

なかには、優しく親猿が仔猿の蚤取る形。膝のうえに乗せられて、喋々喃々《ちょうちょうなんなん》。

「あんた、わりかし毛深いのねえ」

「冬が近づくと濃くなってくる」

「すべすべして、いい気持」

「毛皮のジョニーっていえばちっとは知られた男だ」

「まあ、素敵」

「学生相撲では毛沢山《もうたくさん》の醜名《しこな》で準優勝した」

いい気になっている。

120℃という高熱でもって熱せられましたボデーに、うら若き乙女が取っ掛かろうってんですから、場内一体がむんむんとしております。

この按摩というもの、唯単に痛いだけじゃない。どうかすると、擽《くすぐ》ったいことがある。まあ、人体の不可思議と申しましょうか、意外なところが擽ったいことがある。昔から「内裏の尻こそばゆく」なんという言葉がある通り、臀部がいけない。腋の下、足の裏は申すに及ばず、膝頭、腰椎のあたりにそれがある。

「うひゃっ！　もうカンニンや」

「どうなさいました」

「いひひひひ……ヒーッ」

怺《こら》え兼《かね》て、翻筋斗《もんどり》打《う》って、施術《せじゅつ》台から転《ころ》げ落ちるのがいる。

「こりゃあ、宜《い》い！」

毛虱《けじらみ》持ちが湯へ這入《へえ》ったように、あたくしいい気持になってきた。

按摩って奴、どうも希代《きたい》なことに後背位から後背位からと責めたてます。従いまして、施術者と顔があうことが余り無い。face to faceにならぬのだな。

あたくし、迂闊《うつかり》して、己の敵娼《あいかた》の貌《かお》をまだ見ていない。

若《も》し、施術畢《おわ》りて後に、彼のカトリーヌ・スパークの如き婀娜《あだ》な女なるを知りせば、如何許《いかばか》りの悔《くい》の残るらめと思えども然も顔容《かんばせ》見ること能《あた》わず。ナニシロ、大枚千八百円を投じたんだ。資本《もと》がかかってるという卑小《いや》しいこころ。

あ「諸嬢方《きみたち》、仕事が了《おわ》ってから、サウナに這入るのかね」
按「エエ、はいりますよ」
あ「効《き》くと思うかね」
按「宜《い》いわねえ。それに、妾《あたい》たちがおわるころはお風呂屋さんがやってないでしょう」
声はわるくない。甘《あま》いのだ。
あ「なるほど。仕舞風呂ってわけか」
按「爾《そ》うなの。温《ぬる》くって丁度いいわ」
あ「………?」
按「若い人達は、石に水をかけるのよ。それでキャアキャア騒いでね」
あ「あれは急に熱くなる」
先刻《さつき》申しました蒸気衝撃《スチームシヨツク》です。一隅《かたわら》にあります焼石に柄杓《しやく》でもって水をかける。蒸気が濛々と室内に充ちまして、流れる汗は滝の如く、体内の老廃物を一挙に押しながして新陳代謝するという。
按「ですからね、熱くって堪らないから逃げようとする。それを逃がすまいとする。追っかけこで……」
あ「素っ裸《ぱだか》で」
按「当りまえですよ。部屋が狭いでしょう。もう折り重なって倒れたり、ひき起したり、取っ組みあったり、わいわい、キャアキャアでね。とっても楽しい」
あ「アングルの『トルコ風呂入浴図』だな」
按「え?」

あ「そこへいれてくれないかな」
按「駄目ですわ」
あ「ホルモン・ショックだ」
按「まあ、御串戯《じょうだん》ばっかし」
あ「ねえ、頼むよ。俺、もう、そのほうは能《き》かなくなってんだから。……じゃ、あと五百円だす」
按「不可《いけ》ません」

マッサージにかかったことのある方は御承知でしょう。

必ずはじめに、このくらいでよろしいかと訊《き》くもんです。

あるいは、強いのがいいですか、弱いほうがいいですかと尋ねる。どうぞ御遠慮なく仰言《おっしゃ》ってなんか言う。

これが常套《じょうとう》ですが、ここにひとつの罠《わな》があることにお気づきか。たいていは、やわらかくとか普通でいいと答える。若し夫《そ》れ、強くと答えるならば、著しく按摩師《マッサージ》の矜恃《プライド》を傷《そこな》うことになる。

自慢じゃないが、あたくし、甚《ひど》い肩凝り性で小学生時代から按摩にかかってきた。ちっとやそっとでは応《こた》えない。この頃の女アンマなんか蚊程《かほど》にも通用せぬ。

よせばいいのに、最初《はな》にきかれたときに〝ちからいっぱい〟と言っちまった。そうでなくたって、はじめの十分間は転《うた》タ寝をしていたんだから、むこうも好い加減アタマへ来ている。

隣でやっている女が、あれさ、ミッちゃん張り切っちゃって、茹章魚《うでだこ》みたいと笑ったことからして御想像ねがいたい。従いまして前記会話の〝按〟の部分は、かなり力がはいっていると思って読んで戴《た》き度い。

按「あんた、もっと強いほうがいいの」
あ「どうでもいいが……」
按「これでも、痛く、な、い、の？」
あ「痛いということはないね」
按「こ、れ、で……も？」
あ「いい気持だね。きみは、若いのに、仲々、お上手だね」
按「ご遠慮なくおっしゃってね。痛いときは、痛いと言っていいのよ。小《ち》っとも、遠慮すること無いのよ。ここはお客様のサービスをモットーとしているんですから」
あ「遠慮はしていません。自由にやっていますよ」
按「ここん、と、こ、ろ、は、どうお？」
あ「ああ、いい」
按「感じません？」
あ「感じてるから、いい気持だって言ってるんですよ」
按「ここは？　エイッ」
あ「揉《も》み殺す積《つも》りか」
按「まさか、そんなことはしませんよ」
あ「そんな気持でやってもいいよ」
按「もっと強くですか？」
あ「だからね、どっちでも宜《い》いんだ。きみだって草臥《くたぶれ》るだろう。きみのいいようにしてね」

これが、怒らせたらしい。
按「じゃ、急所へ行きます」
あ「急所?」
按「男の急所」
あ「へっ?」
按「急所へ入れてみます」
あ「そんなことができるの?」
按「できます」
あ「だって……」
世上に矢釜《やかま》しいスペシャル・サービスかと思ったが爾《そ》うではなかった。
按「ううう……うん」
あ「あ、そこそこ」
按「はあッ!」
あ「いいねえ、迚《とて》もいい」
按「はいってるのよ」
あ「そうかね」
按「どこまでもいれてみますが、いいでしょうか」
あ「いい、いい」
按「ずぶずぶっとはいりますから」

あ「こりゃあ、いいや。はいるもんだねえ」
按「うむ、うむ、うん（ト息荒ク）」
あ「こりゃたまらぬ」

かくして、猛《たけ》り狂ったる女按摩師、アレグロ、アレグロと大腰にて四方八面縦横無尽に突き立て揉み立て、あるいは左撃し、あるいは右撃し、勇将の砦《とりで》を破るが若《ごと》く、あるいは上に縁《よ》りあるいは下に驀《はし》り、野馬の澗《たに》に躍跳するが若く、あるいは出《い》で、あるいは没し、あるいは築《つ》き、あるいは挑《いど》み、上に抬《もちあ》げ、下に頓《かたぶ》き、蒼鷹《そうよう》の狡兎《こうと》を揄《つか》むが若く、大帆の狂風に遇《あ》うが若く、嶮岨《けんそ》の山頭より落つると見えしが身を翻《ひるが》えし、爪《つめ》を蹴たてて駈《かけ》登ると、又突き落し突き落し、鳴神電光《なるかみいなずま》天地《てんち》に満ちて、鉄杖《てつじょう》の勢い四方《あたり》を払い、繋縛《けばく》にかけて責めかけ責めかけ、袖たもと搔《か》い潜《くぐ》り搔い潜り、此所に顕《あらわ》れ彼処《かしこ》に失せ、無二無三に攻めかくれば、さしも猛き小生《あたくし》も、濃血《のうけつ》忽ち融滌《ゆうてき》し、身穢《しんえ》は満ちて膨脹《ぼうちょう》し、膚膩《ふに》尽《ことごと》く爛壊《らんえ》せり、いか様これは音に聞く安達ヶ原の鬼なるや。恐しや、かかる憂目《うきめ》を新宿のサウナに鬼の籠《こも》れりと、古人《いにしえびと》の詠じけん。心も惑《まど》い胆《きも》を消し、花の吹雪と散り散りに、潮《しお》を蹴立《けた》てて悪風《あくふ》を吹きかけ、眼《まなこ》も眩み乱れに乱れ、前後を忘《ぼう》ずるばかりなり。

げに恥ずかしの我姿、足許《もと》もよろよろとタオルを纏《まと》い、転《ころ》ぶと見えて又起きあがり、慕いて来るを追い払い、祈り退《の》け、往くべき方は知らねども、鍵《キイ》を頼りに受付《フロント》へ、跡《あと》白波と逃げて行く。

三

苦《く》多《た》苦《く》多《た》になったな。カトリーヌ・スパークと思っていたのが、某新劇大女優の厚化粧に似ていたのにはがっかりしたが。

しかし、サウナはいいもんです。薩張《さっぱり》した気分になった。

色艶もよくなったと思う。千八百円は安い。是非、いってらっしゃい。

嚢中《のうちゅう》にまだ八千二百円残っている。しかれども体が弱っていると、どうしたって考えるスケールが小さくなってくる。どこへ行ったと思し召す？　靴《くつ》を磨こうと思ったんだから厭《いや》ンなっちゃうね。

由造《よしぞう》のいる西口へ。

「どうしたい。新宿駅も立派ンなったんだから、お前も他下へもぐったら」

「……………？」

顔をあげて、あたくしを見た。

「俺だ、俺だ」

「なんだ、あんたか。珍しいじゃないの」

「ちっとばかし、体を毀《こわ》したもんだから」

「そうでなくたって、靴なんか磨いたこと無いくせに」

昭和二十一年だったと思う。こんな小汚え靴が磨けるかってんで喧嘩になって以来の友達です。

水虫の薬の広告いりの帽子に、手拭いを首にまいて、袖には例の経理課の人なんかが愛用している黒いゴムいりの汚れどめ、スポーツシャツ。

股を拡げっぱなしの商売だから、ズボンのジッパーは下まで開《あ》いてある。

「どこへ行ってたの？」

「サウナ風呂」

「道理で、素軽《すがる》い動きだ」

腰の下に煉瓦の形のホーム・ラバーが数箇。これ、単なるクッションではない。早染めインキのあとに、ぱっぱっと水をつける、その水に濡れた手をふくんですね。つまりは吸取紙みたいな役目。ラバーの下に毛布。その下に箱。これに坐ってる。靴墨各種に、鞄。

修理が得意だから、型台。待ってる人のためのスリッパ。客用丸椅子。それらすべてをいれる大型木箱。街路樹に帚《ほうき》がたてかけてあるのは仕事が了《おわ》ったあと、客の捨てた煙草なんかを掃くためのもの。昔っからの習慣で、これが由造のいいところだ。スポーツ紙が五種類。

自分で競輪をやるせいもあるが、隣りに出ている新聞売りの小母さんに義理をつくすという。また客にも読んで貰うという、一石三鳥の狙い。

いまどき靴の修理がはやるかという疑いを抱く方がおられるかと思うが、昼間はBG、夜はホステス、ほら、よくごらんになるでしょう、スリッパはいてハイヒールをぶらさげた女。どうも女てえものは、ああまで倹約《しまつ》するものなのか。みっともないということを知らぬのだな。

靴磨き（由造に言わせればゲソミガキ）というもの、道路に面して横向きに坐っているのを見たら、上等なシュウシャインボーイだと思っていただきたい。

なぜかというと、磨く奴も横、客も横ならば、それだけ交通の邪魔にならない。芸は道によって賢《かしこ》しと言う。ここらあたりが商いの道徳《モラル》なんだ。正面向いていていいのは、新聞売りに宝クジの小母さんだけ。

この場所《しょば》だって、一メートル四方ときまっている。警察から認可をもらってる。年間で千二、三百円ときいた。

この由造という男。ただの靴磨きじゃない。

モトはといえば若旦那。金のあるに任《まか》せて宜《い》いわ宜《い》いわで遊んじまった。初めのうちは親達も大目に見て居りますが、家のため、当人のため、店の奉公人のためにならぬというので、お定まりの勘当になっちまった。

「へえ。結構でございます。出て行きゃあいいんでしょう。勘当されたって女が喰わして呉れますから……。ヘッ、何を言ってやがるんでえ。お天道《てんとう》様と米の飯は、どこへ行ったってついて廻らあ」

ぷいっと出ちまった。

女が喰わしてくれるのは金のあるうちだけなんで……。

しかしながら、この、〝お天道様と米の飯〟だけは、不思議と、ついて廻った。神占《しんせん》という占師《ろくま》にはじまって、靴磨き、演歌師、手品師、ガンヤク（眼薬売り）、ジンゾウ（人造指輪売り）という大道商売を重ねたあげく、靴磨きにもどって、十年になる。なるほど、お天道様はついて廻った。

おれぐらい、顔の広い男はいないというのが自慢なんで、なるほど、そうでしょう、十年靴を磨いていれば、万と数のつく人間と顔見知りになっちまう。紐育《ニユーヨーク》だろうが巴里《パリ》だろうが墨西哥《メキシコ》だろうが、どこへ行ったって友達がいる。

靴磨きは一回が六十円。十人で六百円。人気があるんで、引切無《ひっきりな》しに客が来るから、どう安く見積ったって、五十人で、三千円の日銭《ひぜに》がはいる。お天道様さえ照ってくれれば、それでいいんで……。

美《い》い男なんだが、嬶《かかあ》は持たぬ主義。新宿のベッドハウス、一泊が三百円から五百円というのに木箱ひとつ抱えたままで寝泊りしているから、結構、当人は安気《あんき》なもんで、金ばなれのいいところから、ハウスでも呑み屋でもそこらあたりに屯《たむろ》しているパンパン嬢にも評判がよろしい。キスグレの由《よっ》ちゃんで通っている。

あたくしが感心するのは、この男、日本橋に歴《れっき》とした大店《だな》があるんだが、金輪際かえらぬという、そこんところです。男子ひとたびの心意気がよい。

「飲みに行きましょうか」

「俺、駄目なんだ」

「飲めないの？」

「そう」

「ナニ、飲めなくたってかまやしない」

「もう、いいの」

「ええ、そろそろ、仕舞おうと思っていたところなんですよ……。エ？　いつもすいませんねえ、こんなにたんまりいただいて」

「よく見ろよ、それ、こんど出来た五十円玉だ。十円負けとけ……」

パッと派手に遊ぶつもりがこうなった。人間、やっぱし、器量ってもんがあるんです。

Ⅳ

ビルとビルとの間に谷間がある。

この谷間、平行でなくなって末広がりであったとすれば、ドンヅマリに、三角の、やや広い、といったって、一坪ほどの空間が出来る。どういうわけか、電信柱が立っている。そこを利用して、板打ちつけた呑み屋がある。こういう店がまだ新宿にはあるのだな。終戦直後と、全く同じで、雨戸の如きものがたてかけてある。

それが入口で、あたり一面、天井にまでヌード写真が貼ってある。こういう店で、まさか、ジンジャエールとかトニックワラーなどと言えぬから、おそるおそる、ビールを頼む。

壁に鯣《するめ》がぶらさがっていて、夜目にも著《しる》く埃がつもっている。黒板にスルメと書いてあるんだから、それも売るんだろう。

「豚の足でもどうかね」

トンコツというのは知っているが、豚のゲソは初めてみた。

「いや、いらない」

「どうして？　うまいよ」

「うまいだろうが、あまり、カロリーを摂《と》ってはいかぬのだ」

ほんとは、今夜あたり、思いっきりウイスキーを飲んでみたいのだが、そこは、盗《と》ること叶《かな》わぬ魚屋の猫みたい。飲むことかなわぬ糖尿患者。

ビールを啜《すす》るようにして……。そのへんで出掛けに女房に言われた、あんたってしとは暗示にかかりやすいという言葉は、もっと別の意味じゃないかと思ったりする。パッと派手に遊んでこい？そういえば禁欲も既に久しきに渡る。ま、いいや。病人の僻《ひが》みかも知れぬ。

「じゃ、南瓜でもどうかね」

「カボチャ」

「うまあく煮てあるんだけんど」

「その砂糖がいけない」

「あれまあ、どうして？」

「糖分がいけない」

「じゃ、ひとつあるから持っていきなよ」

「けっこうだ」

「遠慮することはないよ。いま新聞紙にくるんでやっから……」

南瓜と新聞。この組みあわせがいけない。

「今年ゃ南瓜の当り年でね」

「なに？」

「南瓜ってのはね……」

由造が助け舟を出す。

「すべたのことなんだ」

「スベタ？」

「すべたというのは、もとはトランプのスペードの意味だ。役に立たない、駄目な奴。そこから転じて、容貌《きりよう》のわるい女になったんだ。お前みたいにな」

「なんだって？」

「南瓜とは醜女のことだ」

「畜生！」

「去年はヒノエウマだ。来年はサルだ。サルは去るといって婚礼をきらう。だから、今年は、スベタもブスもオカチメンコも、みんな嫁にいった。だから、南瓜の当り年だと言ってるんだよ」

道々、由造に訳《わけ》を話したんです。南瓜しか喰っていないんだって……。あたくし、由造の心づかいに思わず、ぽろっと涙が溢《こぼ》れました。

「わるかったわね」

「南瓜に目鼻ってのはお前さんのことだ。なんだい、この土堤《どて》カボチャ」

「言ったわね」

長葱《ねぎ》を引きぬいて、バシッと打てば、水虫の宣伝帽子にヒットする。

「だけど、お前は、気性はいい。気分のいい女だ」

殴られても平然たるもの。焼酎《しょうちゅう》をグイと呑む。人間、こうありたいもんです。

「なんだい。跛《びっこ》の提灯持《ちょうちんも》ちじゃあるまいし、あげたりさげたりすんない」

「おや、雨か……」

「態《ざま》あみやがれ。由造殺すにゃ刃物はいらぬ、雨の十日も降ればいいってね」

「莫迦《ばか》言っちゃいけない。九州じゃ日照りでお百姓さんが困ってるんだ。おりゃあ、うれしくって」

「ま、きれいなクチをきくもんだねえ」

雨足が繁くなる。

「ほうら、いけねえ。漏《も》ってきやがった」

由造もあたくしも、ひとつずつ奥へずれることになる。

「だけどねえ、ヨッちゃん。南瓜ばかり喰っていると、なんだか心細くっていけねえや。なんか、こう力がなくなってくる。歩きかたまで大鵬《たいほう》みたいになっちまう」

「大鵬？　大鵬なら結構じゃないですか」

「俺はね。俺は摺《す》り足で歩きてえんだ。そりゃあ、大鵬みたいな百四十四キロもある男はいいけれど、俺はね、俺という人間を二人半もってきて大鵬と同じなんだ。そういう男があんな歩き方をしてみると」

「……」

「〽足許《あしもと》もよろよろとォ（うたう）」

「よしておくんなさいよ」

「ビールがきいてきた」

「やだねえ。まだコップの半分も飲んでないってのに」

「俺だって、いいときもあったんだ。銀座の裏通りをね、こう一杯機嫌で、ふらふら歩いていると、地下の窖《あなぐら》から客を送って出てきた女給さんが、あら、ちょいと、あすこへ行く良い男、国立《くにたち》の若旦那のようじゃありませんか。ってえと別の女が、馬鹿なことを言いなますな、ちょっと、そこどいて。……ひょいと見ると、それが俺なんだな。アラァ、しどいじゃないの素通りなんて。いや、いやいや、いや、駄目よう。ねえ、鳥渡《ちょい》と寄ってらして、なんか言われてね。ダメだよ、今夜は早く帰るんだから。嘘ばっかし。本当だ。いいわよ、知ってんだから、どうせ妾《あたし》なんか、ね、いいしとができたんでしょう。痛《つ》っ！　いたいいね銀座の真中で抓《つね》るやつがいるかよ。わかったよ。服が千切《ちぎ》れるじゃないかなんて」

「……」

「そうかと思うと、今年の正月の五日だった。芳町で目がさめると、しどい雪なんだ。どうしなますって言うから、どうしなますったっておめえ、この雪じゃ帰《けえ》れねえや、直《なお》そうじゃねえかったら、まあ嬉しいこと、わちきが御馳走しまほう。シャブシャブですか、それとも、あんたの好きな寄せ鍋にしましょうかってから、そうさなあ、天婦羅蕎《そ》麦《ば》をとって海老やなんか捨てちゃって、蕎麦も捨てちゃって液《つゆ》だけでもって、そいつをサカナに一杯やりてえな。熱燗《あつかん》でなくね、熱燗なんてもんは人足の飲むもんだ、人肌ぐらいがいいな」

「……」

「そう言うと、女はだまって、俺の顔を穴のあくくらいじっと見ていたが、奥歯で黒文字をパリッと嚙み切って、あんたってしとは、どうしてそんなに粋《いき》に出来てるんざます。ほんにわちきは命も要《い》りんせんわって、俺の膝をギュウッと……」

「痛いよ」

「じっと手に手をなんにも言わず二人して吊る蚊帳のヒモ、なんてね……。そいつが、どうも、こう南瓜ばっかり喰っていてね。ふらふらして蚊帳も吊れねえや。南瓜腹ってやつだ。なさけねえじゃねえか。こうやって齢をとるのかねえ（ト涙マジリニ）……ねえ、どうだい、唐茄子や……えぇ、おい、唐茄子なんだよ、俺は。……寂《さむ》しいねえ。ェェ唐茄子や。唐茄子のしまい物でございます。ェエ、唐茄子や、唐茄子。……しまいものでございます」

外には雨の音、弥頻《いやし》くばかり。

解題

『続 世相講談』昭和四十三年二月（文藝春秋）全十八篇

初出：「オール讀物」昭和四十一年七月号～昭和四十二年十二月号

『世相講談（上）』昭和四十七年八月（角川文庫）全十八篇、右十八篇中一篇を収録

『世相講談（下）』昭和四十七年八月（角川文庫）全十七篇、右十八篇中十篇を収録

『山口瞳大全 第六巻』平成五年四月（新潮社）全三十三篇、右十八篇中十篇を収録

本書は文藝春秋版を底本としたが、角川文庫版や新潮社版に従ってあらためた箇所もある。

また、今日の人権意識に照らして不当・不適切と思われる語句や表現もあるが、時代的背景と作品の価値に鑑み、修正・削除はおこなわなかった。

山口 瞳（やまぐち・ひとみ）
一九二六（大正十五）年、東京生まれ。麻布中学を卒業、第一早稲田高等学院に入学するも自然退学。その後、父の工場で旋盤工として働く。終戦後は複数の出版社に勤務。その間に國學院大學を卒業する。一九五八年に寿屋（現サントリー）に中途入社、「洋酒天国」の編集者として活躍する。同僚に開高健、柳原良平らがいた。六二年『江分利満氏の優雅な生活』で直木賞を受賞、同作は六四年に東宝で映画化された。七九年には『血族』で菊池寛賞を受賞する。その他『結婚します』『山口瞳血涙十番勝負』『酒呑みの自己弁護』『礼儀作法入門』『居酒屋兆治』など多数の著書がある。九五（平成七）年八月、肺がんのため逝去。享年六十八歳。六三年から「週刊新潮」で開始した連載〈男性自身〉は、三十一年間一度も休載することなく一六一四回に及んだ。

世《せ》相《そう》講《こう》談《だん》　中

二〇〇八年二月二十日　初版第一刷印刷
二〇〇八年二月二十九日　初版第一刷発行

著　者　山口　瞳

発行人　森下紀夫
発行所　論　創　社
東京都千代田区神田神保町2―23　北井ビル2F
電　話　（〇三）三二六四―五二五四
振替口座　〇〇一六〇―一―一五五二六六
URL　http://www.ronso.co.jp/

印刷／製本　中央精版印刷
ISBN978-4-8460-0795-9